有爱的青春陪伴者

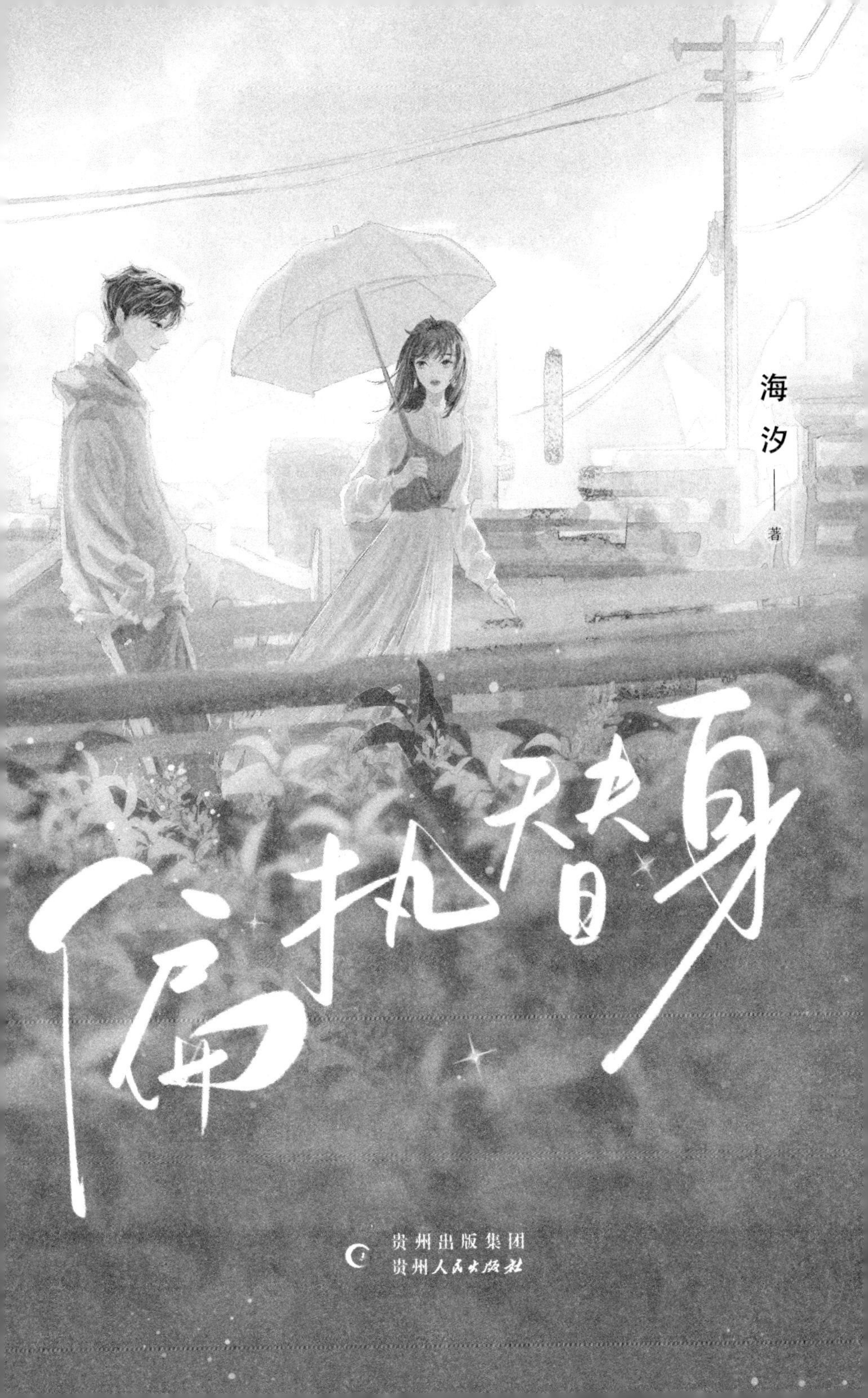

海汐——著
偏执替夏
贵州出版集团
贵州人民出版社

图书在版编目（CIP）数据

偏执替身 / 海汐著. -- 贵阳：贵州人民出版社，2022.12
ISBN 978-7-221-17322-5

Ⅰ.①偏… Ⅱ.①海… Ⅲ.①长篇小说 – 中国 – 当代
Ⅳ.①I247.5

中国版本图书馆CIP数据核字(2022)第182055号

偏执替身
PIANZHI TISHEN

海汐 / 著

出版统筹：陈继光
选题策划：大鱼文化
责任编辑：严　娇
特约编辑：雪　人　听　听
装帧设计：颜小曼　孙欣瑞
封面绘制：王点点
出版发行：贵州人民出版社（贵阳市观山湖区会展东路SOHO办公区A座
　　　　　邮编：550081）
印　　刷：长沙鸿发印务实业有限公司
开　　本：880毫米×1230毫米　1/32
字　　数：220千字
印　　张：9
版　　次：2022年12月第1版
印　　次：2022年12月第1次印刷
书　　号：ISBN 978-7-221-17322-5
定　　价：39.80元

贵州人民出版社微信

第一章
寂静的山庄

从慕乔山庄驶向市中心是一段长长的路途。慕乔山庄位于江城市郊，原是荒山野岭，后经大师相看，这里竟依次建起了临山别墅，久而久之成了江城富人们的一处集结地。

慕乔山庄便是其中一栋著名庄园，这里亦是傅雅文和蒙雨乔婚后居住的地方。

傅雅文坐在车里，一直安静地看窗外的风景。

车道两旁幽深的树林总让他有种荒凉的感觉，就好像小时候他读过的《呼啸山庄》，夜晚凌乱的树枝拍打窗户，似有两只无形的手在敲门，阴森森地说着：让我进来，让我进来。

慕乔山庄的树林亦有这样的森然感。夜深人静的时候，在只有一个人的屋子里，他已经习惯那些奇奇怪怪的声音汇聚成的冰冷氛围。

傅雅文早先还问蒙雨乔为什么叫这个名字，"慕乔"原来是两人名字的组合，而她心上的那个人永远不能住进来了，进来的只是他这个替代品。

车窗上映着他忧郁的眉眼。他的气质总是孤傲冷淡，不够有亲和力，所以有很多人不喜欢他。

他的手指轻轻抵上车窗，想到这些讨厌他的人里也包括蒙雨乔，心脏熟悉地痉挛了一下。

傅雅文下车的时候，闪光灯耀眼的亮光便此起彼伏，咔嚓咔嚓的声响，还有记者迫不及待要把话筒往他手里塞。

傅雅文没有伸手去接，事实上他不想接受任何的采访，他来这里只是工作，并非提供娱乐谈资。

"雅文，可以谈谈你在婚后长达一年的休息后，选择复出的第一场舞剧吗？为什么会回归江城歌舞团，去年真的受了很严重的伤吗？之前也听说因为比赛输给夏吟风，没得到首席的位置，你要退出古典舞界？！"

"有传你和妻子婚姻出现问题，要准备离婚，请问有这回事吗？"

"可以对你妻子前几天登报的绯闻发表意见吗？"

"你气色不好，是因为蒙小姐的绯闻影响，心情不佳吗？"

此起彼伏的发问，傅雅文在助理的护送下，在人群中开辟出一条道，始终不发一言，终于艰难地走入江城歌舞团。

经纪人谭亮回过身应对记者。

"各位不要胡乱猜想，雅文的婚姻生活很好，离婚更是无稽之谈。雅文是一名敬业的舞蹈家，也从未说过退隐，目前将投入新舞剧的创作，还请大家多关注他的作品。"

谭亮保持着职业的笑脸，有条不紊地应对记者。

今日是一次正式的大型彩排，要试妆试舞衣。傅雅文坐在化妆室，静静地让化妆师替他做造型。这是他时隔一年后重新出现在舞台上，被外界称为复出之作，已经有许多评论和关注的声音。

其实他从来未说过离开这个圈子，又何来复出一说？只不过一年前他和蒙雨乔结婚后，停止了一段时间的表演。那时候他受伤不能跳舞的谣言甚嚣尘上，众说纷纭里他退圈的传闻就这样出现了。

大家也认为理所当然，毕竟他所娶的，是富豪千金——国内响当当珠宝大亨的掌上明珠。少一名舞蹈家，换一个豪门的身份，再正常不过。

当初他能娶到蒙雨乔，是让所有人都惊讶的。蒙家是几代相传的书香世家，蒙氏的臻永珠宝品牌更是业界翘楚，门第之见根深蒂固，而他只是出身草根的舞者，就算被冠以"青年舞蹈家"的头衔又怎样，谁都料不到蒙雨乔竟会下嫁于他。

相继，有好事之人挖出他从出道开始的所有隐私，大肆报道，议论着这桩明显不相称的婚事。过去所有的污点也都被放大了，成为人们茶余饭后的谈资，着实议论了好一阵子。

婚后一年还有记者急于挖出一些他的婚姻生活，以做报道，好在他深居简出，过了一年还算隐蔽的日子。

他的妻子蒙雨乔，经营着一本国内有名的时尚杂志，又拥有自己的服装品牌，活跃在时尚圈。平常打交道的都是艺人，她制造的那些"多姿多彩"的绯闻，总有无数亮点供人采撷。现下他复出跳舞，自然又成为话题。记者们追着想挖点什么。

傅雅文正安静地听着身边的化妆师和助理的闲聊，谭亮走进来，拿着纸巾拭着面上的汗，摇头说："现在的记者怎么越来越难缠了。"

这间休息室是给傅雅文单人准备的，房间里都是他们熟悉的人，因此谭亮讲话也不特别避忌。

傅雅文看着镜中谭亮胖乎乎的脸，有一点憨态可掬，他淡淡一笑。

谭亮拿出手机查看日程，皱了皱眉道："今天排练要到下午五点结束，晚上的宴会可能会迟到。"

是傅雅文岳父的生日宴，自然会邀请很多社会名流前来参加。

团体排练这种事虽然预定了钟点，但是会晚点的可能性也很高。

谭亮提醒他："我去跟方老师打个招呼。"

傅雅文岳父那种阶层的人，特别讲究面子跟礼仪，迟到这种事，不在他们能容忍的范围里，更何况傅雅文一直以来都没被他们接受。

"你不和雨乔一起去吗？不需要过去接她？"谭亮补充地问，总觉得和蒙雨乔一起到场，会比较稳妥。

傅雅文幽黑的视线看向他，摇摇头："不用麻烦了，也不知去哪里接她，还是各去各的。方老师那边，还是我自己去说。"

谭亮闻言心里一叹，也只好点点头。

舞台上的灯光亮起来，整个现场都进入了专心致志的排练氛围里。

这是江城歌舞团今年策划的大型新舞剧《云山赋》，以古代神话为背景，之后是要进行开幕表演和国外公演的，是舞团今年的重点项目。

女主角虽然还是新人，但也是新人中的佼佼者，去年刚获得朝华奖，是舞蹈界冉冉升起的新星。

女舞者有个很好听的名字——洛芸。她毕业于江城舞蹈学院古典舞系本科班，目前博士在读。

傅雅文在古典舞界算是一个半路出家的异类，他并不是毕业于正统知名的艺术学院，而是从名不见经传的舞蹈学校毕业，但就是这样一个他，几乎包揽了近几年来国内所有舞蹈的最高奖项，也因此坐稳了赫赫有名的江城歌舞团的首席位置。

傅雅文已经一年不曾回到舞台，但这一年里他从来没有疏忽练习，不曾懈怠过一刻。

舞者并不是一个像外表看上去那样光鲜的职业，而是汗水和奋斗的累积。

傅雅文从七岁开始跳舞，全身上下的伤病，已让他能像一名医生那样对待自己的身体。

休息途中，傅雅文还是听到了一年未曾听过的闲言碎语。茶水间，似乎是一个永不停歇的流言生长之地。

"傅老师都一年没上台了，状态还这么好？"

"嘘，去年莲花赏他败给夏吟风之后就不出来了，所有人都说他要退隐，我还以为是真的。"

"他都把自己'嫁'得那么好，我也以为他要提前退隐呢。"

"哈哈哈……"

"我们团这两年都不行了，自从夏吟风出走后，精英一个一个地流失。唉，现在是霓裳舞团的天下。"

"你这是长他人志气啊。别灭自己威风了，再说这次是傅老师领舞。"

"哎哎，傅老师和上任总监的那些事是真的吗？真是那种关系？颜总监给开的后门带进来的？"

"小敏，你这张嘴真的什么都敢说啊。嘘，别人的事你好奇什么呢？"

"就好奇嘛，听说傅老师刚来江城的时候连本科学历都没有，凭什么进咱歌舞团啊。大哥大姐，咱们团有多难进你们不清楚？"

"你管他呢，人家拿那么多奖总不是假的。"

"我这不好奇嘛。总得有个开始啊，又不是一开始就这么厉害的，那这样的话他和颜总监那些事就很有可能了。啧啧，这样那位臻永珠宝的大小姐都不嫌弃喔，傅老师还是有两把刷子。"

傅雅文没有再听下去，他拿着杯子转过身，恰好碰上身后走过来的洛芸。

在洛芸错愕的眼神里，傅雅文只淡定地对她点了点头，便悄然离开。洛芸已然听到里面同事的声音，她急忙走进去，说得正热闹的人们一看是她，松了口气。

洛芸一时不知道该不该告诉他们其实傅雅文已经都听到了。

排练再度开始，洛芸望着面前的傅雅文——一袭淡蓝色的古典舞衣，俊逸的眉宇，却有着难以接近的孤傲之感。那张充满男性魅力的面孔，让她有些失神。

怎么会有人在舞台上这么光芒四射！一双眼睛，幽黑熠熠，如同装着星辰，不必说话，已胜过千言万语。若是他深情地望着你，则情根深种无怨无悔。

他的身材修长柔韧，舞蹈的动作有力度却又恣意浪漫，就好像是这舞台的王者，掌握着所有。

她真的从未见过一个舞者有他这样的感染力，但又游刃有余。他舞姿流露出来的韵味和她所习惯的东西有很大的差异，那种新鲜感扑面而来，充满了摄人的魅力，叫人移不开眼。

近距离的亲身观看，比任何影像的冲击力都更甚。

然后她听到他们舞剧导演、国家一级舞蹈演员方震老师兴奋的声音："雅文，太棒了！我就是要这种感觉！"

傅雅文接过助理递上的面巾，擦了下汗。洛芸看他和方老师站在一起，认真讨论。

此时他完美的面部线条柔和了下来，在灯光里看上去俊美得真像穿越时光而来。一身古服的男人，让人分不清时间空间。

那份情绪与方才舞台上的舞者又是不一样的，是属于傅雅文特有的淡然气息，有一点忧郁又有一些疏离，不容易亲近的样子，一笑起来却可以令冰雪都融化。

洛芸感觉到自己的心跳，有些慌乱地收回视线。

她不该胡思乱想才对，她的舞蹈生涯才刚开始，还有大好的前途要去创造，不能在这时候恋爱，更不能对一个已婚的男人心动。

排练结束已经黄昏，夕阳染红了半边的天空，傅雅文卸妆之后匆匆地往谭亮停在外面的车上赶。

早已坐在车上等待出发的谭亮，看他走过来的时候衬衫都湿了，忍不住说："这大夏天的，你要不要走这么夸张？"

傅雅文对他指指手表，轻声说："这种场合迟到不太好。"

谭亮瞥了眼时间，神色凛了凛，咳嗽一声："也对。"他想到傅雅文的岳母是如何难搞的一位贵妇。

"我可以在车上换衣服，不会很失礼。"傅雅文看了眼自己已经湿了一半的衬衫，动手更换起来。

谭亮把空调开大些，说："放心吧，都交给我，一定让你准时到。"他拍着胸脯，虽自信自己的驾驶技术，但看傅雅文默默换衣服的样子，心里有点莫名心酸是怎么回事？

他没有马上发动车子，目光顺着傅雅文脱掉的鞋，自然看见了对方那双千疮百孔的脚。傅雅文很仔细地缠了纱布，现下正轻轻地一层一层地褪下来。

纱布有与皮肤粘连的地方，谭亮看着都抽了两口气，就好像是粘在自己的皮肤上。

"没受伤吧？"他忍不住问。

"没有。"傅雅文的回应让他松了口气。

两小时后，车子驶到了蒙氏举行晚宴的酒店。

华彩的灯光照亮了渐渐黑下来的夜幕，远远地，便能嗅到那喧嚣。

傅雅文从车上下来，已换上一袭深黑色的西服，修长挺拔。

拿过谭亮递来的礼物，谭亮拍拍他的肩膀，努努嘴："兄弟，祝你好运。"

谭亮看着不远处，自己是不想去那个地方的，在他的印象里，蒙家人都很难缠。

傅雅文对他挥了挥手，走进酒店，在侍者的引领下，到达晚宴会场。

现场演奏着浪漫的音乐，宾客络绎不绝，不远处蒙氏夫妇站在那里，正在与几位老友寒暄。

傅雅文等他们空下来，才走过去，问候他们："爸，妈，我来了。"

蒙广生与妻子芸彬对望一眼，收敛了神色，点头道："你来了啊。"

"这是给爸准备的生日礼物。"傅雅文将礼物交给蒙广生身后的助理。

蒙广生看那细长精致的盒子，有些好奇："是什么？"

傅雅文微微一笑："是一根手杖。您喜欢登山，上次吃饭的时候说手杖坏了，所以我特意为您准备了一根。"

蒙广生点点头，身旁的岳母芸彬却淡淡一笑，眼睛看着雅文：

"雅文，你岳父对这个很挑剔，希望你这次用了心，不要像上次那样随意拿出一件廉价品，惹你岳父不高兴。"

傅雅文幽黑的眼眸看着他们，温言道："虽然不是什么牌子，但是拜访了有几十年手艺的老师傅特意定做的，用着会很舒服。如果不合意，还请爸不要责怪。"

芸彬听他一席话，眼睛里已露出轻蔑来——听起来又是廉价的货色，这傅雅文到底是低微的出身，教也教不会，带着他那套令人厌恶的习性，若不是爱女执意要嫁他，她是万万不会同意这桩婚事的。

这种不入流的女婿令她面上无光，她锐利的眼瞧着傅雅文那张俊美的脸孔，心底冷哼：若不是长得那么像云涛，他又哪能有这个机会登入豪门。

想到此处，她心里的鄙视也越甚，别开眼不再看他。

蒙广生倒是没像妻子这样将轻蔑之色浮于表面，只淡淡颔了颔首："雨乔没和你一起过来？"

"是。"傅雅文没有因岳母的轻蔑而露出难堪，仍是像往常一样平静的神色。

"那你先进去吧。"蒙广生说着，截住了妻子又想令傅雅文难堪的话头。

因为是自家的生日宴，自然是亲戚朋友多些，一进内室，第一个迎上来的便是莫展鹏。

"姐夫。"傅雅文很礼貌地问好。

蒙家一共三个女儿，蒙广生没有儿子，一门三千金。

大小姐蒙若华，便是嫁给了莫展鹏。二小姐就是傅雅文的妻子蒙雨乔。而三小姐蒙依曈，二十三岁芳华，依旧单身。

莫展鹏家世良好，是芸彬千挑万选的女婿，与蒙家大小姐结婚之后，一起管理家族的珠宝企业，算是蒙广生的左膀右臂。

不过不知为什么，蒙广生一直没把全部实权都给予莫展鹏。

莫展鹏笑了笑："雅文来了啊，听说你又回去跳舞了，怎么就听不进我的话，你这样会惹妈不高兴。"

莫展鹏话中有话，傅雅文也听得平静，只笑了笑，并没有言语。

蒙依瞳坐过来的时候，如同一道靓丽风景。今晚她穿了身淡粉色的旗袍，青春洋溢的美中带着一份雅致。

她举着酒杯对傅雅文笑笑："姐夫。"

在蒙家，待他还算亲切的，蒙依瞳算一个，平日里也只有蒙依瞳，与他说的话比较多。

蒙依瞳也参与珠宝店的管理，主要负责企划宣传。

傅雅文与蒙依瞳在自助吧台边坐下，响着淡淡音乐的幽静室内，总算可以让人松一口气。

"姐夫。"蒙依瞳一双娇眸看着他，"你复出跳舞，新闻可不少，二姐不反对吗？"

傅雅文抿了口自己杯中的薄荷酒："你知道她向来对这些事不感兴趣。"

蒙依瞳笑起来："也对。她去了米兰还没回来吗？"

傅雅文点点头，幽深的视线望了望自己杯中的纯净液体，轻轻晃了晃杯子："她不喜欢被人管束。"

蒙依瞳看了他一眼，轻快的声音扯开了话题："对了，我最近的工作，在制订新季珠宝的广告企划，姐夫你有兴趣吗？"

"我？"傅雅文怔了下。

"对啊，姐夫你有一出舞剧《日月倾城》，不正是讲述前世今生的故事？我们广告构想就是男主角为情穿越古今，配合新设计的古典系列珠宝，演绎古典舞的主题。请姐夫你来演广告男主角好不好？正好给我们设计舞蹈动作。"

傅雅文怔了一下，没想到她会这么提议。

"怎么，不愿意？"蒙依瞳看他欲言又止的样子，有些故意想逗他。

"这不太合适，我只是一名舞者，你应该选艺人合作更合适。"他觉得蒙家二老肯定不会同意，想到芸彬看见他时常心烦的神情，怎么都不是满意的样子。

"这是我的构想、我负责的企划，爸也一向放心交给我，姐夫是不相信我的眼光？我选中姐夫，自然没有人比你更合适。"蒙依瞳显然对他提议的艺人明星毫无兴趣。

傅雅文觉得蒙家人固执起来都有一股劲，看着蒙依瞳认真的神情，他淡淡一笑。

身后传来喧闹的声音，傅雅文还没回头，就听到蒙依瞳提高的声音："啊，雨乔姐来了！"

傅雅文心上一怔，回过头，正对上蒙雨乔走进来的倩影。

她穿了一袭紫罗兰色的雪纺晚装，裙摆处淡如梦幻的渐变颜色，层层叠叠，衬着她窈窕玲珑的身形，更像是一个梦。

她头发优雅地盘上去，露出明艳动人的额头，加上高挑耀眼的身姿，有着属于蒙雨乔的傲然与优雅。

她身边还有一位金发碧眼的俊美男人，高大的身形，笑容可掬的脸蛋，此刻盈盈望着佳人，而蒙雨乔的手，正挽在他手臂上。

傅雅文垂下眼眸，蒙依瞳与他碰了碰杯："我说的这件事你考虑一下，下星期一我约了谭亮详谈。"

傅雅文没有回应，蒙依瞳见他专注地望着一个地方。

顺着他的视线看过去，那里蒙雨乔妩媚嫣然，周旋于一群朋友间，亲吻脸颊或是拥抱。这一向是她的魅力，走到哪里都有一群男人着迷地围绕。

蒙依瞳收回视线，落到傅雅文俊美的侧颜上。他的身影在光影里看起来有些寂寥也透着疲惫，心上那份压抑不住的悸动令她在桌下握住了自己的手心。

她厌恶蒙雨乔此时谈笑风生，在男人中左右逢源的样子。她知道自己内心深处那不能言说的情感。这一刻，她恨她。

傅雅文并不喜欢这样的聚会，他排练了一天，如果现在可以洗个热水澡埋进被窝，会让他觉得比待在这宴会上强。

"不和我跳支舞？"身后传来一道柔媚的嗓音。

他一怔，在复杂的心绪中回过头，对上了蒙雨乔深邃的眼眸。

蒙雨乔的手轻轻拂过他面颊，姿势亲昵，坐到他身边，笑了笑，明丽的黑眸闪着光："你不愿意？"

傅雅文看着她片刻，牵住了她的手，起身步入舞池。

此刻的音乐是浪漫的华尔兹，周围都是相拥的身影。

蒙雨乔的手环上雅文颈项，像是宣示着所有权，丽眸瞧住他，闪着一丝别有兴味的笑："我不在的这些日子，可有想我？"

也不等傅雅文的回答，她又接着说："我怎么老是忘记，你从来都不肯安分地待在家里，又出来跳舞也没告诉我，我不是说过讨厌你跳舞吗？"

她的声音有些冷，傅雅文知道她对自己没有与她商量不痛快。

她一去米兰两个多月，推说工作忙都不曾与他联络，偶尔他打电话过去也只是简单寒暄，她挂他电话的速度比陌生人还快。他们之间从不像一对新婚夫妇那样如胶似漆，傅雅文已习惯了她这样若即若离的行事风格。

"女舞者漂亮吗？或者，现场有更多美女相拥？"话语虽淡淡的，但句句都是刺人的冷漠，以她一贯嘲弄傲慢的口吻。

傅雅文忽略自己心上被她刺伤的感觉，望着她的眼睛，淡淡道："没有这些事，如果你真的在意，我回答你。"

蒙雨乔黑眸一闪，望着他，扯起唇角微微一笑："雅文，你为什么总是这样无趣？无论我说什么都一本正经地回答我，所以才让人觉得乏味。"

"乏味吗？对一个替身来说，乏不乏味也不是那么重要。"傅雅文淡淡地回答她，迎视着蒙雨乔的眼睛，她的眼睛是冷的。

蒙雨乔放开了手，都不想再和他共舞下去。

傅雅文总是让她恼火，时常会触怒她，就比如这时。

如果他顺着她，当一个乖巧的替身，只在她需要的时候提供慰藉，她会觉得自己做了笔不错的生意。

因为她和他结婚的目的，不过是寻找一个替代品，来补偿她失去所爱的痛苦。

而傅雅文，这个外貌上与云涛极为相似的男人，无疑是最好的选择。

她不会忘记初见他时有多么震惊，震惊到以为她的云涛又活过来，回到她身边。

但是，傅雅文并不如她所愿。

他不是一个听话的替代品，从某种意义上来讲，还总是刺到她的神经。

第二章
心甘情愿的替身

深夜，汽车开在路上，车内寂静无声。

蒙雨乔似乎有些醉了，倒在傅雅文肩膀上睡着。傅雅文没有睡意，只是看着窗外淅淅沥沥的雨点，打湿玻璃窗。司机安静地开着车。

结束那累人的晚宴之后，终于告别蒙家人，可以回到自己家中。

然而驶向慕乔山庄，或许是驶向另一个荒漠。

傅雅文侧过脸，就可以看到蒙雨乔近在咫尺的娇颜。

她是个很漂亮的女人，只不过因为失去所爱，使她的心也失了温度。

那个男人的离去几乎带走了她所有的感情和温暖，她才会变得像现在这么冷酷而无所依托。

傅雅文轻轻叹口气，视线望着这张美丽的脸，思绪中不由得回到两人初见的那天。

也是这样一张迷人的熏染了醉意的脸，在那个聚会里，她就这样出现在他面前，望着他，那眼神里有太多的感情。被她这样望着，他甚至觉得他们从前见过、爱过，她给他太大的冲击。

她竟抚着他的脸庞，落下泪来。那双美丽的眼睛蓄满凄哀的泪水，是那么楚楚动人。

她温柔的手，一遍遍轻抚着他的脸庞，就像在勾画轮廓，抑或是遇到某件珍贵的宝物那般，痴痴地看着他。那可能是他人生中第一次感到被人珍惜是什么感觉。

可惜那都是他的错觉，她想珍惜的不是他。很久以后，他才明白她为什么流泪。

第一次相遇，喝醉的蒙雨乔看见的不是他，而是她心底真正爱着的那个人。

和蒙雨乔交往的时候可能是他们在一起最快乐的时光，因为彼此都隐瞒了许多事，只是凭着感觉去放任自己。

在双方都不去了解过去的情况下，尽情地谈情说爱，是一场放纵的爱恋。

比起他们婚后的相处，实在快乐太多。

恋爱时彼此都不需要思考太多，只是男女之间最原始的吸引跟牵绊。当然了，傅雅文现在明白那不是恋爱，只是一场骗局。

当蒙雨乔提出结婚后，许多问题都显露出来，关系也有些微妙的转变。

可惜他深深爱着她，沉浸在自以为是的"恋爱"中，自以为遇到了命中注定之人，也以为感情能战胜一切，却连她爱的根本不是他，这最为重要最为致命的误会都没能察觉。

两人交往的消息公开后，因为蒙雨乔显赫的家世，媒体就开始挖掘他的各种过去。

有些想要被深深埋葬的不堪过往也无所遁形。最致命的，就是他和歌舞团总监颜茵的绯闻。

最初带他入行的颜茵，其实算他半个恩人和伯乐，他们确实交往过。

但颜茵比他大了十多岁这一点，加上她职位的原因，任谁听来都不会把他们的关系想得很干净。

到了媒体嘴里，就被形容成最不堪的交易。而且媒体不仅把他和颜茵的故事夸大造谣，更是捕风捉影地把他的男女关系描述得极为混乱。

显然蒙雨乔也这么认为，她连听他解释的耐心都没有，表现出的恶心已足以让他心死。

他曾经相信过，觉得他们之间的爱情可以克服这些事，但现实只是给了他一次又一次冰冷无情的打击。

一直到结婚，他都以为蒙雨乔是因为爱他，才排除万难而终跟他结婚。然而，等他彻底明白自己在这段感情里的位置，他才发觉自己变成了一个最可悲的笑话。

蒙雨乔用婚姻系住的，不过是一个替代品，一个与她死去的恋人几乎一模一样的替身。她这样执着地要与他结婚，不过是想把他当作一个人偶，用来怀念。

用她的话来说——我想看见云涛，就能时时看见。

他真的一点都不懂爱情吧，才会连一个人爱不爱自己都没弄清楚。

成为爱情里的替代品，是一件如此痛苦的事。

当她为他打点衣装的时候，其实并不是在装扮着他傅雅文，而只是照着慕云涛的喜好，将他扮成慕云涛的模样。

所以她要求他的穿着，要求他的举止，甚至他喷什么味道的香水，都在她的掌控之下。

傅雅文觉得自己不可能完美地扮演一个替身，他毕竟是一个活生生的人，有血有肉有感情，所以他开始抗拒她的安排。

两个人之间变成了某种拉锯战，已经不是爱或不爱的问题，更像是一场战斗：他不听从蒙雨乔的安排，而蒙雨乔就会用报复的方式伤害他，伤害这个不听话的替身。

蒙雨乔厌恶他的曾经，对那些过往全都不能接受。

当媒体编织着他和颜茵的故事时，她讽刺他。

看着她眼里的轻蔑和嫌恶，他明白她和别人一样那么看他。

吵架时她会甩出最伤人的言语：如果不是因为你长得像云涛，我为什么要和你结婚？和一个根本配不上我的人结婚。

傅雅文彻底领悟到她不爱他，甚至恨他。从那刻起，他对爱情和婚姻的憧憬，就像一个遥不可及的梦，在心底湮灭。

他曾期待过婚姻，欣喜地以为终于可以建立自己的家庭。

从小困顿的生活，让他比常人更渴望家庭的温暖。

只不过，命运在无声中又和他开了一次玩笑，他得到的是比别人更残酷的婚姻。

"门当户对"这种词，古远的箴言，都是有道理的。

然而他和蒙雨乔之间的差距，又远远不止这些，还隔着一个死去的人，那个人虽然死了，却比任何人都生动地活在他们之间。

连他这个与慕云涛素不相识的陌生人，都对其极为熟悉起来。

那是蒙雨乔竭力地描摹和故意为之，她一定要让慕云涛活在他们中间，她要为自己制造一个活生生的替代品。

傅雅文望着渐渐模糊的车窗，灰茫茫的心上也像被落满雨水，潮湿又疼痛。

回到家，傅雅文扶着蒙雨乔上了二楼她的卧室。躺到床上的她还是没有醒来的样子，在柔软的被褥里寻着了一个舒适的位置，偏着头似乎陷入更深的睡眠，嘴里还模糊不清地呢喃着。

此刻她艳丽的面容上带着薄醉的红晕，颤动的睫毛都显得楚楚可怜，这样的她看上去一点都不冷漠，也不会伤人，只是他最初爱上的那个女人。

傅雅文忍不住伸出手，轻轻抚上她的面颊，替她撩过额边的碎发，修长的手指停在那柔软的唇边，水色的唇瓣就像在等着人采撷。

傅雅文靠近她，情不自禁想在那唇上印上一吻，然而落入耳边的却是让他呼吸停滞的呼唤："云涛……"

那样深情的一声呼唤，带着温情蜜意，又似撒娇又似甜蜜，不知在做着什么关于过去的甜梦，却让傅雅文的心坠入冰窟，在结痂的伤口上再割上一道。

蒙雨乔于他，就是裹着尖刺的玫瑰，即使艳丽芬芳，却总能在一瞬里，把他刺得鲜血淋漓。

傅雅文幽黑的眼眸凝视她良久，转身离开了她房间。

走廊的小道上，依然可以听到窗外淅淅沥沥的雨声，裹了轻愁的烟雾，如同他破碎的心。

早上天空放晴，不再有昨夜的雨水缠绕。

蒙雨乔睡了很深的一觉，发觉是躺在自己卧室的床上，顿时心安地伸了个懒腰。

转身看看时间，都已经过了十点，太阳晒进来，照亮了一室温馨。

她起身洗漱，半晌披着睡衣走下楼。

家里静静的，确认了只有她一个人，她莫名地松了一口气。

在桌上发现了傅雅文留给她的便笺：

"我去舞团，早餐在桌上，用微波炉温一下就能吃，打扫的阿姨会在下午过来，不必做家事。"

家里请了阿姨隔天过来做一些家事，更多的是傅雅文自己做。

按蒙雨乔的意思，是想请位管家住家里，但是傅雅文似乎喜欢自己煮饭做家事，所以现在变成了这样。

这也是蒙雨乔不喜欢傅雅文的地方，觉得他不懂变通，习惯老旧。像他们两个人都忙，请用人住家不是很好吗？傅雅文却说那样没有家的味道，有些事一定要自己做。

这样的固执在蒙雨乔看来，是很不合时宜的。被母亲芸彬知道的时候，母亲用很轻蔑的口气说，谁让她嫁了这么一个出身低微的人，天生劳碌命，连请用人这种事都不习惯。

面对母亲的冷嘲热讽，蒙雨乔虽然没有吭声，但心里始终落下了一个疙瘩。

傅雅文在接受化妆师的梳化，凹陷的黑眼圈也让化妆师叹气，遮盖起来要费些劲。

"傅老师你又失眠吗？"合作了几年，彼此间也有些了解，化妆师阿彩忍不住问。

"嗯，今天已经让亮哥去陈医生那里拿药了。"傅雅文抱歉地一笑。陈医生是傅雅文这些年一直看的医生。失眠是他的老毛病了，过去有一段时间，他不能安寝，患了比现在更严重的失眠。

那段痛苦的日子熬过来了，但生活并没有顺遂，还是充满各种烦恼。

"再这样下去就是对我化妆技术的极大考验。"阿彩不满地哼哼。

傅雅文淡淡一笑："放心，今天虽然是带妆排练，但没有现场拍摄。"

阿彩瞪大眼，习惯了傅雅文这种把困难当自嘲的性格。其实她很庆幸可以跟傅雅文一起工作，通常像傅雅文这样的首席老师，或多或少都有些挑剔。但傅雅文并不是难搞的人，这些年合作下来，她很感激他，因为他帮过她不少忙。

善于观察的阿彩偶尔会同情雅文，她知道他并不是一个快乐的人，为什么不能给他一个安稳又温暖的家呢？

今天的排舞很顺利。需要进行场景转换，众人休息一会儿。

在休息的时候，工作人员忙着布置下一场舞台的布景。

谭亮却急匆匆地走进来，拿着傅雅文的手机。

傅雅文见他神色异常，低声问："怎么了？"

"你刚才在排舞，电话来了就没打搅你。是雨乔，好像在指导模特的时候从 T 台上摔下来，被送进医院了。"

谭亮的话让傅雅文心中一窒，问："她怎么样？在哪家医院？"

"你不要急。情况并不严重，好像是伤到了腿，蒙家已经有人过去了，也请了他们熟识的医生。"

傅雅文看了看四周还在布置的工作人员，谭亮了解地拍拍他的肩膀："现在不能走，雨乔也没有到危急的地步。"

傅雅文点了点头，舞剧导演也在此时喊了就位。

两小时后，排舞还没有结束。傅雅文还是跟方老师说明了情况，提前离开，也没有参加晚上的聚餐。

这种团队活动缺席不是什么好事，谭亮从那些舞者的眼神里看出不满，他们大概觉得傅雅文耍大牌。

跟到车边的谭亮叹口气，盯着傅雅文："为了一个蒙雨乔，值得吗？你赶着过去人家也未必领情。她已经没事了，不是说只伤了腿吗？今晚的聚会是很重要的，你都离开舞团一年了，谣言纷纷，这么好的和大家增进感情的机会。"

他既然说出来也就不准备憋着："雅文，你别忘了自己这些年是怎么守住首席这个位置的，过去你连生病都没耽误过排练，蒙雨乔不过是摔伤……"

"她是我妻子。"傅雅文并不响的声音截断了谭亮的话。

谭亮怔了一下，看着他心里有气，忍不住骂了一句："没见过比你更傻的人。"

傅雅文按了按他的肩膀："对不起，我自己开车过去，你不必跟过来，回去休息吧。"

傅雅文开着车，车速飙升。平时他不习惯开快车，但现在只想快点赶到医院。离开舞团时，他只匆匆卸了发型，换下烦琐的舞衣，脸上厚厚的妆容却来不及卸下，就匆忙往医院赶。

赶到医院的时候，蒙雨乔的病床前站着几个人，医生和蒙雨乔的母亲都在。

蒙雨乔被石膏绑起来的腿看得他担心，他急匆匆走过来，正对上面色不善的岳母芸彬。

"雨乔出了事，你做丈夫的竟然最后一个过来，这像话吗？"芸彬的声音有些尖锐，神色间也尽是对傅雅文的不满意。

在看到他脸上厚重的妆容之后，她更是嫌恶地皱眉。

她从不觉得傅雅文有什么好，相反，他那张酷似云涛的脸，让她更为厌恶：如果不是这张脸，她的宝贝女儿又怎么会嫁给这么一个草根舞者？

"妈，我没什么，雅文他也赶过来了。"蒙雨乔因母亲尖锐责怪的声音而有些皱眉。虽然一直知道母亲不怎么喜欢傅雅文，但见到母亲对待傅雅文的态度竟带着这样大的敌意和不满意，还是让她有些吃惊。

显然傅雅文是匆匆赶过来的，他排练的舞团离这里很远，看他连妆都来不及卸掉的样子，蒙雨乔觉得母亲的责怪有些蛮横，对傅雅文来说太苛刻了。

他紧张的神色让蒙雨乔有些动容，这一刻她看得出，他是真的关心她。

蒙雨乔分不清自己心里的悸动，想着自己对他并不算好，他面上这样焦急的神情，是扮演了一个关心的丈夫？

这是真抑或是假？

他太擅长伪装了，蒙雨乔觉得自己很难分清。

医生跟家人说了蒙雨乔的情况，并交代了打桶状石膏后的注意事项。

芸彬出去后，VIP病房里只剩下蒙雨乔跟傅雅文两个人，一下子静下来。

傅雅文看着躺在床上的蒙雨乔，神色都还好，纤长的睫毛颤动着，因为不便转身而有些别扭地生气。

他忍不住伸手掠过她脸颊的散发："怎么那么不小心？"低沉的声音透着关切。

蒙雨乔嘴角一翘："舞台是新搭的，模特的表现又让我太不满意，新季的服装秀就要开始，你知道我工作的时候……"

蒙雨乔没说下去，因为傅雅文柔和的黑眸露出笑意，那样一个温柔的笑容，竟让她有些屏息。

傅雅文望着她："你一定又发火了。"他可以想象雨乔工作的样子。她是一位服装设计师，工作时强硬的做派，令很多男人私下称她为铁人。

"这下好了，我都躺在这里不能动了！"

"后面两个月是会有些难受。"傅雅文轻轻一叹，"洗澡的时候也要当心，医生说了不要让绑石膏的地方碰水。"

蒙雨乔想起来就麻烦，更何况她有洁癖。

"医院配有塑料套来套你的石膏，还是可以洗澡的。"傅雅文洞悉她的心事，微微一笑。

蒙雨乔看着男人沉静的眼，觉得傅雅文的话语能奇异地安抚她躁动的心。

毕竟她摔伤之后并不是怕疼，而是想到后面要面对的一系列麻烦，觉得没有耐心。

"我不要睡在医院里。"她有些固执地说。

傅雅文抚了抚她的额头："今天要留院观察一下，明天就能回去了，你知道妈很担心你。"

"她总是小题大做。"蒙雨乔无奈地看他。

"女强人也需要休息。"傅雅文沉稳的声音，总结似的说了一句，结束了蒙雨乔的讨价还价。

蒙雨乔知道她今天是没有希望立即出院了。

"你等下还要回舞团吗？"她忍不住问傅雅文。

傅雅文怔了一下："不，今天不去了。"

"那明天、后天还要去，是不是？"蒙雨乔的口气有些不满了，她更希望傅雅文能陪着行动不便的她。

傅雅文望着她："行程已经定好，很难改变。这不是我一个人的事，而是所有人在一起工作。"

"我不喜欢护士。"蒙雨乔幽黑的眼看着他。

傅雅文摸摸她的额头："我会尽量陪着你。"

他这样说，蒙雨乔就又说不出什么了，不过心里有些隐隐地气恼傅雅文。傅雅文就是这样，能够读懂她的心思，但是又不会全然宠溺配合，这让她觉得自己不能掌控他，反而要处处受他影响，她并不喜欢这样。

况且，如果男人能在这时表现出为了她不顾一切，她会更高兴，毕竟一直以来，她认识的男人都是这样对她的。

她不认为傅雅文的工作有什么意义，不过是跳舞而已，他还能跳几年？事实上，如果他能离开那个圈子，她会更高兴。

"爸妈都不喜欢你继续跳舞，不希望你再抛头露面，给你准备了蒙氏的职位，你为什么拒绝？"蒙雨乔皱着眉说。

"这是我喜欢的事，我不想放弃舞蹈。"傅雅文只是简单地说，不想争论这个话题。

"你……"蒙雨乔心里一气，难怪她妈这样不喜欢他，傅雅文某些时候，真的不识时务，也是朽木不可雕。

"好了，别谈这个了，你休息一下。"傅雅文望着她，温和平静地说着，嘴边的微笑，却让蒙雨乔觉得有些忧郁。

第三章
我对你说的晚安就是我爱你

　　傅雅文结束排练，换装脱舞衣。他脚上的绷带解跟束都得弄一阵子，因为他的腿受过多次伤，所以平常状态下也是小心翼翼。这几天《云山赋》的排练都很吃紧，但傅雅文仍会每天都从舞团回家。慕乔山庄离舞团所在的江城市中心很远，在不堵车的情况下，驾车过去都需要两小时左右。

　　谭亮走了过来，却不把车钥匙递给傅雅文，傅雅文疑惑地看他。

　　"今天我开车吧，再这样下去，你很快就瘦成人干了。"谭亮有些生气地说。

　　为了腿受了伤的蒙雨乔，傅雅文每天都回去，而排练的力度有多大，谭亮心里非常清楚，这样下去他担心傅雅文的身体受不了。

　　"瘦了上镜好看啊，刚才方老师也说了，这几组动作比他想象的都更好。"傅雅文打趣地说，淡淡一笑。

　　"你别跟我杠，这话应该对你老婆说。"谭亮白了他一眼，"真是千金大小姐，不过伤个腿，需要这么随叫随到？"

　　傅雅文低下头："我能做的，就要为她做到。"

　　他低沉的声音，没说什么大话，却让谭亮再次明白他爱那个女人。

　　"算了，我来开车。"谭亮缓和了神色，"你可以补一下眠，明天正好放假。"

傅雅文点了点头，俊逸的脸上难掩倦色。

谭亮叹口气："这次演出结束，今年就不要安排什么活动了，我看蒙家人也不喜欢你做这些。"

"前些日子，杨老师找我谈了到江城艺术学院当客座老师的事。"傅雅文转眸看谭亮。

"讲课教学生？"谭亮眼睛一亮。

傅雅文点了下头，谭亮开心起来："那不错啊，江城艺术学院古典舞系本科班的客座教授，听着就很好。不过以后演出少了，你是不是不需要我了？"他打趣地说。

傅雅文摇头："亮哥，别开这种玩笑，我们都说好的。"

"雅文，别总是想着我。其实我知道你更喜欢教书，如果有一天歌舞团这边的事全放下了，让你一直留在学校，你也愿意，对吧？"

谭亮这样了解自己，傅雅文也不知道该说什么。

"可你别做梦了，方老师是不会放你走的，即使你将来年纪大了不跳舞，带领舞团的事儿他肯定指望着你。所以，我谭亮永远都不会失业！哈哈哈！"

谭亮自顾自地落寞又自顾自地得意，让傅雅文无言以对。谭亮笑呵呵地捶他的肩膀："走吧兄弟，今天我开车送你回去，明天再过来接你。"

傅雅文回到家把汗湿的衣服脱到洗衣槽里，夏天的江城总是格外闷热。

他光着上身走出洗衣间，还未来得及换上衣服，就在走廊处与忽然出现的年轻护士撞了个正面。

年轻护士"啊"的一声红了脸。

傅雅文也有些尴尬："对不起，我以为家里没有人……"这个时间，来护理雨乔的护士通常已经离开。

年轻护士红着脸也不怎么敢看他："傅先生……因为蒙小姐想要一杯果汁，所以我还没走……"

她愣着神，视线又不由自主地望到傅雅文身上，不禁在心里感叹身材真好呀。

但在脸红之余，她发现他的腰背上贴着膏药。

傅雅文见年轻护士还盯着自己，便让开了身，让她先走过道去厨房，自己转身上了楼。

蒙雨乔坐在花园里。

天气有些阴沉，好像就要下雨了。她喜欢慕乔山庄的园子，如今园丁养护出来的这片景致，与当初她和云涛畅想的别无二致。

年轻护士端了果汁过来："蒙小姐，你要的果汁。"

"嗯，你回去吧，雅文刚刚回来了。"蒙雨乔对她说。

提到傅雅文，想到自己方才撞见的尴尬，年轻护士脸色略红。在蒙家当值的这些日子，她认识了傅雅文，看着他对蒙雨乔照顾得无微不至，便对他的印象很好，因此私下去了解了很多他的资料，结果迷上了他的舞蹈。

"傅先生最近在排练新舞吧，我在网上看过新闻。"年轻护士想着自己在网上看过的信息。

蒙雨乔闻言看了她一眼，对傅雅文的这些事她没有兴趣。

她见过傅雅文那些所谓的粉丝，奇怪一个舞蹈演员的粉丝也有这么多。那些女孩花痴的样子，让她有些反感。

难道说这护士也是？

蒙雨乔微微皱眉，看着年轻护士的表情。

年轻护士小姐似乎察觉到蒙雨乔的不快，急忙道："我没有别的意思，只是方才看见傅先生的腰背上贴着膏药，我听说舞者很容易受伤，想他是不是需要去看一下医生。"她想要解释着，却不知道自己越说越糟糕。

蒙雨乔看着她，秀眉淡淡一挑，冷声说："谢谢你，护士小姐，你可以回去了。"

"啊，是，那蒙小姐，再见。"年轻护士有些紧张，被蒙雨乔身上冷淡高傲的气焰震慑住。

"是傅太太。"蒙雨乔冷冷地纠正她。

傅雅文换了衣服回到花园的时候，外面已经下起了雨。

夏天的阵雨，说来就来，带着泥土清新的气味，会让精神放松。

他快步走到蒙雨乔身边，看她正坐在回廊上赏雨，优雅地啜着果汁，似乎很悠闲。

"今天过得怎么样？腿有没有痛？"傅雅文每天都会关心她的伤势，因为医生也提醒过要注意腿的变化，虽然距离复诊还有段日子，不过傅雅文还是很注意。

"有护士在，你不必担心。"蒙雨乔淡淡地回答，回过头看了他一眼。

傅雅文在她身边坐下，见蒙雨乔穿得单薄，便问："外面冷了，要不要进去？"

蒙雨乔却微微一笑，注视着他："傅先生，你似乎把我的护士小姐都迷住了。"

傅雅文怔了一下，黑眸看向她，听得出她口吻里的嘲讽。

"你一到家就脱光的毛病又犯了吧？请你注意一下你的言行举止，最好不要在家里做勾引女人这种事，传出去了，只会有损我的名誉。"蒙雨乔冷冷地说。

傅雅文过去的那些传闻，她都记得很清楚。他也算是个为了钱而声名狼藉的男人，她在心底难免轻视他。

傅雅文心里一痛，他被蒙雨乔冷嘲热讽过多次，他知道她反感嫌恶他的过去，总认为他的男女关系混乱。她从不信任他，他的辩解对她而言反而是欲盖弥彰，她不相信他说的任何一个字。

"和你结婚后，我没有做过对不起你的事。"傅雅文幽黑的眼睛看着蒙雨乔，低沉的声音似都带着痛，但神情是认真的。

他的话冲击着蒙雨乔的心，但那些悸动和内疚很快被怒火所取代，因为她没有办法不在意傅雅文的曾经，只要想起来，就像有什么在啃噬她的心。她对情感跟身体都有严重的洁癖，她厌恶雅文曾经的经历，他居然和一个比他大那么多的女人交往过，谁会相信这是因为爱情？

傅雅文对她解释过，可她一个字都听不进去，且那些辩解反而更显得他卑劣可恶。她根本不想了解他过去的事，也无法心平气和地听他说。

蒙雨乔平复自己波动的心绪，望着傅雅文："记着你的话，管好自己，倘若有一天你背叛了我，我绝对会让你后悔跟我结婚！"

她的口吻里带着独属于蒙雨乔的高傲和任性，这是在坚定地告诉他，她并不是一个能容忍丈夫不忠的女人。

雨水滴滴答答地沿着廊檐落下来，傅雅文望着那些雨水，就像落在他心里。

他爱的人，不肯给他一分信任。

晚饭后，傅雅文抱着蒙雨乔走进浴室，烟雾缭绕的室内，洗澡水已经放好。

蒙雨乔绑着石膏的腿，被罩上了医院提供的专用的塑料外套，以防洗澡时被弄湿。

但即使是这样，蒙雨乔还是无法自己洗澡。

拖着那条僵硬的腿不说，移动起来还是会感到疼痛，坐下站起必须有人搀扶。

所幸傅雅文是个细心的男人，过去这些日子一直由他帮着她洗澡，她也乐得享受丈夫的体贴。

热水里放了她最喜欢的精油香氛，那香气让她舒缓，觉得很惬意。在傅雅文轻轻擦拭她的后背时，她想到了什么，撩起他的衣服，果然看到他后背上的膏药贴。

蒙雨乔心里一动，轻轻地按上去，低声问："疼吗？这几天练舞伤的？"

傅雅文摇摇头："还好，是老问题。"

蒙雨乔努力压下那点莫名的心疼，故意让自己显得冷漠："都叫你不要跳舞了。"

傅雅文深黑的眼眸看着她，没有接话。

蒙雨乔知道他不会听自己的，这个男人又何曾听过她什么。

她心里有气，下意识地动了下脚，脚带着石膏敲到浴缸边缘，顿时感到一阵疼痛。

蒙雨乔气自己总是忘了这条伤腿，又不能忍痛，因为她一向怕痛。

傅雅文有些好笑地看着她别扭的样子，忍不住用泡沫轻点她鼻尖："别气了，过两个月就好了。"

"你说得轻松，两个月呢，服装秀也转手他人，我花了很多心血。"

蒙雨乔并不在蒙氏的珠宝店工作，而是拥有自己的品牌。她热爱时尚，也不喜欢受家族的束缚，她把自己的品牌经营得很好。蒙广生在三个女儿中最宠爱她。

擦干净身体后，她被傅雅文抱到卧室。

躺到了床上，蒙雨乔舒服地叹息一声。

她习惯跟傅雅文分床睡，所以两人都有自己的卧室，不过今晚，她很想要傅雅文的陪伴。

雨依旧淅淅沥沥地下着，在深夜发出清幽的声响，蒙雨乔躺在床上等着傅雅文的时候，心里很安静。

想起一些过去的事情，心好似没那么痛了。

傅雅文从浴室出来躺到她身边，身上还带着沐浴过后的清淡香气。

蒙雨乔很感谢他没有贴药膏，因为她有点受不了那种味道。

她是对气味极其敏感的女人。

埋首到傅雅文怀里的时候，她闷声说："腰背上的伤，不贴膏药真的没事吗？"

傅雅文低低的笑声响在她耳边，他低沉的声音磁性动人，也让她心安："没关系，你不喜欢不是吗？"

蒙雨乔很开心，某些时候，她的确很享受傅雅文的体贴跟对自己的了解。

蒙雨乔靠在他怀里，听着窗外的雨声，眼神望到傅雅文闭目的侧脸，俊美清逸。他真的很像那个人，这一瞬间，几乎与云涛在她记忆中的样子重叠。

温润又高雅的姿态，可以融化人心的男人。

蒙雨乔的手指有些戏弄地抚上傅雅文的睫毛。他的眼睛漂亮，睫毛也是长长的，流露出一种莫名的孩子气，让女人心动。

"这个时候，你看起来真的很像那个人。"蒙雨乔的声音带着怀念，带着少有的温柔。

"云涛吗？"傅雅文早已习惯她时不时想起那个人，毕竟一个活人是没有办法和一个死去的人争的。那些不会再重来的回忆，因为那个人的离开，在蒙雨乔的记忆里，变得更珍贵；而自己，在蒙雨乔心里，却不是那样珍贵的存在。

傅雅文可以理解那种感情，也已经不想去争什么。

"嗯，他睡着的时候，总是乖的样子，而我，只要看着这样的睡颜，心情也会平静下来，无论有怎样的烦恼和愁绪，好像都能安定了。"蒙雨乔轻声说着，声音里透着一些寂寞和伤感。

"那就看吧，晚安。"傅雅文低声道晚安，温暖的大手握住她的手，给予她温度。

蒙雨乔心中悸动。

她不明白自己这一刻的心绪，到底是因为云涛，还是睡在她身边的这个男人。

早上，雨停了，天空微微放晴。

傅雅文睁开眼，这一觉睡得很好。

他侧头看了看身边，床上已经没有蒙雨乔的身影。

他走出卧室，最后在花园的回廊上看见了蒙雨乔。她坐在轮椅上，喝着咖啡划拉着平板电脑。

"你自己过来的？轮椅在底楼，你拄着拐杖从楼梯上下来很危险。"

蒙雨乔笑起来："傅先生，不要把我看得弱不禁风，事实上，我走得很好。你睡那么沉，我不想叫醒你。"

她晶亮的眼看着他，心情似乎很不错。

她把平板电脑搁到傅雅文面前，笑盈盈地看着他："网上说，我们马上就要离婚了，因为跟你吵架，我才从 T 台上摔下来骨折了。"

傅雅文皱着眉，也有些错愕。

"看着这样想象力丰富的假新闻，我不知该怎么表达我的心情。"蒙雨乔明艳的脸上收起笑容。

傅雅文知道这是她生气的前兆。

"早餐吃了吗？想吃什么？我去做。"他对这些胡编乱造的八卦没兴趣，也不预备再和她讨论这个话题。

他转身准备离开，蒙雨乔却在他身后说："对了，还有一篇绘声绘色描写你和你的女搭档暗中生情的言论，也很有趣。她是舞蹈界的新星对吧？我看那些狂热粉丝都叫她'女神'，很漂亮吗？"

傅雅文转身，幽黑的眼望着蒙雨乔："没有这样的事。"

不像傅雅文的正经，蒙雨乔笑得很开心："雅文，你看你，又认真了，我当故事在看啊。"

傅雅文分不清她说的是真是假。有些时候，蒙雨乔明明表现得漠不关心，但他能感受到，她不喜欢这样的新闻，所以他一直尽量避免和女舞者有过多接触。

蒙雨乔看着他，脸上还是带着笑意："今天是周末，中午要回大宅吃饭，准备一下吧。"

傅雅文和蒙雨乔到达蒙家大宅的时候，其他人都已经来了。

蒙雨乔索性要傅雅文抱着走进屋里，引来蒙若华的一阵取笑："欸，我们雨乔真是幸福啊，结婚这么久了，都还像新婚一样恩爱哪。你看雅文把你宠得，坐轮椅上不就好了？"

话藏机锋。

蒙雨乔美丽的脸庞露着娇笑，瞅了自己姐姐一眼，坐到沙发上找到舒适的位置，然后让傅雅文把靠垫放在她背后。她抚了抚丈夫的手背，对着蒙若华笑："大姐别笑我了，姐夫不是一样很好？吃饭时都会替你剥虾。"

两个女人互相凝视的笑里，有较劲的意味。

蒙雨乔不会听不出蒙若华话语里隐隐的讽刺，她一点都没兴趣和别人争这些，偏偏有的人总喜欢攀比。

她要和傅雅文结婚时，蒙若华曾把话说得很难听。说她不用这么自贬身价，找一个声名不佳的舞者，还让她不要成为外人的笑柄，连累蒙家人丢脸。

现下看傅雅文对她体贴，倒摆出这副面孔了。

她们姐妹从小就不是很亲近，做什么也总喜欢比较，可能是因为出生在这样的大家庭，都想展示自己的能力，好让父亲注意到自己。

蒙广生从不因为没有儿子而觉得遗憾，可他对蒙雨乔的偏宠，使得蒙若华和蒙依瞳对她更为妒恨。

而且蒙雨乔性格里的固执和傲慢，也的确让人有些难以忍受。

蒙雨乔和蒙若华在这边说着话，蒙依瞳却一直坐在旁边，一言不发，翻阅着手上的文件。

趁着傅雅文出去把轮椅取来的空当，蒙雨乔看着蒙依瞳说："依瞳，听说你想找雅文拍摄新季的珠宝广告？"

蒙依瞳抬头看她，微微一笑："是啊，这次新推出的复古珠宝，我想找姐夫来拍，姐姐有意见吗？"

蒙雨乔淡淡一笑："这件事你和爸爸商量过没有？毕竟是臻永珠宝主推系列，用家里人不一定妥当。"

蒙依瞳看着她："蒙氏的广告这一块一直由我在负责，雨乔姐可看到我有什么出错的地方？你觉得不妥当，是因为我找了姐夫吧？"

蒙依瞳并不相让，话语锐利。

"我只是提下我的意见罢了，你不需要这么在意。有那么多的当红艺人可以选，偏偏选你姐夫是要干吗？"蒙雨乔微微一笑，姿态放松，不像蒙依瞳的严肃。

"而且，雅文还没答应你吧？"她看着蒙依瞳，眼神却有些挑衅。

蒙依瞳的指甲掐在手心里，她站起身，看着蒙雨乔："我今天就会和爸讨论这件事。现在文化溯源，古典舞拥有了更多的爱好者，我做了很多准备，广告出来的效果，我想可以期待。"

她控制着自己不说出过分的话来，心里却越发嫉恨蒙雨乔。

从看到傅雅文抱着蒙雨乔走进来的那刻起，蒙依瞳心里就像被针戳着，十分不痛快。她那不能言说的感情，让她想要发狂发疯，她是在竭力控制着自己。

蒙雨乔，你莫要得意，平时那样对待雅文，总有一天你会失去他的，你根本不配得到他。

午饭后，阳光正好，傅雅文推着蒙雨乔在蒙家大宅的花园里闲游。

花园里有一个温室，园丁栽培了草莓。

鲜红欲滴的草莓，颗颗饱满，傅雅文很有兴趣地采着草莓，蒙雨乔便坐在一旁看他。

"你好像特别喜欢做这些。"蒙雨乔叹口气。现在大姐夫莫展鹏正陪在父亲蒙广生的身侧，她觉得就算雅文不会拍马屁，至少也要表示些诚意，好让蒙广生满意。

不过傅雅文好似全然不懂这些，更多时候是避得远远的。就是因为这样，他才不得她母亲芸彬的喜欢，不是吗？

"小时候我在福利院，可没有这些呢。要是能吃到这么大的草莓，孩子们会很高兴的。"傅雅文语带怀念。

蒙雨乔心里莫名发酸，然后便被这种奇怪的感情吓到。

她深吸一口气，淡淡一笑："喜欢你就多摘点，反正何姨嘱咐我们多摘些，等午茶的时候吃。"

傅雅文望着她，粲然一笑，那笑容帅气得令蒙雨乔屏息。这一刻，蒙雨乔都分不清自己看到的是雅文还是云涛。

"下个礼拜要去外地？"

"嗯，有表演在邻市，不是很远。"雅文轻声说，并没有抬头。

"那你就安心去吧，到时我可以让护士留下来，不用担心我。"蒙雨乔忽然说。

傅雅文抬起头，有些讶然地看她。

蒙雨乔被他深邃的视线看得些许脸红："我也没这么娇气，你别让我老当恶人，好像我总在欺负你，难道我还会命令你回来不成？反正我的脚也好得差不多了。"

她说不出让他好好休息的温软话语，虽然也是关心他的，可是在面对他的时候，她竟会不好意思将那些关心说出口。

同时蒙雨乔在心里告诉自己，是因为最近雅文太辛苦，他那张与云涛相像的脸瘦了，自己只是不希望他再瘦下去，只是这样而已。

傅雅文微微一笑，轻轻地牵住她的手。

他的手掌那么温暖，引得蒙雨乔心底一阵怦然跳动。

"脏兮兮的，手上都是土，干吗忽然握着人家？"她低声抗议。

傅雅文却将她的手握得更紧，脸上也带着满不在乎的笑，那笑容如同这午后的暖阳，往她心里注入一些滚烫的东西。

蒙雨乔望着他，竟说不出话来。

第四章
致命的误会，我爱你又变成了我恨你

腿受伤的这段日子，她和雅文的感情好像有了些变化。

蒙雨乔自己也分不清，每次想到这个，心里总会一阵烦乱，但烦乱之余，却又有种说不明的隐隐喜悦。

但她告诉自己，自己是不会喜欢上傅雅文的，慕云涛是她心中无可取代的存在。

她以前一直这么笃定着，现在却越来越习惯雅文的陪伴。他的细心他的温柔，都在她心里留下痕迹，那样细小地一点一滴累积起来，竟不知道在什么时候变成了一种自然。

她想对他漠不关心，却发觉自己已经做不到了，反而在他不在的时候，会期盼他快些回家，甚至会因为听到他的声音而心中雀跃。

蒙雨乔为自己的转变心烦意乱，这种烦乱，在去医院检查身体之后，更达到了顶点。

"怀孕？"她几乎不敢相信医生的话。她的腿拆了石膏已经有一个多月了，伤势也恢复得很好。几天前来复诊，在母亲的坚持下，还做了一个全面的身体检查，其中就包括孕检。没想到，在拿到检查报告的今天，得知自己怀孕了。

"蒙小姐。"医生看着她脸上那称不上高兴的表情，喊了一声。

"医生，你确定吗？不会是弄错了吧，我什么感觉都没有。"蒙雨乔还是不敢相信，她和雅文一直有做避孕措施啊。

医生看她不相信的神情，微微一笑："蒙小姐，检查不会有错，你的确怀孕了。"

蒙雨乔心中一震，她这个月的例假的确还没有来，但她还没想到怀孕这一点上。

"夫妻间就算避孕，也是会有意外的可能的。"医生解释着。

蒙雨乔心乱如麻，她根本没有准备好要小孩，更别提是傅雅文的孩子。

不，应该说她只想过为一个人生小孩，但那个人已经死了……

蒙雨乔觉得自己头痛欲裂："医生……如果要拿掉小孩……"她头脑混乱，甚至不知道自己说了什么。

医生一怔，然后说："蒙小姐，如果你不想要这个小孩，请尽快做决定。你现在怀孕不久，由于胚胎尚未成型，体积较小，女性的子宫没有多大变化，在这种情况下做手术，对子宫的伤害程度小……"

蒙雨乔也不知道自己是怎么从医院回来的，她只记得自己叫医生保密，不要把她怀孕的事情告诉任何人，包括她母亲。

她还没考虑好，要不要这个小孩。

拿掉小孩这种事她以前从没想过，她的肚子里有了一个小生命，真的要这样扼杀他吗？

她觉得自己做不到。

但是，生小孩这件事，也根本不在她的计划里。

想到雅文，她更是心乱。

039

如果和傅雅文有了小孩，那他们的关系会变成怎样？

本就已经复杂到极点的感情，若只是他们两个人，分开的话也会容易些，一旦有了小孩……她会和傅雅文永远系在一起吗？

不，蒙雨乔摇头，她根本没准备好永远面对傅雅文。

更何况，是一个长得和云涛一模一样的男人，她只当他是替代品不是吗？

晚上八点，电话忽然响了。

蒙雨乔拿起手机，并不是熟悉的号码。但在确定不是雅文打来的时候，她像是松了口气。

这几天他都在苏市表演，所以没有回来。

"喂，请问是雨乔吗？"电话那头是一个男人的声音，有一点陌生。

蒙雨乔怔了一下："请问你是？"

"雨乔，我是雅文的经纪人谭亮，我们见过的。"男人急匆匆地说。

蒙雨乔在他的声音里听出了不安的讯息。

"怎么了，雅文有事找我？"

"雨乔，晚上的舞台表演出了意外。剧场发生了火灾，我今天刚好不在雅文身边，只知道现场受伤的人都被送到医院去了。我打雅文的手机，联系不上他，同组的演员也没看见雅文……现在人多比较慌乱，也不一定是雅文出了事，你先别急，但我觉得应该让你知道……"

谭亮的话像是晴天霹雳，蒙雨乔头脑瞬间一片空白。

"雅文他……"她说出的话都有些颤声，第一次失去了冷静。

"我也不清楚，我现在正赶往医院，等到了医院再跟你联络。"谭亮匆匆地说。

"等一下,是哪家医院?"

蒙雨乔驾车行驶在高速公路上的时候,觉得自己疯了。但是她不能抑制这种疯狂,只要一想到傅雅文可能出了事,她整个人就像被什么东西在重重敲着,不能呼吸,不能思索。

想起当年从云涛的父母那边得知云涛去世的消息时,她当场就昏了过去。后来她飞往国外,最后也只赶上云涛下葬。看着他的棺材被埋入墓地,她想要再见他一面都不能,哭着扒着晕倒在墓园。所以她其实并没有见到慕云涛最后一面,也不知道他死亡时是什么样子的。

但现在她无法想象会看见什么样子的傅雅文,这让她恐惧得发抖。

开了几个小时,从江城直达苏市,最后找到医院。

小小的医院在夜幕里显得破旧压抑,但是这附近也只有这一家医院。

蒙雨乔急匆匆地走进去。

虽是深夜,但医院分外拥挤。因为一场意外,一下变得人满为患,还有闻讯赶来抢第一手资料的记者。

蒙雨乔只想快些找到雅文,她一边寻找一边拨打谭亮的电话。

傅雅文的手机一直不通,她想谭亮应该已经到了。

但是,现在连谭亮的手机也没人接了。

急救室外有女人哭泣的声音,还有人在旁安慰,那些流泪的不安的脸孔,一张张,一幕幕,都让蒙雨乔觉得眩晕、窒息。

他会有事吗?

如果他……

蒙雨乔眩晕得眼前发黑,下意识地靠到墙边才能站稳身子。

"雨乔!"

熟悉的呼唤令她浑身一震，整个人颤抖地循声望去。

在那边，是雅文，他手臂打着绷带，脸上还有黑黑的痕迹，但是他好好地站在那里，并且正在活生生地向她走过来。

蒙雨乔觉得自己的眼睛都有些模糊了，她一动不动地站着，就害怕是幻觉。

傅雅文很惊讶能在这里见到她，她苍白的脸色，看上去摇摇欲坠的身影，都让他震惊不已。

他无法想象，她来这里是为了自己，可是，没有别的解释。

"雨乔！"他快步走到她身边，紧紧地拥住她，也不管绑了绷带的手感到一阵疼痛。

他温暖的体温让蒙雨乔渐渐有活过来的感觉，她的理智回来了，透着模糊的视线，怔怔地看着傅雅文。

"雅文，雅文，你没事……"她颤抖的嘴唇还有些语无伦次。

傅雅文见她眼里落出的眼泪就像珍珠一样，一滴滴地落在他心上。

她在为了他哭，所有强烈的感情都像泄闸的洪水一般倾泻出来，激荡得他来不及细细分辨。

他只能紧紧拥住她，修长的身形也有些颤抖，什么都说不出。

此起彼伏的闪光灯，也没能令他们清醒。

蒙雨乔开着车，时不时还会偏头看身边的傅雅文。

夜间的高速公路，车并不是很多。

傅雅文没有绑绷带的手伸过来，轻轻碰了下她的手腕，好像在告诉她，不用再不安了，自己就在身边。

蒙雨乔心思纷乱，还来不及整理自己方才的感情。

事实上她也不愿去回想那一刻的自己。

那是一个陌生的自己。现在雅文没事了，就坐在她身边，她却还是无法开口诉说自己怀孕的事情。

"对不起，让你担心了。"傅雅文低沉的声音很温暖。

蒙雨乔抿紧嘴唇，冲口而出的话显得有些尖锐："演出还会遇到这样的事，我说过，让你不要继续跳舞了。"

每次听到她说出不要他跳舞的话，他心口都会一窒，然而他想着她担忧的样子，温声说："很少有这样的情况，以后不会了。"

"以后？"蒙雨乔心好似一颤，"不许讲这样的事，还有一次看看，我绝对不饶你！"

傅雅文熟悉她的脾气，为她这样的话语，反而笑了。

"回去后找顾医生再好好检查一下，那家医院让人不放心。"蒙雨乔故作冷漠地说。

"嗯。"傅雅文还是温和地应着，深邃的眼眸看着她，带着淡淡的笑意。

蒙雨乔能察觉他温柔专注的凝视，只觉得心跳怦然，她只得紧紧握着方向盘，直视前方认真开车。

江城歌舞团在苏市演出遭遇火灾的新闻出了之后，蒙雨乔和傅雅文拥抱的照片占据了头条，绘声绘色地描绘着两人相拥的场面，之前说他们要离婚，现下又说他们旧情复燃。

总之又被各处娱乐论坛八卦了一番。

接到母亲打来的电话，又是诉说对傅雅文的不满，蒙雨乔没放在心上。

时间一天天过去，蒙雨乔仍没有下定决心拿掉孩子。

她觉得这件事不能再隐瞒下去，必须对傅雅文说。

但是面对傅雅文的时候，她就是开不了口。

傅雅文还在为新舞剧忙碌，这段日子他常常不在家，而蒙雨乔的妊娠反应也不强烈，所以身边没有人察觉她怀孕了。

颜茵的来访对傅雅文来说是一个意外。

傅雅文在准备下午的正式演出，没想到站在门口的会是颜茵。

他们分别多年，她对傅雅文来说，并不是想去回忆的存在，但对她之前给予的帮助，他却不得不感谢。

颜茵曾是江城歌舞团的前任总监，三年前她卸职离开，去了法国定居。

许久没见，四十多岁的颜茵保养得很好，窈窕的身形，看上去不过三十多。

傅雅文没想到还会有再见的一天。

"我回来了，只是来看看你过得怎么样。"颜茵看着他淡淡而笑，"结婚都一年多了，也不通知我，还是跟赫赫有名的蒙家人。"

傅雅文辨不清她话的真假。

颜茵对他而言一直是太过复杂的存在。她带他进入江城歌舞团，给了他机会，让他可以在舞台上大放异彩，这一点他永远感激她。

可她也逼迫过他，在他最艰难的时候用最卑鄙残忍的方法来逼迫他，让他不得不做出违背心意的事。

傅雅文礼貌地请她坐下，神情却不像颜茵这么自然，毕竟她已经是他不想要去记起的人。

"雅文，你还是不想看见我？"颜茵的目光落在他脸上，"你怕我会破坏你的婚姻？"

傅雅文摇了摇头："不是这样。"

颜茵风韵犹存，一双眼睛有着经历世事的沧桑。

"我知道，你不想记起我。当年我是做了过分的事，但你若肯体谅一下我当时的感情，我……"

"都过去了，抱歉，我不想再提起那些事。"

颜茵深邃的目光看着他："雅文，你真让我伤心，我现在变成了你的不想提起，是你记忆里的阴影？你对我的厌恶就这样深？再怎么说，我都给了你机会，还帮你让你的徐哥走得安详一点，不那么痛苦……"

她的话让他回忆起年轻时青涩的自己，还有已然去世多年的他的恩人徐哥。

"我只想来看看你，但看样子我来错了。"颜茵淡淡一笑，望着雅文的眼神却是专注的，带着些没有隐去的感情。她总是这样，让他感受到她或许爱他，但对他做的事却桩桩残忍。

"雅文，你的眼睛，还是那么天真干净。我有时候也觉得自己很奇怪，既看不惯你的这些傻气，——经过了那么多敲打、煎熬磨砺，你的眼睛为什么还不晦暗，为什么还能那么干净？我就会坏心地希望你能狠狠地跌跤，陷在泥坑里懂得教训，但偶尔又想要留住它们。正因为还是那么干净温良，你才显得与众不同，让我心动……"

她又在讲这些疯狂的言语，傅雅文很熟悉这个女人骨子里残忍又疯狂的一面。

颜茵幽黑的眼睛深深望着他："雅文，你又觉得我是个疯子了？"

"我不评价别人。"他淡淡地回应。

听他的话，颜茵笑起来："是啊，你的确从不评价任何人。恭喜你，《春江花夜》在温哥华表演的时候我去看了，你的舞技又更上一层楼，不过你的伤病更严重了对吗？所以去年《春江花夜》的领舞位置给夏吟风抢去了。"

　　傅雅文看她妆容精致的脸孔，她的红唇一贯涂得浓烈热情，他应该讨厌这个人，但不得不承认，她确实是最了解他的人。

　　"颜老师，谢谢你曾经给我机会。"他看着她。

　　颜茵似没有料到他会这样说，惯戴面具的脸上出现了一瞬的空白，随即她笑着说："雅文，我有没有告诉过你，你有一个缺点，反应总是慢半拍，无论什么都想要一本正经地说清楚，你这个样子会让你吃亏。"

　　"作为一个陷害过我的人，你说得还真是坦荡。"傅雅文叹口气，他还是不习惯颜茵看着他时那种过分深切的目光。

　　颜茵发觉了他的情绪，微微一笑："我知道你还是不想看见我。雅文，我只想看看你过得好不好，相信我，没什么恶意。"

　　傅雅文注意到她厚重的妆容下似有些憔悴："你……是不是有什么不舒服？"

　　"哪有什么不舒服，我只是老了。"颜茵笑了笑，依旧目不转睛地看着傅雅文。

　　"我很羡慕她，你的妻子，她可以有青春，还拥有你的爱。"她不由自主地说。

　　傅雅文心间一窒，看着这个让他痛苦过却又让他成长的女人。

　　颜茵的眼睛藏不住岁月的痕迹，傅雅文想到她变成老妇人的一天，想着他们都会生老病死，也许这一次，真是最后一次见面了。

　　心里那些伤痛的回忆都慢慢释然，他站起身，想要送她出去。

　　"不用送我了，你别怪我冒昧过来就好。"颜茵见他举动，心潮还是一阵波动，就算这个男人比自己小了十几岁，但她的确爱他，甚至仍为这份爱疯狂、悸动，可惜她用了错误的方式。

　　"雅文，这一次分开可能下一次你就出现在我的葬礼上了，在走之前，可以让我吻吻你吗？就当是个老朋友。"她忽然靠近他，半开玩笑的口吻，强势的气场如同过去。

傅雅文摇了摇头，但她口中的"葬礼"两个字，莫名地触到他。在看到颜茵眼中的失望惆怅时，他伸开臂膀轻轻抱住她，像个朋友那样，给了她一个拥抱。

颜茵却没有依他，忽然踮起脚吻上他的唇，但并没有更过分，只是轻轻贴着他的唇。

只有她自己知道，这是最后一次了。

和记忆中一般微凉柔软的感觉，颜茵叹息一声："真的很高兴再见到你，雅文，谢谢你。"

被强吻到的傅雅文措手不及，他推开她。

已经达成愿望的颜茵却笑得很满足："你看我说过，你这慢半拍的性子会让你吃亏。如果你动作再快一点，我就吻不到你了。"

傅雅文是个喜欢看画的人，谭亮每陪他去一个画展，都受不了他看画的速度，他可以在一幅喜欢的画前面驻足到谭亮想要睡着。

颜茵离开后，谭亮走进傅雅文的办公室："颜老师送了一幅画，包装好的，该怎么办？"

闻言，傅雅文皱了下眉。

谭亮又说："上星期你去画展买的那幅画刚好也送来了，这个你是要放到家里的对吧？"

提到傅雅文买的那幅画，谭亮便记起他赏画时的神情。谭亮是不太懂画的，可那幅画他也觉得很好，纯粹温暖的画面，向日葵花田，还有一家三口小成点点的身影。怎么说呢，画面让人感觉到很温暖很安全，从心底升起愉悦。

但谭亮也只是那么个感觉，可傅雅文如获至宝的神情，谭亮至今都不能忘记。

"送回别墅就好，我想要挂在练舞房里。"傅雅文提到自己喜欢的画，语声柔和。

"练舞房？"谭亮怔了一下，"大哥，你不挂卧室不挂客厅挂什么舞房，谁还在练功房里挂画的，你跳舞的时候有时间欣赏？"

傅雅文的表情没什么变化："那山庄不是我的，随意改变格局，雨乔会生气。你知道的，她花了很多心思在那里，只有舞房，是她不会来的地方。"

谭亮无话可说，但觉得很憋屈。可能怎么办呢，谭亮不是不知道傅雅文跟蒙雨乔的真实关系。

"行，我知道了。那颜老师那幅画……"

"送回我原来住的屋子吧。"

"不拆开看看？"谭亮有点好奇。

傅雅文摇摇头："按理说我不该收她的礼，但她是个执拗的人，既然送出了怎么退回她都会想方设法送回来。"

谭亮背心有点冒冷汗，想想的确是这样，颜茵是个有些疯癫的女人。以前还担任总监的时候，谭亮见识过她的歇斯底里，她手下的人都害怕她。

蒙雨乔看着那些散落在面前的照片，身子无法抑制地轻颤，她简直不相信自己的眼睛。

当蒙依瞳把照片交给她的时候，她绝对没有想到会见到这些。

她有个不忠的丈夫？

"二姐，这是和我关系很好的媒体朋友在发布前截获的，差一点就要登出来。我也没料到是这样的照片，拿不定主意，觉得还是要让你知道比较好。"蒙依瞳看着她，脸上的神情亦是担忧，似乎对发生这种事觉得难过。

"对方要价多少？"蒙雨乔脸色有些苍白，但还维持着冷静。

蒙依瞳懂她的意思，便说："钱的事不用担心。我想这件事最好不要让爸爸知道。"

蒙依瞳很有分寸，蒙雨乔的眼睛却还瞪着那些照片。

"二姐，也可能是误会，这个女人……"

"我认得她，颜茵。"蒙雨乔的嘴唇有些泛白。

蒙依瞳点点头："曾经是江城歌舞团的总监，姐夫和她交往过……"

蒙依瞳没有说下去。蒙雨乔和傅雅文结婚时，傅雅文过去的点滴都被挖掘得干干净净。

颜茵当时在业内是个有名的女人，手腕强悍，有钱也有能力。传闻里她和许多男人都有牵扯不清的关系，大家都笑着说她是舞蹈界的女王，背后的意思不言而喻。

蒙雨乔瞪着那些照片，不能忍受傅雅文对她的欺骗。他和她结婚了，为什么和前任这个老女人，还有这样暧昧相拥的照片，甚至是接吻。

这就是傅雅文口口声声说会对她忠诚的证明？

这未免太过讽刺，蒙雨乔最不能忍受的就是别人骗她！她还怀着他的孩子，而他竟然和老情人藕断丝连？

就在他说着会对婚姻忠诚，不会做对不起她的事的时候，他给予了保证，那些却都是谎言！

眼前这一张张亲吻拥抱的照片，那种若即若离的暧昧氛围，就像一条利鞭在一下一下鞭打着她的心，让她痛得无法呼吸。

她想吐。

压制着怒火，她不发一言，转身上楼，对身后蒙依瞳的呼唤置若罔闻。

蒙依瞳从未见过她如此狼狈的神色，视线落到那些照片上，心上也觉得痛苦。她忍不住低喃："蒙雨乔，你现在一定比我更痛苦吧？"

傅雅文回到家的时候屋里一片漆黑，他有些意外，继而发现了坐在沙发上一动不动的蒙雨乔。

"雨乔，怎么了，为什么不开灯？"傅雅文走到妻子身边，见她不发一言只是看着一个地方发呆。

他刚要握住她的手，却被她像触电似的甩开。

"雨乔。"傅雅文不解，目露担忧。

蒙雨乔慢慢看向他，那眼神就像是看着一个陌生人。

她仿佛可以闻到他身上留下的那个女人的香水味，他说忙的这些日子，是不是都和颜茵在一起风流快活？

想到自己为了要不要这个孩子而纠结的心意，过去那段日子的心烦意乱，现在都好像是最大的笑话。

不，是打击，打击了她全部的骄傲跟感情。

"你不要碰我！"蒙雨乔的声音凝结成冰，这一刻，她是恨傅雅文的。

傅雅文怔了一下。

"你昨天做了什么？"蒙雨乔盯着傅雅文的眼睛冷冷问，身体却在轻轻战栗。

傅雅文不解地看她："我不懂你的意思。"

蒙雨乔冷笑一声，对这个人充满厌恶，不想再听他说一个字，用力推开他，向楼上走去。

"雨乔。"傅雅文追了过去，他不知道发生了什么，但蒙雨乔这样激动恼怒的神色，他从未见过。

"你走开，我不想看到你！"站在楼梯上，蒙雨乔回头，眼神里满是厌弃和痛苦，傅雅文都看得清清楚楚。

傅雅文想要握住她的手，好好地问她到底发生了什么，如果她生他的气，也给他一个解释的机会。

谁知蒙雨乔见他伸过手来竟反应激烈地去推他，倏然间，她整个人失了力，身体前倾向前栽倒。

她坠落的速度太快，傅雅文急急跃身想过去抱住她，然而她连摔下去都还在推拒他的靠近。激烈的排斥里，傅雅文被她推撞到栏杆上，而她自己则狠狠地滚落下楼梯。

"雨乔！"傅雅文惊叫。

他慌忙过去查看她的状况。

蒙雨乔已然昏厥过去。

傅雅文发现她身下渐渐晕出的鲜血，那触目惊心的颜色，令他苍白的脸孔同蒙雨乔一样没有血色，他颤抖地急忙拨打120。

蒙家人闻讯赶到医院。

芸彬听了医生说明的情况，几乎晕倒。

她的女儿怀孕了，却又因为从楼梯摔下而小产了。

她一巴掌狠狠地甩到傅雅文的脸上。

她厌恶这个人，从一开始就不同意雨乔嫁给他，现在果然证明她没有错，这个男人不仅没有好好爱护雨乔，还让她的女儿发生了这种事。

"你做了什么？让我女儿从楼上摔下来！你是不是故意推的她？"芸彬咬牙切齿地看着他，神色里尽是嫌恶。

傅雅文脸色苍白，默默站在那里。

芸彬又一巴掌想甩过去，被身旁的蒙依瞳阻止："妈，别这样，等二姐醒了再说。"

"爸也快过来了，妈你冷静一下。"蒙依瞳安慰着母亲，急忙把她拉开，不让她再对着傅雅文撒气。

安抚了母亲之后，蒙依瞳才走过来看傅雅文，他还是坐在手术室外面，像失了灵魂那样，不发一言。

蒙依瞳不忍看他这样，低声问："发生了什么事，为什么雨乔姐会从楼上摔下来？"

"她很生气……"傅雅文低幽的话语，轻得几乎不可耳闻。

蒙依瞳心中重重一扯，一股无法摆脱的愧疚和负罪感瞬间抓住她。是她故意把那些照片给蒙雨乔看的，她只想激怒蒙雨乔，想破坏蒙雨乔跟傅雅文的关系。但她不知道蒙雨乔怀孕了，也不知道会发生这样的事。后面这一切，都不在她的预想之内。

蒙依瞳竭力想为自己开脱，但心底还是被罪恶感占据。

傅雅文见她难受的样子，以为她是在担心雨乔。

"医生说，孩子没有了……"他语气痛苦。

他全然不知道自己的妻子怀孕了，那小生命，是他和雨乔共有的，是他们之间的维系。他还来不及喜悦，就发生了这样的事。这痛苦，比起一无所知，更甚一万倍。

"姐夫……"蒙依瞳体会到他的痛苦，她的心也好难受，"你别太伤心，雨乔姐的情况还好，医生说了会好起来的。"

傅雅文深吸一口气，苍白的神情有些空空荡荡，他幽深的眼睛定定看着手术室："嗯，只要雨乔没事。"

说着这样的话的时候，他心里的酸涩与痛楚却并未减轻分毫，他想到了雨乔推拒他从楼上摔下的神情，那张脸上充满了厌弃与憎恶。

蒙雨乔好像做了一个很长很长的梦。

在梦中，她看到了自己的孩子。

她坐在花园里，怀里抱着一个可爱的婴儿。

小宝宝在她怀里笑着，她逗着他，觉得很开心很温暖。

她的手轻轻拍着孩子，哼起了摇篮曲。

忽然，刮起一阵大风，转瞬之间她怀里的宝宝不见了。

空荡荡的四周，不再是熟悉的花园，而变成了阴冷黑暗。慕乔山庄的一切都变得破败，周围是一片迷雾，那些她喜欢的树木藤枝瞬间都像妖怪的触手，将她紧紧圈在里面，她恐惧极了。

"宝宝，我的宝宝呢？"她惊恐地喊。

寂静到极点的窒息空间里，没有任何回应。

她奔跑起来，拼命想跑出这片令她害怕的地方。

茫然中，耳边却响起了微弱的声音。

"妈妈，你为什么不要我？"她听到孩子稚嫩的声音。

"不，我要你，要你啊！"她急切地喊，却一点声音也发不出来。

她惊恐地呼吸着。

"你说谎，你在说谎……"那稚嫩的声音一直重复。

"不是，我真的要你，我要你啊，我的孩子，孩子……"

倏然间，一道娇小孤零的身影站在那里。

她看见了孩子的眼睛。

那眼睛忽然变得很可怕，从一双眼变成了许许多多的眼睛，仇恨的目光，许许多多的眼睛都在瞪着她！

"啊！"她惊恐万分地尖叫起来。

她整个人重重震动了一下，仿佛从高空坠落，冷汗淋漓地醒过来，才发觉自己做了梦，一个令她毛骨悚然的噩梦。

安静的病房里，只有输液瓶里的药水在静静流淌，还有在旁边观察她的医生。

"医生，我想见我的丈夫。"蒙雨乔忽然开了口，用充满干涩的声音说出这句话。

傅雅文怀着期待走进病房，蒙雨乔终于肯见他了。

昨天当她醒过来知道失去孩子的时候，情绪非常不稳定。

被强行用药物镇定后，又一直都不肯见他，直到今天，她忽然对医生说要见他。

傅雅文进去的时候，蒙雨乔静静地躺在那里。

他在床边坐下，用有些沙哑的声音，轻轻地唤她："雨乔。"

蒙雨乔没有回应，闭着眼睛，身体却忍不住有些轻颤。

傅雅文以为她是难过和冷，不由自主地握住她的手。他想雨乔也许会推开，但是她没有，而是安静地让他握着。

傅雅文感觉到她冰凉的手，便忍不住俯身拥抱她，想要把自己身上的暖度传递给她，更想分担她的痛苦。

"雨乔。"他轻轻亲吻她的脸颊，眼睛潮热，他知道她因为失去孩子而痛苦，他和她一样痛苦。

蒙雨乔承受着他的亲吻。

她眨眨眼，好像有了知觉，有些茫然没有焦距的眼慢慢望向他。

傅雅文看得心痛，将她拥抱得更紧。

蒙雨乔蜷缩在他怀里，接触到男人温暖的身体，但她的眼睛没有一点温度，冰凉又怨恨。

她的指甲轻轻掐在他后背上。

而傅雅文，全心全意地抱着她，一无所觉。

第五章
千疮百孔的心与爱人的羞辱

蒙雨乔可以出院了。

这些天傅雅文一直细心地照顾她，只是她始终沉默寡言。

对两人的争吵和从楼上摔下来导致小产这些事，蒙雨乔也未再说什么。

芸彬满腹怨气。她不知道当日到底发生了什么事才让女儿从楼梯上摔下来，只能怪傅雅文没有照顾好女儿。

她很想要雨乔离婚，但是雨乔根本没有回应她，这让她也不好再讲什么。倒是蒙广生对她的提议很生气，说她是妇人之见。

出院当天，傅雅文开车接蒙雨乔回家。

蒙雨乔还是很安静地坐在他身边。

这些日子，寡言的蒙雨乔让傅雅文觉得不安。过去他们也曾争吵冷战，却都与这次不同，两人之间有些东西，不一样了。

她那天明明是那样生气，失去孩子又遭受痛苦，为什么，她反而不对自己发泄呢？

回到家，傅雅文整理好蒙雨乔的药品，替她倒了一杯热牛奶，看她还坐在客厅里，兴趣寥寥地看着电视。

"雨乔。"他轻轻唤她。

蒙雨乔抬头看他，那视线里没有温度。

"你到底为什么生气，能告诉我吗？"傅雅文想要和她沟通。

蒙雨乔看着他许久，嘴角扯出一抹笑，那笑容又冷又刺人，然后她一言不发地起身上了楼。

傅雅文看着她的背影，心里有些难受，不明白到底发生了什么，但稍后蒙雨乔就下了楼，同时将一沓东西扔在他面前。

傅雅文拾起那些照片，在看清之后，神色苍白。

蒙雨乔看着他的神情，冷冷一笑："怎么了，让你受惊了吗？"

"雨乔……这是误会。"雅文震惊之后，郑重地解释。

"傅雅文，你真是最好的戏子！"蒙雨乔嘴角扯着笑，仿佛在看着他表演。

她的笑容讽刺得厉害，刺痛了傅雅文，也让傅雅文觉得无论自己说什么，她都不会相信。

但是不可以这样，这可怕的误会，必须要解释清楚，他欠蒙雨乔一个解释。从这些照片上看，他的确伤害了她。

"雨乔，你听我说，不是照片里那样的。颜茵来找我，想见我一面，我和她告别，什么事都没有……"他抓着蒙雨乔的手，试图解释。

看着他急迫的样子，似乎还在演戏，蒙雨乔几乎想甩上一巴掌打碎他戴的面具。

她看着他，口不择言："傅雅文，见面的话，需要接吻吗？还有你那样抱着她很缠绵怀念的样子，还说一点事情没有？或者说，你们的关系一直没断，在我们结婚后，她还是兴致盎然地包养着你吗？她给了你多少钱？"

听到"包养"两个字，傅雅文脸上的血色瞬间褪尽，静默苍白地看着她。

"怎么，被我说中了，没有话说了？"蒙雨乔冷冷地看着他，心里像被刀割一样，一点一点裂得生疼。她真的恨这个男人，非常恨他。只有在刺伤他的时候，她才有一点痛快。

"她去了法国，我们有好几年没见。照片上拍到的，是我们唯一一次见面，我没有做对不起你的事。"傅雅文低沉的声音难抑痛苦。

他被蒙雨乔刺伤了，那样犀利的言语就好像一把刀插进他心口。

别人也曾侮辱他，但当这些话是从他深爱的女人口中说出时，那疼痛几乎深入骨髓。

"够了！"蒙雨乔尖锐地喊出来，所有伪装的镇定都在瞬间被撕碎。

她痛苦！她怨恨！

"傅雅文，你还要骗我到什么时候？孩子都没有了！是你，是你杀了我的孩子！

"我一直在矛盾中，究竟该不该要这个孩子。我，真的有打算要这个孩子的。以为你出事的那天，我去医院见你，一路上我浑身颤抖地开着车！我怕你出事，怕孩子没有了爸爸，我不想没有他也没有你，到最后我得到了什么？！"她说得凄厉，整个人都不可抑制地颤抖起来，那些尖锐的痛苦几乎要刺破她的神经，让她发狂。

"你让我作呕！到现在还要惺惺作态！我居然会考虑要生下你的孩子……孩子没有了，我居然感到痛苦。

"傅雅文，你卑劣无耻！你曾经对我说过什么？对婚姻忠诚？哈哈，真是最大的讽刺，事实上你有多肮脏？我只要想到你和那个女人就恶心得想吐……"

她尖锐的声音颤得厉害，怨恨的眼仿佛要盯穿傅雅文。

傅雅文听着她歇斯底里的控诉，苍白的脸上没有一点血色，深邃痛苦的眼睛默然看她。

在她吼出了所有怨恨后，他僵硬的声音才沙哑地响起："那么，你要离婚吗？"

如此喑哑痛苦的一句话，刺破了蒙雨乔心底最后一丝隐忍。

"你真让我恶心！"

"离婚"这两个字刺痛了蒙雨乔的神经，由他口中说出的这两个字，在她心底激起巨大的恨意。

傅雅文看着她痛恨嫌恶的神情，听着她口口声声的厌恶作呕，心在这一刻好像死了。她对他从来没有一丝一毫的信任，无论他怎么解释，她都认定他做了对不起她的事。

当她说出"包养"两个字的时候，他便明白了她对他没有尊重。她也像别人一样看不起他，觉得他肮脏不堪。

呆滞的心仿佛被扎入无数冰锥，让他麻痹到甚至感觉不到痛苦，他忽然发觉自己连解释的力气都没有了。

"傅雅文，你以为说着离婚的你很伟大吗？你只是自私！我们结婚才多久，你现在抱着伪善作呕的样子说要离婚……离婚只会让我成为别人的笑柄！

"你杀了我的孩子现在却想要逃开？你有什么资格对我说离婚，不过是个肮脏的出卖皮肉的男人！你只是一个替代品而已！就算有多恶心你，我都不会现在跟你离婚。蒙雨乔可以不幸福，却绝不会成为别人的笑料和谈资！"

她尖锐刺骨的话语，把傅雅文的心戳得血肉淋漓，那残忍尖利的痛楚蔓延到每处神经，让心脏也痉挛着。

他幽深的眸光看着她，看着自己深爱的女人对他的厌弃这么深。

她语气里的痛恨是如此淋漓尽致，她对他还有一点点的爱吗？那夜剧场事故，她出现在医院的样子，曾让他以为她有一点在乎他了。

那些他自以为是的幸福泡影，在这一瞬间被全部戳碎。

或许是他的爱一直都太廉价，或许是她从没看到过他的爱。

他明白了，在蒙雨乔的认知里，离婚不过是他自私的举动，他甚至没有资格对她说这样的话。

傅雅文闭上眼，眼睑处的湿润无声地滴落掌心。

那天的争吵后日子像死水一样流逝。

蒙雨乔的身体在渐渐恢复，傅雅文看护她按时吃药按时复诊，然而这一切都在结冰的温度里进行，蒙雨乔不曾给过他任何的回应。

或许是已经清醒了，傅雅文再没什么期待，因此被冰冷对待了也并没觉得什么不妥。回想起来，他们的婚姻生活确实从一开始就没有融洽过。

他尽量不出现在她面前，毕竟每一次面对那双冷漠嫌恶的丽眸时，总像有把刀割在他心上。

多数时候他关在自己的舞房里练舞，就像孤兽躲在自己的洞穴里舔舐伤口。

这天，当蒙雨乔走进练舞房的时候，傅雅文正背对着她坐在地上擦汗。

一袭黑色宽松的练功服，腰背的线条即使是在放松的姿势下都有几分魅惑，但这些落在蒙雨乔眼里，都是让她不舒服的事情，她觉得这更是这个男人不忠、肮脏的证明。

她顺着他的视线望过去，就看到那幅他摆放在墙边的油画。画面上的内容就像火舌一样灼痛蒙雨乔的眼睛。在她的情报里，这幅画是颜茵送给傅雅文的。

颜茵给傅雅文送了一幅油画，他不仅没有拒绝，还视若珍宝地放在自己的练舞房里。

蒙雨乔简直觉得这个男人疯了，想起他所有的虚情假意，她作呕到想要立刻抓烂他的脸。

对，她现在对他就是如此泼妇般的恨，她恨透了他。

蒙雨乔走过去便举起那幅画狠狠朝对面的镜子上砸，傅雅文对她突如其来的举动措手不及，转瞬之间画框已重重砸在镜子上，刺耳的声音，两样硬物相撞，落地的墙面镜被砸出裂痕。

傅雅文站起身，呼吸一室："你做什么？"

"这幅画是颜茵那个老女人送给你的？你居然把它拿回来，真的太恶心我了。傅雅文，你应该和你的画一起去死！"蒙雨乔双眼通红，失控的样子仿佛要杀人。

傅雅文听清楚她的话，看她那张脸上此刻满是厌弃作呕的神情，那表情像利刃一样深深扎进他心里。

"这幅画与颜茵无关，这是我自己买的画，你……"

他话还未说完，就被蒙雨乔一巴掌掴在脸上，他毫无防备之下，半边脸颊瞬间升起火辣的痛感。

"骗子，你的每一句话都是谎言都是欺骗！"

她的话让傅雅文的心口抽搐了一下，瞬间静默的空气窒息而哀伤。

蒙雨乔心中剧烈的怒火却无处宣泄，她死死盯着那幅画，总觉那油彩的画面分外刺目。砸了一下远远不够，她狠狠抓着画板去砸那面镜墙，似乎想将它们都砸烂。

傅雅文见她失控的样子，用力抓住她的手："够了，别砸了，玻璃会弄伤你！"

蒙雨乔根本听不了他说话，光听到他的声音，她就有种想把这个男人撕碎的冲动。

她气血上涌之下拽着一块碎玻璃朝傅雅文割过来，傅雅文的手立刻握住她刺向自己的玻璃。

他紧紧地抓着，鲜血从他的指缝流溢下来，但他像没有知觉没有痛觉，苍白的脸孔只看着歇斯底里的蒙雨乔。

他低沉地说道："我马上把画扔了，你不要生气，也别再做伤害自己的事，冷静下来，雨乔，深呼吸。"

伤害自己？蒙雨乔简直想冷笑，她想伤害的明明是他！

"我想你去死，傅、雅、文！"她咬牙切齿地对傅雅文说道。

傅雅文的心脏被倏然攥紧，仿佛被捅得血肉模糊，可他仍看着蒙雨乔满是恨意的眼睛，承受她厌恶到极点的眸光。

"蒙雨乔，你想清楚，你想为了我这种人做出不理智的事失去一切？"他喑哑的声音低沉而隐忍。

果然，这句话对已在失控边缘的蒙雨乔起到作用，她的手松了力，那块碎玻璃终于被傅雅文夺了过来。

蒙雨乔看着满室的狼藉和傅雅文鲜血淋漓的手，她的身体有些轻颤，刚刚那个状如泼妇疯了一样的自己让她害怕也让她厌恶。

她转过身，头也不回地离开这让她难以呼吸的空间。

蒙雨乔走后，舞房里只剩下死一般的寂静。窗外破碎的风刮进来，诡异的声响又像幽魂一样充斥在死寂的空间里。

傅雅文的手滴着血，而他只是一动不动地站着，呆滞的目光看着那幅已被砸烂的油画。

油画上那片向日葵花田已成了一片污渍，唯有那三点小小的身影，在他模糊的视线里仍抱在一块儿，就好像还有一丝安全。

他慢慢地蹲下身，手指轻轻地触过那一家三口的画面。有一滴血液滴在上面，他缩了一下手，不敢再碰触画布。

夜风沉沉地吹进来，他抱膝坐在满地狼藉里，透明的液体无声滴落在画布上。

两个月后。

《云山赋》的媒体见面会，闪光灯此起彼伏。

介绍了舞剧的看点和制作特色之后，到了记者提问的时间。

各种犀利的问题扑面而来。

"雅文，你可以就蒙雨乔小姐前天在梦风品牌发表会上被问到会不会替你设计舞衣，而蒙小姐回应说她对你毫无灵感发表一下意见吗？"

"你妻子的庆功会，为什么她没有邀请作为丈夫的你参加呢？而是另外找了人气艺人来做她的男伴呢？"

"还是像外界所传，你们正准备离婚？"

面对此起彼伏的声音和闪光，傅雅文镇定了一下心神，看着一个正对他提问的记者说："我不想谈太多私人问题，至于离婚……"他顿了下，"我想关于我要离婚的消息，大家已经写过很多次，几乎每隔一段时间都会有这样的传闻，如果这些消息属实，我已经离婚好几次了。"

台下有记者笑起来的声音，但还有人不死心地问："那对于蒙小姐的说辞，你没有要说的吗？"

"雨乔是专业设计师，在工作上我们都很尊重彼此，也不会干涉对方。她没有为我设计衣服的灵感，这是我的遗憾。希望大家还是不要过多猜想，把更多的关注给予我们的新舞剧。"

他的回答滴水不漏。

有关他们婚姻的传闻太多，但始终也没有人拍到更劲爆的东西。

蒙雨乔身边的男伴虽然一直在换，却也没有更出格的举动给记者拍到。而傅雅文，除了公演之外，平时深居简出，几乎拍不到人影。

发布会重新回到舞剧公演的宣传上，做了一番问答之后，终于结束。

傅雅文回到休息室，谭亮便递过来热水，见他拆了胃药服下去，谭亮并没有说话，转身去关上门。

等傅雅文吃完药，谭亮拉了把椅子在他对面坐下，问得有些严肃："雅文，你老实跟我说，你跟蒙雨乔怎么了？是不是真的准备离婚？"

傅雅文收好药丸，看着谭亮："就像我回答记者的一样，没有离婚。"

"你瞒了我什么？最近你很不对劲，那天我见到蒙雨乔，她的态度也很奇怪。"谭亮不放心地问。

傅雅文幽深的视线落到自己手上的婚戒上，哑声道："亮哥，你知道的，她并不爱我。至于离婚，以她那样的身份家世，不能随随便便就离婚。"

"这到底是什么意思？！"谭亮怔了一下，又气又急，无法满意这个答案。

"意思就是，你可以放心，暂时不会有离婚这些事让你头痛怎么应对媒体。"

"臭小子，你知道我不是这个意思，我是担心你！"谭亮忍不住吼起来。

傅雅文低下头，声音几乎低不可闻："亮哥，你以前反对我结婚的时候说过，我这样的人，不该结婚，你说得对。"

他暗哑的言语，让谭亮心底有些滚烫难受，太不是滋味。

周末，是蒙家惯常的聚餐。聚集在蒙家大宅，蒙广生喜欢看着自己的子女们围坐在一起用餐，有大家庭的感觉。

今天不同的是，蒙依瞳带来了男友，有种见家长的意味。

蒙依瞳的男友苏宇是位高材生，从事媒体专业，年纪轻轻已经是一家传媒公司的总裁，事业做得有声有色，又出身书香门第，因此芸彬对他很满意，态度也十分热络。

苏宇被蒙广生问及事业，侃侃而谈，莫展鹏时不时插上两句。蒙广生乐得和年轻人谈论事业，又被他们夸上几句，显得很高兴。

"二姐前几日的新品发布就做得很成功，无论线上还是线下的影响力都很好。我们杂志还专制了一个版面，来跟进这次 M 品牌的后续活动。"苏宇谈得兴起，讲到了蒙广生的爱女身上。

蒙广生看了旁边的爱女一眼，心里虽高兴，嘴上却轻哼了一声："这丫头，也就会把她那些衣服弄得漂漂亮亮，负面新闻就不注意了。每天登上那些八卦杂志，你很开心吗？也不注意注意。"

他不满蒙雨乔最近老是被拍摄到和不同的男人出入，虽然多半是工作上的交际应酬，但是他不喜欢女儿被别人这样写。

"嫁了不体面的人，她就得有这种觉悟。"芸彬的视线转向在一旁安静用餐的傅雅文，冷哼一声，"那个圈子里，不就以这些胡乱报道为乐吗？之前还去参加什么不入流的综艺，一个跳舞的，说好听点是舞蹈老师，去搞那些综艺就真跟戏子无异了。雨乔结婚前哪有这些乱七八糟的新闻？"她总觉得是傅雅文抹黑了蒙雨乔，也拖累了她。

傅雅文拿着筷子的手有些僵硬，隐忍着不去反驳什么。这时，蒙雨乔冰冷的声音传入耳中："我做的事都光明正大，被拍也无所谓，不像有些人那样没有道德廉耻为了出头什么都做。"

傅雅文想自己的脸色一定苍白了，他没有抬头看任何人，却感觉得到所有的视线都落到自己身上。难堪与羞辱并不是第一次，苦涩的滋味都似哽在咽喉。

蒙广生冷哼一声，责怪女儿："让你在外面注意点，你在胡说八道什么？"

他这一声算是为傅雅文解了围，各自规矩地吃饭，不再去深究什么。

蒙广生又扯开话题，谈起珠宝店最新的分店开张。

一餐苦味的饭终于吃完。

在莫展鹏的提议下，蒙广生和苏宇一起去了高尔夫球场，而女人们则在蒙家大宅休憩。

已是秋日时分，花园里的各色花卉开得漂亮。

蒙若华的一子一女也被带了过来。男孩今年六岁，女孩五岁，都长得活泼可爱，十分逗人。

午后的偏厅里很安静，阳光透过纯净的玻璃折射进来，有些暖洋洋，光线里还带着微尘，有宁静的味道。

傅雅文在偏厅里摆着的那台钢琴边坐下，打开琴盖，手指轻轻地按上键盘，"咚"的一声，十分清脆，继而是钢琴悦耳的声音。

傅雅文只会弹一点钢琴，他弹起自己会的那首曲子。

钢琴的声音他一直觉得很美，有种治愈的力量。母亲离开他的时候他还很小，到现在只能模糊记得她弹钢琴的样子。

他在福利院的时候，就很喜欢听老师弹琴，可能也是因为母亲的缘故，有些伤疤在琴声中淡了，有些疼痛也在琴声中得到安抚。福利院的音乐老师见他总是安静地坐在旁边，比其他孩子对音乐更感兴趣，便又教了他一些。

一首清澈安静的曲子结束，有拍手的声音，傅雅文循声望去，两个孩子小手拍得响，对他甜笑。

"姨父弹得很好听喔！"男孩瑾然先叫嚷起来，妹妹佳雯也在他旁边点头附和。

傅雅文淡淡一笑，还未说什么，两个孩子就向他围过来，爬上长长的琴椅，坐到了他旁边。

不像大人们，这两个小东西很喜欢雅文姨父，因为他们在电视上看到过姨父，还是瑾然喜欢的像仙人的装扮。

蒙依瞳走进来，就看到两个小不点各坐在傅雅文一边，手指按着琴键，玩得"咯咯"笑。

午后的阳光照在他们身上，美得就像一幅画。

蒙依瞳呼吸一室，很想时间就此凝住，因为这就是她最想追求的东西。

她并不去打扰他们，但眼尖的瑾然还是看见了她。

"小姨！"男孩叫起来。

蒙依瞳只能微笑着走过去。

傅雅文抱起孩子，让他们坐好，担心他们摔下去。

"姐夫，原来你还会弹琴。"蒙依瞳笑着说。

"只会一点。依瞳，不然你来弹吧，瑾然和佳雯要我教他们，可我真的不会。"傅雅文认真的样子把蒙依瞳逗笑了。

她喜欢他这样朴实的一面，不会的东西就说不会，而不像一些男人那样，以光鲜油滑的姿态避过去。那样或许显得潇洒游刃有余，但并不真诚，也让她没有安全感，她喜欢认真安稳的人。

蒙依瞳故意叹口气："可是怎么办，我也不会啊。"

她有点遗憾自己不会弹，小时候她为了跟蒙雨乔作对，特意选了古琴来学，并且对钢琴避如蛇蝎。如果这时候她会，那么就可以坐在他身边，加入这个可爱的组合了，更不用提那两双小眼睛圆滚滚地看着她了。

蒙依瞳想到了什么，轻声说："雨乔姐会，我去叫她。"

傅雅文怔了一下，阻止她："不用了，瑾然和佳雯刚才说要出去逛逛，我带他们去花园里。"

两个孩子欢快地叫起来，显然很同意傅雅文的提议。

孩子的玩心最大，一会儿可以爱着琴，一会儿又可以为出去嬉戏而欢呼雀跃。

蒙依瞳知道傅雅文是在征求她的意见——是否可以带孩子们出去。她为他这样的小心翼翼而心疼，她点了点头："带他们去吧，大姐过来我会告诉她。"

"谢谢你。"傅雅文的话语是真诚的。在这个家里，只有蒙依瞳像朋友那样对待他，让他觉得自在一些。

"噢噢，太好了，姨父要带我们出去玩，我要看你在电视上跳的那个舞！"佳雯热烈地附和着，一双闪闪的大眼睛期待地看着雅文。

傅雅文微微一笑，摸了摸小女孩的头，牵着两个孩子一起出去了。

第六章
失忆的女王，你是谁？

蒙雨乔走近偏厅的时候，蒙依瞳正坐在沙发上看着电视。

她似乎看得津津有味，面前摆着她最爱喝的红茶，淡淡的香气飘在屋内。

蒙雨乔见只有她一个人在这屋内，顿时有些不自在。她和蒙依瞳的关系并不算亲近，平时也很少聊天，所以她只好沉默地坐到自己妹妹身边，翻看起摆在案几上的杂志。

等视线移到屏幕上，她才发觉蒙依瞳在看傅雅文的表演。

她实在想不到蒙依瞳会看这个，而屏幕上的傅雅文也令她略感陌生，因为她很少关注傅雅文的东西。

"姐夫的新舞剧，很棒。"蒙依瞳微微一笑，对她解释着。

蒙雨乔怔了怔，心里又有几分尴尬。

"我对这些没兴趣。"她淡淡地说。

蒙依瞳也不在意，偏头看了她一眼："雨乔姐，别老是说口是心非的话。"

蒙雨乔心口一震，蒙依瞳看着她又说："你还在为那些照片的事生气吗？也许真的是误会呢。"她为自己把那样的照片交给蒙雨乔而后悔，心里抹不去那些负罪感。她间接地扼杀了一条小生命，那是姐姐和雅文的孩子，姐姐痛苦，雅文也一定很痛苦吧？

蒙依瞳觉得自己犯了罪，那个时候，她有些魔怔了。

她想因为这件事，自己永远失去了追求傅雅文的权利，因为她是一个刽子手，她害得他失去了孩子。

她也对自己的姐姐犯下了错，她想要弥补，想要赎罪。

必须有什么东西来救赎他们，也救赎自己。

蒙雨乔听着蒙依瞳的话，却没有言语。

"雨乔姐，你有听姐夫解释过吗？"

"我不想听他的任何解释，被拍下那样的照片，我不认为还有什么误会。"蒙雨乔的声音又有些激烈起来，她自己都没意识到每每讲到傅雅文，她总是不能平心静气，因为那些照片还深深刺痛着她的心。

"那么，你想怎么办，是要和姐夫离婚吗？"蒙依瞳问她。

蒙雨乔一震，却说不出话。

蒙依瞳叹口气："你瞧，你又不想离婚又不想原谅他，这样是不行的。"

"别说了，这是我自己的事。"蒙雨乔排斥这个话题，她不想和别人讨论自己的感情。

"好，是我多管闲事了。不过我还想说一句，你最好不要做令自己后悔的事，就我的眼光来看，姐夫是很好的男人。"

她说的这句话反而更刺痛蒙雨乔。

很好的男人？蒙雨乔只想冷笑。

气氛有些凝滞，坐在同一张沙发上的姐妹俩，虽然是舒适的室内，但谁也没感到舒服。

蒙雨乔的视线移到屏幕上，是文艺频道在播放着傅雅文演出的片段。

蒙若华走进来，发觉两个妹妹都在这里，笑着说："这样的光景可不常见，你们居然坐在一张沙发上看电视？"

等她发觉电视里是傅雅文时，她更是笑起来，"妹夫跳起舞来和平常真的不一样。"

她让阿姨们送来了水果和各类小甜点，与自己的姐妹窝在一起。

变成姐妹三人一起看着电视，虽然心思各异，但蒙若华看得津津有味。

她忍不住叹起来："雅文跳得可真好，那一跃还真有飞天的姿态。"

"天哪，这几下跳跃和空翻，他的身姿真好。"蒙若华显然对这个新发现的世界充满好奇，有些赞叹。

"舞者可不容易，大多都有伤病，这些动作你看着赏心悦目，实则背后的汗水，不可估量。"蒙依瞳的工作多数涉及文艺，也因为对傅雅文的暗恋，她对这方面很是了解。

她知道这样一套唯美的舞姿，背后要付出多少。

听到蒙依瞳的话，蒙雨乔忽然想到了雅文身上的膏药，和他那双不能细看的脚。

莫展鹏和苏宇回来的时候，并没有和蒙广生一起。

"爸呢？"蒙若华问莫展鹏。

"啊，他和我们打了会儿高尔夫，比我们都早走，还没回来吗？"莫展鹏不禁有些奇怪。

"倒是孩子们呢？"莫展鹏望着四周，寻找自己宝贝儿子跟女儿的身影。

"雅文带他们出去玩了，还没回来。"蒙若华回答。

莫展鹏的脸上却露出了不乐意："你怎么把孩子交给他？出去多久了，

也不知道回来。"

他显然觉得傅雅文并不是个合适的对象来照顾他的孩子。

蒙若华望向蒙依瞳,也有些担心:"他们出去很久了吗?何姨去花园找过了。"

蒙依瞳替傅雅文解释着:"不会走远的,姐夫有分寸,马上就回来了。"事实上她也不知道他们去了哪里。

她以为傅雅文不会把孩子们带出去,毕竟他是那么小心翼翼,应该也知道把孩子带出蒙家大宅会引来的不快。

但现在明显他们已经出去,并不在花园或是别的地方。

莫展鹏看着蒙雨乔,语气不善地说:"打电话给你丈夫,问问他把我的孩子带去哪里了。"

蒙雨乔十分不喜欢他口气中的轻蔑,但还是拿出了手机,联络傅雅文。

手机还未接听,正当一屋子大人气氛有些紧张时,园子里传来小孩"呵呵"的笑声,管家何姨走进来:"回来了回来了,老爷跟他们都回来了。"

莫展鹏走出去一看,发觉走在最前面的竟然是蒙广生,手里牵着瑾然,瑾然正站在一块小滑板上,"咯咯"笑着似乎在炫耀自己玩滑板的能力。

佳雯被傅雅文抱在怀里,开心地啃着冰激凌。

莫展鹏急忙拉住瑾然:"快下来。谁给你买的这个,我有说过不许你玩滑板,太危险了!"

他责怪的眼神望向傅雅文,似乎认定是傅雅文带坏他的儿子。

"展鹏,小孩子喜欢这些运动是好事,难道你想把瑾然教成书呆子,或是待在你的温室里?"蒙广生长皱了眉,不满莫展鹏的举动,觉得他太过小家子气了。

他看着小孙儿:"瑾然滑得很好,我也加入他们玩了一阵子。"

蒙广生这句话一说出口，更是惊了一屋子的人。

"爸……"莫展鹏有些哑口无言，不敢想象蒙广生离开高尔夫球场，居然是跟傅雅文在一起。

"姨父有扶住我哦，没有摔跤，爸爸你放心啦。"瑾然显然没有大人的这些心思，很天真地说。

莫展鹏恼火自己的儿子被收买，完全是在维护傅雅文，这算什么？他一点都不喜欢家人跟傅雅文走太近。

"是哥哥一直嚷着要姨父买给他！"小佳雯舔着冰激凌，也忍不住为傅雅文辩护。

"好了好了，都进屋吧，站在这里像什么。何姨，吩咐厨房，准备一些甜点，带这两个小家伙下去洗洗手。"蒙广生笑笑地看着自己的孙儿孙女。

晚餐后离开蒙家，已经快晚上九点。

蒙雨乔开着车，没有和傅雅文交谈的兴致。

自从上次油画事件后，她和傅雅文一直处在冷战的状态，不想和他交流，也不想去回想那个疯狂的自己。

傅雅文开了车窗，让夜风吹进来，也稍微吹去车内沉闷的气息。

"以后离莫展鹏和他的家人远一点。"蒙雨乔不喜欢莫展鹏那种对傅雅文的轻视和莫名的优越感。莫展鹏凭什么以那种口吻和她说话，颐指气使要她打电话给她的丈夫。

傅雅文没有说话。

蒙雨乔心里的不满又加深了几分，她握着方向盘，忽然说："下午电视上在放你的演出。"

傅雅文怔了一下，不太明白她忽然说这些的意思。

"女舞者很漂亮，"蒙雨乔若有所指，"就是那个一直和你搭档的女舞蹈家，叫洛芸的？网上你们的绯闻不少。"

"那些都是乱写。"傅雅文真的不喜欢这个话题，结局永远都一样，她怀疑他不忠，他说的任何话都只会加深她的怒火。

他们之间总是因为这个问题而争吵，她根本不信他一分一毫。

"那你为什么会被别人那么写？你每次都说不是真的，却还是一直传出这些不三不四的绯闻。"蒙雨乔的语声又尖厉起来。

"那些胡编乱造我真的不能控制。"傅雅文声音低沉地说道。他和蒙雨乔结婚后的一举一动都在娱乐记者的关注之下，这些没由头的花边新闻总是不断。他能拿那些记者怎么办？每一家都去告吗？

"傅雅文，知道为什么你说的每一句话我都不会信吗？"蒙雨乔心里的恨意和怒火又难以控制地升腾起来。

傅雅文的心脏熟悉地痉挛了一下，无言以对。

"因为你就是这样的男人，说着动听的话，却是满口谎言！最初和我结婚的时候，你隐瞒了你过去的那些丑事，如果不是被记者挖了出来，你预备瞒我一辈子吗？

"你承诺我会对婚姻忠诚，却跟颜茵接吻，还被拍下来！那女人大你十几岁，包养过那么多人，你和她接吻不会觉得恶心吗？这种肮脏的关系你们持续了多久？"说到激动的地方，蒙雨乔踩油门的脚不知不觉加了力。

"雨乔，你冷静一些，不要说了，你在开车。"她的话一如既往地伤人，傅雅文已经听到麻木，空洞的心上只有深邃的疲惫和寂寥。但在这样夜深的路上，开着车情绪那么不稳定，他担心她的安全。

"为什么不能说？是被我说中心虚了吗？"蒙雨乔咬住唇，反而因他看上去冷静迟钝的态度更加恼火。

"蒙雨乔,你停下来,这样危险!"傅雅文很少用严厉的口吻对她说话,但现在就是。

蒙雨乔却不是那种温顺的性子,她被他激到,反而加快了速度,一脚油门踩下去,高声道:"你凭什么命令我,明明做错的是你!"

车速一下飙起来,傅雅文注视着仪表盘,想着要怎样令她停车,换自己来开,又不能硬去夺她的方向盘,那样更危险。

"好,是我错了。雨乔,你停下来,先把车停下来。"他声音放软,带着劝慰。

但落在怒火中烧的蒙雨乔耳里,反而是无诚意的。想起他过往所有的可恶,这个一直欺骗她的男人,甚至害她连孩子都失去,一瞬间她有种想要毁灭一切的冲动,就像触发了某种禁忌,疯狂的情绪像魔鬼一样滋生,她下意识更用力地踩油门,急速飙车。

"蒙雨乔,你理智一点。"傅雅文觉得事情变坏了,却不知该怎么让她冷静下来。

他注视着前路的状况,但这样的飞速,又是黑夜,能见度很差。

车子在飞快的速度里转弯,遇到有水的路段,都能感觉滑行不稳,车子漂移出了车道,傅雅文看着前面,黑夜里一辆大型的卡车忽然冲出。

倏然刺眼的灯光,都让他睁不开眼。

他心脏紧缩:"雨乔,小心!"

恍若白昼的灯光和刺耳的喇叭声里,照亮了蒙雨乔苍白的脸。她像是完全吓呆了,丝毫不知该怎么办。

眼看那大卡车呼啸着撞上来,傅雅文急中生智,握上方向盘霍然往旁边转动,让车子在急速里歪斜方向,想要避开卡车。

"轰隆"一声,虽然没有正面相对地被撞飞,但还是擦到了边侧,巨大的撞击力令车子冲出路段，失速地冲撞到很远的地方。

所有轰隆震荡都在瞬间，傅雅文只觉眼前一黑，整个身体跟着车身翻转，即使如此，他最后都想着要如何挣脱安全带护住雨乔。雨乔，她怎么样了？他遮挡在蒙雨乔身前的双臂被碎裂的玻璃狠狠割破。

车子冒着烟，翻倒过来，傅雅文在剧痛中苏醒。

"雨乔。"他艰难地转动头颅，能听到身边蒙雨乔发出的微弱呻吟，他看到鲜血正从她的额上流出来。

傅雅文忍着身体的剧痛，伸出手解去自己的安全带，从他那侧的车窗艰难地爬出来，无视那些障碍物对他身体造成的伤害，或许会永久失去跳舞的机会，但他不管不顾，只想要救蒙雨乔。

他受创的身体无法步行，只能拖着身体从草地上爬行到蒙雨乔这侧。

车尾的浓烟越发厉害，傅雅文竭力让自己保持清醒不晕过去，他要把蒙雨乔拖出来。

"雨乔，你听得见我说话吗，雨乔？！"他嘶声喊她，用尽力气去扳开她那侧被压变形的车门，手已被车门的碎玻璃扎得鲜血淋漓。

蒙雨乔咳嗽了一声，整个身体一抖，人也有了动静。

傅雅文强撑着，在惊惧中有一丝惊喜，看她动弹了一下，又怕她一直这样不回应。

他觉得眼前发黑，手掌用力磨过尖利的玻璃用疼痛让自己维持清醒。

"雨乔，把手给我。"他用鲜血淋漓的手解去蒙雨乔身上的安全带，想把她拖出来。

她迷茫呆滞地看着他，他的样子很可怕，浑身是血，只有那双熠熠坚韧的眼睛发着光。

她整个人都战栗起来。

"雅文……"她想要对他说些什么，额角流下的鲜血模糊了她的视线，她感到了死亡的气息。

"别……管我……你自己，走吧……车子烧起来了……"她迷离间可以闻到浓烈的烟味。

"把手给我！"傅雅文朝她吼，伸出手紧紧抓着她，"蒙雨乔，现在，用力地爬向我，我会拽着你，一直把你拖出来为止，我都不会放手！如果不想我们两个一起死，你就用你所有的力气爬出来！"

"我……"蒙雨乔感觉自己已经支持不住。

傅雅文一咬牙，用尽自己全部的力气去拉拽她。

空气中的浓雾熏得连眼睛都睁不开，眼泪流溢出来，连呼吸也不能。

他终于托到了雨乔的腰部，把她整个人拽了出来。

两个鲜血淋漓的人，抱在一起。

傅雅文拼着仅存的力气，拽动蒙雨乔一起滚下斜坡，在滚动中，就听到一声轰隆炸裂的声响。

傅雅文眼前一黑，再也没有知觉。

仿佛睡了很长的一觉醒过来。

白色的天花板，陌生的环境，周围的摆设，让他渐渐分辨出是在医院。

他试着动了动身子。

"姐夫，你醒过来了！"熟悉的声音带着惊喜。

傅雅文肿胀的眼睛勉强睁开，模糊的视线里出现蒙依瞳的身影。

"依瞳……"他下意识地唤她，才发觉自己的声音嘶哑得可怕。

"你不要说话，你受了很重的伤，刚刚脱离危险……"蒙依瞳有些语无伦次，想碰他却又怕弄伤他，只能关切地看着他。

"雨乔……"他想到了什么,用嘶哑的声音问。

"姐姐在隔壁的病房,她脱离了危险,但还没醒过来,姐夫……"蒙依瞳知悉他的担忧,急忙说。

"她没事……"傅雅文像是要确认,无法放心地闭眼。

"是,她没事。姐夫,我没有骗你。"蒙依瞳见他伤成这个样子了还在记挂着雨乔,眼泪都跟着流下来。

傅雅文舒了口气,强撑的神智又弱下去,再度陷入昏迷。

出事后两个人就被送往医院。

母亲芸彬哭哭啼啼,无法接受女儿出了这样重大的车祸。

她哭着说一定是傅雅文害了雨乔,说傅雅文就是个扫把星,自从雨乔嫁给他,就没有过过好日子。

所有人都在担心着蒙雨乔的伤势,她的头部受到了撞击。

傅雅文身体因受到撞击而伤及了内脏,也很危险。

事故调查里,说是蒙雨乔开的车,车速过快,在转弯处没能控制住,滑出车道,撞上对面驶来的卡车。车子漂移出去翻车,冲撞到很远,最后还发生了爆炸。公路上擦撞的卡车司机找到他们的时候,两个人已经昏死过去,所幸那司机立即叫了救护车。能在这样的事故里存活下来,真是万幸了,事故调查的人员这么说着。

芸彬责怪着傅雅文,说雨乔开车一直很稳,怎么会出事故,一定是傅雅文做了手脚,令她女儿出事。当然,这些她单方面的抱怨跟怨愤,大家都当成是她的发泄,不会当真。

傅雅文如果真的为了财产谋害雨乔,也不会把自己伤成这样。警方调查后说是傅雅文把蒙雨乔强拖出车厢的。

芸彬却不相信这些，继续言之凿凿地说他只是失算了，没有把他的谋杀计划安排得更好。

她的这番言论被蒙广生喝止，说她不要发疯了。

蒙广生很少说这样的重话，芸彬只得住了嘴，只是因担心女儿而流着泪，变成一个软弱的母亲。

傅雅文可以下地的时候，蒙雨乔还没有醒过来。

芸彬哭着说傅雅文惺惺作态，不需要他在她女儿病床前摆姿态。傅雅文拄着拐杖站在那里，任她打骂，看着雨乔沉睡的样子，他心里很难过。

通常白天他会坐在蒙雨乔的病床前。

病房里很静，只有仪器滴滴答答的声音，雅文觉得，这是蒙雨乔生命的象征，她没有放弃，她一直在搏斗。

医生说蒙雨乔已没有生命危险，但是因脑部受到撞击，所以不好说会昏迷多久。

植物人那个词在大家的心口，但谁也没敢说出来。

傅雅文轻轻握住蒙雨乔的手，看着她苍白的脸色。

她脸上的伤已经结痂，只是头上还缠着纱布。

那夜的情景让他不想去回忆，在车底的雨乔，叫他不要救她，她是放弃了还是不相信他会救她？

他们因为争吵而出了车祸，也许芸彬说得对，他和雨乔结婚，带给雨乔的都是不幸。

蒙雨乔觉得手心有一点温暖，在一种迷糊慵懒的感觉里，她缓缓睁开了眼。

眼前的情景都是陌生的，有一片白光，很刺眼，有一个模糊的身影映入眼中，她眨了眨眼，渐渐看清男人。

他很高，和自己一样穿着病服。

他有一张会让人呼吸紊乱的脸，那张清俊的脸庞是那样迷人，即使脸颊边缠着白色的纱布，都不能遮掩他的魅力。

他的眼睛大而明亮，瞳眸在阳光的折射里呈现迷人的琥珀色。高挺的鼻，俊秀的眉宇，微薄的带着淡淡水色的嘴唇，那一切都让她觉得十分喜欢。

他病服的领口微微敞开，脖颈处有一颗淡淡的小痣，是那么性感。她感受到自己怦然的心跳，直直地看他，一点都不想移开视线。

直到与他深邃的瞳眸对视，看到他脸上激动又惊喜的神情。

"雨乔，你醒了。"

他的声音都是低柔好听的。

蒙雨乔心脏又扯了一下，只觉得他虽然喜悦，但身上还是有股难以化开的忧郁和清冷。

"你……是谁？"她怔怔地问出口，眼睛还是舍不得离开他。

然后，她看到男人脸上震惊的神情。

第七章
第一眼就爱上他

蒙雨乔很快知悉了自己的情况，因为很多医生站在她的病床前。从他们的言语里，她得知自己出了车祸，不仅出了车祸，还因为脑部的撞击，记忆出现了某些问题，就比如她对这些人全都不认识。

苏醒的她，被强迫接受了许多人。

那个看上去华贵美丽的中年妇人是她的母亲。她母亲保养得很好，身材瘦削，嘴唇微薄，但是抹着比较深色的唇膏，使她母亲看起来很犀利。

她觉得她母亲的脾气一定不太好。

旁边儒雅威严的男人，是她的父亲，看上去比她母亲约莫大了十岁，身材挺拔，只是那严肃的面孔让人看上去望而生畏。不过她并不怕他，因为他看自己的眼神透着担心和柔和，是那种慈父的眼神。

两位漂亮的年轻女人，一个是她的姐姐，另一个是她的妹妹。

然而，她的视线只落在那个年轻的男人身上。

她的心怦怦地跳，因为他们说，这是她的丈夫。

这个认知比前面的任何介绍都使她震撼万分，她第一眼看到他的时候，就觉得他很好看。清冷俊逸的脸庞，看上去安静沉稳，嘴唇的弧度都透着温柔，是会让她心跳的男人。

但是，她没想到他的身份，竟是自己的丈夫，如此亲密的关系。

蒙雨乔的视线忍不住偷偷在他脸上徘徊，她觉得男人有些忧郁，看她的眼神都是担心的，并不开心。

蒙雨乔有些难受，想也没什么啊，就是暂时失忆而已，为什么他要露出这种表情呢？

她觉得他像是比自己更不能接受。

由于医生的坚持，蒙雨乔只能躺下。医生说她才刚醒，让他们都不要打扰，需要让她安静地休息，再观察情况。

蒙雨乔看着他们走出去，但是看到连她的丈夫也离开的时候，她很想叫他留下来。

只是她发觉自己没有勇气，只能呆呆地看着他离开。

蒙雨乔没有很用心地去听医生那一大堆的医学解释，每每有人进病房看她时，她都有点期待看到她的丈夫。

听说他们是一起出的车祸，难怪男人的手上还缠着绷带，身上也穿着病服，走路时还拄着拐杖。

午后的病房静悄悄的，她醒过来。不过当男人进来的时候，她下意识地闭上眼装作睡着的模样，一颗心扑通扑通莫名加速起来。

她感受到他在自己床边坐下。

傅雅文，她记住了他的名字。要记住这个名字一点也不费劲，就算她什么都想不起来，但是念到这个名字的时候，她心里就有一些很莫名的感觉，仿佛只一个名字，就能牵动她。

额上感受到一抹温热，是男人的手轻轻抚过她还缠着纱布的额头。

撩过她的一些碎发，她听到他轻轻一叹。

蒙雨乔忍不住睁开眼，一下就对上傅雅文那双深邃幽黑的眼睛。

傅雅文似乎怔了一下："你醒了。"

他说话的声音都是那么好听，低柔轻沉，充满磁性。

蒙雨乔望着他，没有什么陌生的感觉，反而有一种很难说清的冲动，她想亲近他。

蒙雨乔轻轻握住傅雅文想要抽回的手，看着他的眼睛："你会怪我吗？"

傅雅文震了一下，不语地看着她。

"听说是我开的车，还有，我变成现在这样，都把你忘了。"蒙雨乔的语气有些不安，但仿佛只要傅雅文谅解她，她就会安定，就不那么害怕面对现在的状况。

傅雅文清隽的脸上，有着蒙雨乔看不懂的神情，但那双眼睛，始终深深地望着她。

半晌，他沙哑的声音才响起来："我不会怪你，从来也没怪过你。"

这句话虽然回答了蒙雨乔方才的话，但蒙雨乔又觉得他语中另有深意，是她不懂的，不过得他这样的话，她还是安心了。

她脸上带着一丝淡淡的微笑，将他的手轻轻贴在脸颊上："那我要睡了，你等我睡着了再走。"

傅雅文有些窒息地听她讲这些话，然后看她安静地睡去。

失去记忆的蒙雨乔，仿佛不那么讨厌他了，甚至是与从前完全不同的态度。他一直任她牵着手，即便伤还没好的手感到了疼痛，也没有抽回自己的手。

一个月后，蒙雨乔可以出院了，傅雅文在她之前先出院，他恢复得比她快。

蒙雨乔其实天天盼着出院的，因为她越来越不喜欢医院，对傅雅文，也有很多的疑惑。

她总觉得，傅雅文并不亲近她，这让她很苦恼。

蒙雨乔不确定是从以前就这样，还是因为失忆的自己让傅雅文痛苦。

毕竟他们是夫妻，一对相爱的恋人，妻子变成了这样，傅雅文是有足够的理由痛苦，无法适应。

但蒙雨乔并不喜欢这种疏离和小心翼翼。

傅雅文去和医生谈话的时候，蒙雨乔叫住了自己的妹妹："依瞳。"

"怎么了，二姐？"

"依瞳，我和雅文……关系不好吗？"蒙雨乔忍不住问自己的妹妹。

蒙依瞳怔了一下："怎么这么说？"

"我不记得了，但是总觉得雅文对我很小心也很冷淡。"

蒙依瞳看她一眼，笑得有些勉强："姐你不要乱想了，你和姐夫很好，他很爱你，就是你平常有些小姐脾气。"

"我常对他发脾气吗？"蒙雨乔显然不怎么喜欢妹妹说的。

蒙依瞳怔了怔，尽量想着委婉的措辞："也不经常吧。总之，姐夫对你很好，你生病了，他比任何人都担心你。"

蒙雨乔因她的话而稍稍定了心："他……是舞蹈家？"

"是啊。"蒙依瞳笑了笑。

蒙雨乔低头："妈妈她不大喜欢雅文吗？"

"二姐，你现在不要多想，先养好身体要紧，医生也说等你脑里的淤血散了，会慢慢记起来。"

蒙雨乔察觉到蒙依瞳有意避开这个话题，问："告诉我，雅文是不是和我们家里的人关系不好？"

这些天她察觉了，母亲对雅文很冷淡，言辞间也有些犀利，父亲的态度看不出，还有她那个姐夫莫展鹏，似乎也不怎么喜欢雅文。

"二姐，姐夫的出身和职业，妈妈都不太喜欢。当初你要和他结婚的时候，她的确反对过，认为你们不合适，门不当户不对。她偶尔会有微词，不过姐夫没有在意，所以你也不需要多想什么。"

谈话在傅雅文出来后中止了，蒙依瞳跟他们告别。傅雅文为蒙雨乔拉开车门，让她坐上去，自己走到另一边的驾驶座，上车后又替她系好安全带，全部检查好，才发动了车子。

蒙雨乔完全不记得车祸时的情景，因此也不觉得坐车有什么为难。倒是傅雅文，开得非常慢。蒙雨乔转头看他，可以看到他有些绷紧的面容，十分专注的神情。

蒙雨乔想他是不是因为事故有什么阴影了，见他这样认真，也没有出声打扰。

车子开了许久才到家。

蒙雨乔有点惊异于他们的住所，这是一座很大的别墅，位于江城市郊。"慕乔山庄"四个字，她在看见的时候心里有点莫名不舒服，也不知是什么缘故，总觉得那个"慕"字很刺眼。

车道很长，两旁都是浓密的树荫，太阳阴下去，却有几分森然之感。

两个人住这样一栋大别墅，蒙雨乔觉得过分清冷。有必要把房子买在这么荒郊野外吗？她原本以为他们的家应该是市中心的现代公寓，温馨而浪漫的。

总之和她想象的完全不一样，失了记忆的她觉得自己并不喜欢这个空荡冷僻的房子。

蒙雨乔跟着傅雅文下车，回头看他："这是我们的家？"她像要再确认一遍。

傅雅文点点头，从后备厢拿出她的行李和药品，回头看蒙雨乔，有些疑惑她为什么站着不进去。

蒙雨乔深呼吸，对这里没有一点印象。她下意识地向傅雅文伸出手，傅雅文怔了一下才牵起她的手，蒙雨乔对他露出一个明媚的笑容，才感觉舒服了起来。

傅雅文却因她的笑容而呼吸一窒。

别墅内部的装饰没蒙雨乔想象得那样冰冷，以欧式淡雅的风格为主，还透露出几分温馨。

厅里的壁炉前摆着一幅田园式的油画，看到那画时，她稍微停顿了一下。

傅雅文顺着她的目光望过去："这是你收到的结婚礼物，是和你私交很好的一位现代派画家的作品。"

蒙雨乔望了片刻，并没有什么印象，只是油彩的落点让她莫名有点在意，她觉得自己应该不是很喜欢油画。

她跟着傅雅文走上楼。乳白色的原木扶梯，让她想起童年时搭起的积木，有一点欧式的童话风格。她觉得这是自己喜欢的，因为那让她心情放松。

二楼有许多房间，傅雅文打开一扇房门，是一间宽敞的卧室，米白色调为主，淡橘色的落地窗帘，遮去从洁净的落地窗折射进来的阳光。

"这是你的房间。"傅雅文看着她，示意她走进去。

蒙雨乔怔怔地看着房间，好大一座梳妆镜，摆着女主人各式的护肤品、彩妆、香水，许多款不同大小的梳子，整齐地摆放着，还有许多漂亮玲珑的盒子，大概是首饰盒之类的吧。

蒙雨乔细细看了一会儿，转头向傅雅文，怔怔道："你的东西呢？"

她觉得不对劲，她甚至在与卧室相连的浴室里，都没有看见属于傅雅文的东西。

傅雅文似乎被她的问题怔了一下，才反应过来："我的卧室在隔壁。"

他走过去，推开她卧室后面的一扇拉门，另一间卧室显现出来。

原来是两间相邻的房间，但蒙雨乔的呼吸窒住了："我们，不住在一起？"

她不能想象什么样的夫妻会分房而睡，这绝不是她认知里的夫妇生活。

傅雅文看她不安且震惊的神色，试图缓和地解释："因为我和你工作的关系，为了不互相打扰，所以才用两间卧室。有时候你杂志社出刊前的日子，会昼夜颠倒，一个人一间卧室你说过比较方便。"

"这是我的提议？"蒙雨乔还是不能接受这样的安排，但她的直觉告诉她，就是自己要求这么做的。

傅雅文沉默了一下，点了点头。

蒙雨乔心里有些什么崩溃的声音。

楼下门铃响起，傅雅文看着蒙雨乔："是何姨来了，她会在这里住一阵子，也方便照顾你，这是爸妈的安排。我去开门，你累的话，可以先休息一下。"

蒙雨乔心不在焉地点点头，等傅雅文下了楼，她才呆呆地在房间里走了一圈。

她走进拉门后面傅雅文的房间。他房间的风格比她的简洁上许多，以蓝色为主，像是大海的颜色，落地窗开着，有微风透进来。

蒙雨乔闭上眼深呼吸，觉得自己更喜欢傅雅文的这间卧室。

睁开眼环顾四周，当触及摆在床头柜上的那张婚纱照时，蒙雨乔震了一下。

那是她和傅雅文的婚纱照，照片上的自己很美丽，但没有灿烂的笑容，反而有些高傲。

而旁边一袭黑色礼服的傅雅文，清俊文雅的面容，却漾着淡淡的甜笑。他笑起来真迷人。

看着照片上自己那不容亲近的高傲之色，蒙雨乔忽然心里涩涩的，那种她无法解释的不安感更甚。

她又找到了一扇小门，拉开，是衣帽间，里面宛如另一个天地，层层叠叠，琳琅满目。

里面摆放着女主人各式的衣物，就像一个服饰舞台，各种裙装衣帽，各种高跟鞋，所有东西都整整齐齐地摆放着，一层又一层别有洞天。

看得出她是个很注重打扮的女人，但会不会太多了点，她穿得了这么多衣服吗？

傅雅文的东西就少很多，只是简单的休闲衣物和几套西服，孤零零地在旁边一个清冷的柜子里。

她又回到自己的卧室里想找一点男主的痕迹，却找不到一张和傅雅文有关的照片摆在外面。

那么大的两间房，只有傅雅文卧室里那张婚纱照证明着两人是夫妻关系。

蒙雨乔心里充满阴影和沮丧，越来越觉得，她和傅雅文的关系，不像她以为的那样亲近。

他们到底有什么问题？

蒙雨乔苦苦地思索，忽然恨自己什么都记不起来。

有些激动的情绪让她的头痛又发作起来，眩晕难受里，她跌坐到床上，闭上眼，用手蒙住自己的脸。

傅雅文带何姨去她的房间，又帮她把行李搬上来。

何姨在蒙家做了快二十年，对雨乔、依曈她们，都像是对自己的女儿一样，看着她们长大。

由她来照顾雨乔，让芸彬放心不少。

不同于芸彬对傅雅文的反感和嫌恶，何姨喜欢这个年轻人，在与傅雅文的接触中，她觉得傅雅文是一个礼貌稳重的人。

何姨说服了傅雅文让她来准备晚餐，叫傅雅文上楼去陪蒙雨乔，傅雅文只得上了楼，把家务交给何姨。

傅雅文走进房间的时候，发觉蒙雨乔正失神地坐在床上。

她美丽的脸庞上写着无助和不安，那柔弱的神情是他从没在过去的蒙雨乔身上见过的。

一直以来，她都是强势又高傲地守护着自己的自尊，带着些许傲娇与刁蛮，而这样脆弱的蒙雨乔，让他心生怜惜。

"雨乔，怎么了？"他忍不住走过去，在她身前蹲下，双手握住了她的手。

蒙雨乔听到傅雅文温和的声音，抬头看着面前的男人。

那张清隽的脸庞，有着那样迷人的气息，那双幽黑的眼睛，只是关切地看着她，这让她心里那些潮湿的情绪再度涌起，所有不安和猜测都忍不住和盘托出：

"我一定是个很坏的女人，你跟我也不亲近，我们不是恩爱的夫妻关系是不是？"

傅雅文望着她，双手忍不住去擦拭她落出眼眶的晶莹泪珠。

他说不出什么，失去记忆让她变得很不一样，以前的蒙雨乔，是绝不会在他面前展现这样脆弱的一面，更不会把心事对他说。

她会用高傲和任性来伪装自己，伤人又伤己。

傅雅文轻轻问她："为什么这样想？"

蒙雨乔透过有些模糊的视线望着他，他朦胧的面孔上是温柔的神情。他这样望着她，又让她觉得，自己并非不是他所爱。

蒙雨乔呆呆看着傅雅文："我们不住一间房，我妈妈又不喜欢你，屋里连一张结婚照片都没有，我一定是个任性的大小姐，所以这些天你都对我小心翼翼。"

她越说越沮丧，简直不敢想象那样的自己。

她脑海中露出一幅恶女的画面，那些画面和那张结婚照上冷若冰霜的自己重叠在一起。

傅雅文嘴角微翘，点了点她鼻子："你把自己想得有多可恶？"

蒙雨乔因他亲昵的举动而呼吸一窒。

"就是对你很不好，像电影里演的那样，经常差使你做这个做那个，就像……"她说不下去了，她不敢想会是那样。

"就像什么？"傅雅文却故意要逗她。

"就像个用人。"蒙雨乔有些急急地说出来。她绝不要成为使唤丈夫的那种女人，这种念头使她脸颊发红，让她不敢看傅雅文的脸。

傅雅文为她莫名的想象感到心疼又心酸，他轻声说："你并没有使唤我。"

"我不是？"蒙雨乔疑惑地看他。

"不是你现在胡思乱想的那样，你不是那样任性的大小姐，虽然你脾气确实不太好。"傅雅文看着她的眼睛，幽黑的眸子深邃如海，让蒙雨乔无法读透他的情绪。

"那么……"蒙雨乔还没来得及高兴，声音又小下来，"总之我还是很不好，对不对？"

傅雅文轻轻一叹，忍不住拥住她："我也不是一个好丈夫。"

蒙雨乔怔了一下，很想问他为什么。但是傅雅文抱着她，让她看不见他的神情。他温暖的怀抱叫她很留恋，她舒服得不想推开，也从中感到了瞬间的安心，甚至什么都不愿再想。

那些恼人的头痛，也在他的拥抱中渐渐散去。

晚饭的时候，蒙雨乔胃口很好，不仅因为何姨做的东西很好吃，还因为傅雅文给她的那个拥抱。

傅雅文请何姨和他们一起吃饭，何姨本来推辞说不合规矩，但在蒙雨乔的坚持下，便坐下与他们一起吃了，如同一家人一样。蒙雨乔亦觉得开心。

窗外下起了雨。

这是多雨的季节，因此雨总是断断续续。

以前下雨的时候，蒙雨乔就喜欢待在干燥的室内，脱光袜子，坐在柔软的地方，那样会让她舒心和惬意。现在她虽然不记得了，却依旧莫名地喜欢下雨天。

所以晚饭后，她又这样窝进了沙发里，觉得舒服。

傅雅文坚持要洗碗，让何姨去休息，于是静静的厅里，只剩下蒙雨乔和傅雅文。

厨房的料理台与餐厅，是开放式的，因此蒙雨乔在沙发上可以看到傅雅文洗碗的背影。

原来他是喜欢做家事的男人，蒙雨乔对傅雅文的认识又添加了一笔。

"雅文，平常家务都由你来做吗？这么大的房子……"蒙雨乔怎么想都觉得有些不可思议。

"也不全是，会有钟点工阿姨隔天过来，只不过她们不住在这里。"傅雅文低柔磁性的声音，让蒙雨乔很喜欢，她肯定自己非常喜欢听他讲话。

"但你说得对，我很喜欢自己做家务，有时候打扫和整理，会让人心绪平静。"

他无意说出的这句话，让蒙雨乔的心微微一沉。为什么，她总觉得他的语气有些悲伤？他这个人总是被一种清冷悲伤的气氛笼罩着。

但他的背影是这样好看。蒙雨乔盯着男人颀长挺拔的背影，不让傅雅文发觉地比了比手势，就像照相那样把傅雅文框在了自己的手势里。

他很瘦，却并不单薄，白色的衬衫在他做事时勾勒出他后背有力量的肌肉线条，很迷人。是光一个背影，就会让人想要拥抱他的男人。

蒙雨乔为自己这种少女花痴的心绪感到不好意思。大概因为他跳舞的缘故，一直锻炼才会有这样瘦而不柴的肌肉和力量感吧。

她真的很想去趴到那性感宽阔的背上，或是抱一抱他。

蒙雨乔越看男人的身形越中意。他每一处的线条都很诱人，宽肩，瘦韧的腰线，笔直修长的腿，比例真好。

她托着腮，意识到自己如此专注地打量傅雅文，又为自己沉溺美色而感到几分羞意。她想自己大概真的很爱傅雅文，否则这种想要独占他的心情为何如此浓烈？

她莫名有些脸红，这个男人是属于自己的，这种认知让她心底有些未知的情愫燃烧起来。

蒙雨乔躺在床上的时候，外面还在下雨。她特意没有把落地窗关拢，是想听着夜晚的雨声。

也有清新的泥土气息随风吹拂进来。她听到隔壁房间的声音，想着傅雅文是不是洗好澡从浴室出来，也准备就寝？

蒙雨乔坐起身，鼓起了一点勇气，顺着自己心里强烈的驱使，就那样拉开和傅雅文之间的那扇门。

木质的滑门很轻易地被打开，傅雅文坐在床上，似乎正阅读着书籍。蒙雨乔这样忽然推开两个卧室之间的门走进来，令他有些讶然。

不知怎么，被傅雅文注视着，她的心跳就会不听话。

"我……睡不着。"她轻轻的声音响起来。

傅雅文放下书本，默然地看她。

蒙雨乔鼓起勇气，走到他床边，拉开被褥，就躺了进去。

她一下睡到他身边，把自己藏到被子里，甚至用柔软的被子遮着自己的脸，她的脸颊都在发烫："我想和你睡在一起。"

这已经用掉了她全部的勇气。虽然一整天她都在这么想，可是直到梳洗就寝时，都没有胆量对傅雅文说出来。

她不喜欢以前那样的分房而眠，觉得那不是一对恩爱夫妻该有的相处模式。

什么都不记得的蒙雨乔，很想要傅雅文陪在身边，那样她就不会胡思乱想。

她藏在被子里，不敢去看傅雅文，也不敢听他的回答，怕他赶走自己。

蒙在脸上的被子被轻轻拉开，她有些屏息地看傅雅文。

那张俊逸的面孔，在灯光的折射里，尤为迷人。深邃的眼睛，就像装了星星，有他独特的清冷又温柔的味道。也许因为这潮湿的天气，那眸里还有一些说不清的湿润迷离。

　　蒙雨乔心跳得厉害，被傅雅文这样注视着，她感觉有什么东西充盈着心脏，几乎就要破茧而出，那让她窒息，却又被浓烈的情愫胀满，发不出一点声音。

　　傅雅文的手指轻抚上她脸庞，落到嘴唇，她柔软的嘴唇因他指腹的摩挲而有些颤抖。半晌，她听到他喑哑的声音："晚安。"

　　他熄了灯，躺到蒙雨乔身边，蒙雨乔下意识地靠近他温暖的胸膛，他伸过臂膀，拥住了她靠向自己的娇躯。

　　窗外的雨依旧淅淅沥沥地下着，但蒙雨乔的脸上泛起笑容，窝在傅雅文身旁，只觉身和心都放松下来。他的气息是如此温暖熨帖，令她心安，她满足地闭上眼，睡意浓浓。

第八章
谜样过去的疑惑

蒙雨乔转着遥控器，有些无聊地翻转频道。

今天家里只有她一个人，傅雅文去了舞团，何姨也回去老宅一趟，只剩她留守在空荡荡的别墅里。

虽然傅雅文说很快会回来，但蒙雨乔还是觉得时间过得好慢，忍不住看了几次挂钟。

频道调到一个画面，蒙雨乔没有再转下去，因为她在画面上看到了傅雅文。

那是傅雅文出演的节目？广告之后，镜头折回了棚内，这是一个访谈节目。

蒙雨乔在棚内的嘉宾里没有看到傅雅文，她弄清楚了，这是舞剧《云山赋》的一档专题节目，而现场的嘉宾里有多位舞剧主演。

蒙雨乔看着镜头给到中心位置的年轻女人，一个非常漂亮的女人，她的名牌上写着"洛芸"。

主持人优雅的声音响起来："我们很荣幸请来了江城歌舞团的青年舞蹈艺术家洛芸小姐。"

布置靓丽的棚内，观众都热情地拍起手来。镜头给到台下，一张张鲜活热情的脸，从那份喜悦和兴奋中，看得出这位女舞蹈家非常受欢迎，现场似乎都是真实的粉丝。

字幕上配合主持人的介绍，打出了洛芸的一些经历概况：她的学习经历，她获得的各种奖项、参演的作品。

蒙雨乔没有调台，因为从介绍片里，她看到洛芸和傅雅文一起共舞的画面，那样的缠绵悱恻、亲密无间，虽是表演，那姿态还是令蒙雨乔觉得碍眼。

节目在很轻松的氛围中进行，看得出洛芸很是聪慧和健谈，她落落大方的举止也很讨观众喜欢。

《云山赋》作为江城歌舞团今年的大作，已经受邀去日本、加拿大等多国表演，前不久的公演，也引发了各类热门话题。

这出大型舞剧中还有江城歌舞团未来要培养的新星，因此备受关注。

主持人适时地引导着话题，对于缺席的男主角，主持人也经常会将话题引到傅雅文身上。

"傅雅文老师前不久遭遇了车祸，真是遗憾，不能来参加这次节目。"主持人遗憾地说，"相信大家都很关心傅老师的健康状况，车祸会不会对他今后的舞蹈生涯造成影响？他才二十六岁，还有更广阔的天地在等着他，傅老师的粉丝们也一定很担心……"

"之前去探望过雅文老师。"洛芸露出亲切讨喜的微笑，回答主持人的问题。

"他恢复得很好，大家不要太担心，术后也会有康复训练。傅老师精神很好，也已经出院了，当然，要全部恢复肯定还需要一段时间。"她轻柔的声音，有抚平人心的作用。

蒙雨乔看着电视上笑盈盈的女人，心里有点微妙的不快，虽然她也不知道自己是因为什么。人家的回答都很中规中矩，没有出格的地方，可她就是讨厌一个漂亮年轻的女人如此谈论她的丈夫，语气之中很是熟稔的样子。

"作为舞蹈新星，和傅老师的合作感觉怎么样？"主持人兴味盎然地问。

洛芸笑起来：

"能和傅老师合作是我的荣幸。他是非常优秀的舞蹈家，这次和他一起创作表演，让我学到了很多。

"傅老师的舞技匠心独具，是非常有自我风格的人。和他合作，给我许多灵感，而且他人很好，从不吝啬指导跟帮助。这是我第一次参与如此大型的舞剧，是一次很难忘的经历，非常感谢他。"

"洛芸老师在各种访谈里，都对傅老师评价极高。我看过不少采访，你都对他赞不绝口。"主持人笑起来，仿佛因为美女对傅雅文的夸赞而感到羡慕。

"那我还有个问题，现在傅老师受了伤，原定出国表演的安排是不是也要推迟？或是像网上传闻的那样，会由别人来代替傅老师？我听说黎笙老师回国了，并且有跟江城歌舞团接洽，未来是不是会加入《云山赋》的表演？"

蒙雨乔对主持人说的大多数内容都有些云里雾里，她失了记忆，连亲人都不记得了，更遑论傅雅文的专业和工作上的内容。

只是她觉得采访的气氛骤然变得有些微妙，这个黎笙到底是什么人呢？难道是傅雅文的竞争对手？

"抱歉，这个问题我暂时回答不了。傅老师的确还要休整一段时间，未来的演出安排现在还没定下来，团里领导肯定也会考虑这个问题。"洛芸仍旧温柔安静地回应，仪态万千，不愧是从小修习舞蹈的美女。蒙雨乔只觉得她的姿态很美，是极容易让男人心动的那种。

"好的，我们接下去要来玩一个快问快答环节。抽取的都是网友和观众的提问。"主持人看了下手里的卡片，笑眯眯地对洛芸说。

这时候又插入了广告。蒙雨乔一度想要转台，她觉得她不喜欢洛芸，也并不想听洛芸继续说什么。可广告结束之后，她还是定定地坐在那里，继续收看节目。

"观众提问：洛芸你和傅老师看起来好配喔，未来还会不会合作别的项目？一定要合作啊，很想看你们继续搭档。"

蒙雨乔咬了唇，看到电视里的洛芸甜甜一笑："未来有机会当然会跟傅老师继续合作，傅老师是那种能给你无限灵感的舞伴。"

"你是指舞蹈上的灵魂伴侣吗？"主持人笑问。

台下有吹口哨和鼓掌的声音，显然对这样暧昧的描述感到有趣。

洛芸轻轻点了下头："打个不恰当的比方的话，也可以这样说。你知道我们舞蹈创作，在表演时的交流契合，也如同作家写作时灵感的迸发，或是艺术工作者某时某刻的思想火花。而傅老师，就是会让我有这种灵感的搭档，所以他很厉害。"

"洛老师整场采访都对我们傅老师赞不绝口，完全是小迷妹口吻了。"主持人打趣地笑起来。

现场的气氛轻松而愉悦。

洛芸微微一笑："事实上，我的确是傅老师的粉丝。"

她这句话，让台下一阵尖叫。

主持人没想到她这样入套："哦，据我所知，娱乐媒体曾经报道过你和傅老师的绯闻。"

洛芸丝毫没有慌张，淡淡一笑："这样的事就不要相信了。我尊敬傅老师，喜欢和他合作，那是舞者之间交流的火花。傅老师已经结婚，这样的传闻对他对我都不好。"

"那正好在我们节目上澄清一下。"主持人点点头，顺着洛芸的话说。

洛芸笑的时候脸颊畔会有一个小小的酒窝："嗯，不要再以讹传讹了。我说过我很欣赏傅老师，女生对自己憧憬敬佩的男士有好感，这也很正常啊，是不是？我想台下喜欢傅老师的粉丝们，也是因为他的舞蹈和才华而欣赏他支持他。"

她机敏又滴水不漏的回答，又让台下爆发出一阵掌声。

蒙雨乔"啪"地关了电视，再也不想看下去。她转过头望着外面灿烂的阳光，心里有些闷闷的感觉。

她十分在意洛芸说起傅雅文时，那种欣赏又信赖的口吻。

他们传过绯闻吗？

一瞬间，她忽然很想去网络上搜索所有有关傅雅文的事情。

但是，她缩着身子，在沙发上没有动。

蒙雨乔觉得自己什么都不想知道，因为知道得越多，好像越会干扰她的思绪。

什么都不记得的她，现在对傅雅文只感到亲切。

她不想让这样的傅雅文，变成另一种样子，她只想靠自己去感受傅雅文，而不是任何别人的言语。

傅雅文回来的时候，蒙雨乔正倒着果汁。

傅雅文看她耷拉着脑袋，似乎没什么精神的样子，便问她："早上药吃过了吗，有没有忘记？"

蒙雨乔点点头："吃过了，你就别唠叨了。"

自从出院回家后，傅雅文经常像个小老头念叨着她按时服药，她想不记得都很难。

"那午饭想吃什么？"傅雅文拉开冰柜查看。

蒙雨乔走到他身后，不由自主就抱住了他的腰，整个人都贴到傅雅文背上，这让傅雅文微微一怔。

他转过身，低头看她："怎么了？"

这样一个全新的蒙雨乔，他还在适应中，因为过去的她，从未表现过这样的脆弱和对他的依赖。

"雅文，我们出去吃饭好不好？还有，我想出去逛逛。"蒙雨乔抬头看着男人的眼睛。

傅雅文思索着她的提议："你不会累吗？还是好好休息比较好，万一又头痛……"

"你不愿和我出去？"蒙雨乔红唇微嘟，幽黑的眼睛望着他，"还是你觉得带我出去不方便？"

傅雅文摇摇头："不是。"

"那就去吧，我很想出去。"蒙雨乔拽着他宽大的手掌，露出自己也没察觉到的孩子气。

傅雅文看她娇美的脸庞上撒娇的神情，微微一笑："好。"

蒙雨乔得到傅雅文的应允，开心地去翻着衣服打扮，等她从楼上下来的时候，傅雅文只觉眼前一亮。

虽然蒙雨乔失忆了，忘记很多事，不过怎样打扮这件事，却还是有着本能的天分。

她穿着一袭海蓝色的碎花长裙，丝绸质地轻柔，裙摆处有一层薄纱罩着渐变的颜色，高雅而美丽。头上戴着一顶可爱的帽子，乌黑的长发披散下来，恰到好处地配合了帽子，像是浑然一体。

淡淡粉嫩的妆容，——过去的她不太化这样的妆容，而是会强势艳丽一些，不会露出这样可爱清爽的一面。

她在傅雅文面前转了个圈，笑盈盈地问："好看吗？"眼睛里带着期盼。

傅雅文点点头，轻轻握住她的手，将她牵下来。她从楼梯上直接落到他怀里的时候，就像一只轻盈的蝴蝶。

他闻到一点淡淡的玫瑰香气，是她香水的味道。失忆了，她终于改变了香水的味道，他心里又略过熟悉的苦涩。

"你就这样出去？"蒙雨乔斜睨着傅雅文简单休闲的装束，米色的 T 恤配上一条破烂的牛仔裤。

"嗯。"傅雅文架上一副黑色粗框的眼镜，把自己清俊的容颜遮去了一大半，不在意地回应。

虽然他身材好穿什么都好看，但这样不修边幅的样子还是让蒙雨乔有些不满意。她打量着他，很想好好装饰他一番。

傅雅文不禁微笑，心底却轻轻叹息，就算失忆了，她还是和过去一样讲究衣着搭配。不同的是，过去她一定会出言嘲讽他；现在的她，则是蹙着眉，没有将那些不满说出口。

"走吧。"他向蒙雨乔伸出手，打断她还在纠结的情绪。

蒙雨乔粉唇微翘，虽不怎么乐意，但还是放弃重整傅雅文穿搭的念头，牵住他伸向自己的手。温暖厚实的大掌将她握住，抚平了她心里的某些烦躁和不满。

"去哪里吃饭你决定好了。"坐在车上，蒙雨乔心情很好地说。

傅雅文侧头看她，淡淡一笑："真的不要选吗？过去你可是一定要坚持去你喜欢的地方。"

"是这样的吗？"蒙雨乔努力想了想，却什么都回想不起来，"没关系，我想去你喜欢的地方。"她回答。

傅雅文幽黑的眼睛看过来，蒙雨乔觉得那是一种她看不懂的神情，心中一动，忍不住轻轻覆住傅雅文握在方向盘上的手。

傅雅文心底悸动，尽量让自己专注地开车。

傅雅文挑选的餐厅，是一间位于湖畔的蜗居餐馆。

没有华丽精致的装饰，而是洋溢着田园家庭的气息。

感觉并不是一个容易找的地方，客人也大多是常客。

侍者早已熟识傅雅文，看到他，便点点头："傅先生。"

侍者引领着他们走到靠窗的位置，蒙雨乔坐下后，看到了外面清澈的湖水和远处翠绿的草坪。

风从窗户吹进来，可以闻到青草的气息。

"我喜欢这里。"她开心地说。

傅雅文微微一笑，望着她娇丽的脸庞。

蒙雨乔把点菜的主导权交给傅雅文，她今天就是想体会傅雅文为自己做一切的感觉，好比约会。

头盘上来的是一份沙拉。新鲜的时令蔬果带着引人食欲的色泽，从中间可以闻到清新的香气。

蒙雨乔叉起一小口放入嘴中，清淡的酸味恰到好处，又能尝到蔬果的清甜，十分开胃。

接下来上来的是一道清淡的汤品。蒙雨乔看着那淡绿色几近透明的汤汁所调成的羹状，上面点缀着几片翠绿的菜叶，只觉香气宜人。

她拿起汤匙轻轻地舀上一口送入嘴中，看似清淡的汤汁却有着浓郁的香气，在嘴中散着芬芳。

她情不自禁地喝光了汤，看见对面雅文漾着温暖笑意的脸。

蒙雨乔都有些不好意思："你怎么这么知道我的喜好？"

傅雅文淡淡一笑："并不难记。"

蒙雨乔心里有些说不清的情绪，这一刻，她觉得自己可以清楚地感受到这个男人的爱。如若不是爱，又怎会把一个女人的喜好记得这样清楚？

她喜欢吃什么，她喜爱怎样打扮，他都十分清楚。这些天和他相处下来，她已经知道这个男人对自己的了解有多深。

但是为什么，他的笑容里总是有解不去的愁绪，并不是那种全然开心的笑，那会让她莫名地难受起来。

傅雅文为蒙雨乔点的主菜是蘑菇烩牛肋排，而自己的则是烤鲑鱼。

"我要尝尝你的。"蒙雨乔有些孩子气地嘟囔起来。

傅雅文摇摇头："你不喜欢这个，你说过受不了这烟熏的味道。"

蒙雨乔反而越加想试试，明明看上去很好吃，那是过去的自己说出口的挑剔话吗？

她不等傅雅文同意，叉了一小块送入自己嘴中。

她不得不承认，傅雅文说得没错，她的确不喜欢这个味道，快速啜了一口红酒，把那恶心的味道冲淡掉，又对上傅雅文深邃的眼。

他笑容淡淡道："看吧，你不喜欢。"

蒙雨乔怔了一下，总觉他的话里还有别的意思，但那是她不懂的。

她下意识地反驳："也不一定，也许再吃几次就会觉得好吃。"

傅雅文摇摇头，颇有些无奈："一个人的口味跟喜好不会因为失忆就改变。"

蒙雨乔心一跳，有些什么压在了心上，怔怔地看他。

傅雅文轻轻一笑，只是专注地吃自己盘里的东西。

蒙雨乔看他文雅的吃相，觉得他连吃东西时都好看到让人羡慕，不禁微微失了神。

她喜欢看他的侧脸，他的鼻子长得尤为出色，挺拔俊逸的鼻梁，勾勒出他清冷俊逸的气质，那简直是整容都整不出的鬼斧神工之笔。

这一餐吃得很愉快。

吃完甜品之后，蒙雨乔已经饱了，她用小勺搅拌着餐厅附赠的特色水果冰激凌，有些孩子气地玩弄着。

她出神地想午饭后应该做什么。

"雅文，带我去游乐园好不好？"

她的提议让傅雅文怔了怔："游乐园？"

"是啊，我想去游乐园。"

"但是医生说你要避免剧烈的运动。"傅雅文微微皱眉，看上去并不同意蒙雨乔的意见。

蒙雨乔拉住他的手："我们不玩激烈的项目，我想坐摩天轮，这总可以吧。我喜欢那种热闹的气氛，去吧！"

她拖了尾音的淘气语调，让傅雅文忍俊不禁。

蒙雨乔比他小两岁，以前不会觉得，因为她时时强势，可是现在这个样子，会让他觉得，蒙雨乔比她的两个小外甥大不了多少。

买了门票和蒙雨乔一起进入游乐园，果然是如蒙雨乔所说的热闹氛围。今天是星期六，人比往常更多。

游街的卡通人物表演，让蒙雨乔"咯咯"笑，不过她有些讨厌旁边那些探究傅雅文的目光。

傅雅文用黑框眼镜和帽子遮去了他大半的面容，他的穿搭也不出色，可他修长优越的身形，还是会吸引到很多女孩的目光。

蒙雨乔拉着傅雅文T恤上的连衣帽再给他套上一层，拽着他跑远了几步，才气呼呼道："为什么你穿得这么没品，还总有女孩看你？"

傅雅文因她淘气的话笑起来，理了理她散乱的发丝："也许她们不是在看我，而是在看我旁边这位漂亮的小姐。"

他的话让蒙雨乔甜蜜起来，心里的不爽就呼呼地飞走了。

"帽子不许给我摘下来。"蒙雨乔哼哼地警告，她不太想别人看见傅雅文的脸，露出花痴的样子，这种情况在出院那天她就见过好几回了。

"我去那边买饮料，你要喝哪种？"她见傅雅文乖乖地全副武装地站在那里，从心底漾起甜蜜，她觉得他可爱极了。

"要不要我去？"傅雅文怕她累着。

蒙雨乔断然拒绝："不用，你只要乖乖站着，不许对别人笑，也不许理睬别的姑娘。"

她发觉自己的占有欲特别强烈，难道她从前就是个霸道的人？蒙雨乔的心底闪过模糊的念头。

"好，我要乌龙茶。"傅雅文微微一笑，很听她话的样子。

蒙雨乔受莫名情绪驱使，踮起脚飞快地在他脸颊上亲吻了一下。

结果等蒙雨乔买了饮料回来，才发觉傅雅文周围围了一大群人，不时有女孩尖叫的声音。傅雅文被人群围在中间，正低头写着什么。

蒙雨乔慢慢地走近，看到羞怯的女孩正捧着傅雅文签好名的笔记本说谢谢。

又有女孩上前要他签名，周围手机、照相机此起彼伏，举着拍着傅雅文。

还不断有女孩子兴奋的声音：

"傅雅文，真的是傅雅文那个舞蹈家！"

"他好帅啊，没有化妆吧，太帅了，好高！"

"原来真人比电视里还要瘦，身材好好！"

"傅老师，我是你的粉丝，前段日子的舞蹈综艺也很好看，你的伤好些了吗？"

"傅哥哥，你能跳舞了吗？"

女孩们叽叽喳喳的声音，让蒙雨乔忽然很不想接近这样的傅雅文。

傅雅文签着名，抬起头来寻找蒙雨乔的身影。他想要离开，无奈人有越来越多的趋势。

游乐园里原本就是年轻人多，而傅雅文作为优秀的舞蹈家，在前阵子广海卫视的热门舞蹈综艺里给观众们留下了深刻的印象，因此这会儿他就好像个明星那样，吸引了大众的目光。

傅雅文看见了蒙雨乔，迅速把签名交还给旁边的女生，没再接递上来的签名："对不起。"

他穿过人群，走向蒙雨乔。

终于走到蒙雨乔身侧，刚牵起她的手，就感觉蒙雨乔抓紧了自己，只对他喊了一个字："跑！"

傅雅文和她牵着手，迈开脚步，迅速地往前跑。

奔跑了一段混入前面一个花车游行的队伍，顺利脱身。

傅雅文和蒙雨乔气喘吁吁地对看，蒙雨乔的脸颊上有着奔跑后的红晕，看他的目光有些埋怨："都叫你乖乖站着不要摘帽子。"

傅雅文忍不住辩驳："我有乖乖站着，没摘帽子。"

"我要去坐摩天轮。"蒙雨乔瞪了他一眼。

傅雅文轻轻一笑，手掌不自觉地抚过她的脸庞："还跑得动吗？那再跑一下吧。"

蒙雨乔笑起来，点了点头，牵住傅雅文的手，又奔跑起来。

午后的阳光洒在身上，牵手的是喜欢的人，那种暖暖的温柔的感觉，令蒙雨乔觉得像在做梦一样。

排队等摩天轮的时候，蒙雨乔侧抱着傅雅文的身子，把他的连衣帽拉得低低的，不让人看出他来。

傅雅文与她的距离很接近，可以感到彼此温热的呼吸。

蒙雨乔对上他幽黑的眼眸，心"咚咚"跳着，只感觉浑身的血液都有些发热。

傅雅文拥着她，双手都搂在她腰间。他们就像一对情侣那样亲密地相贴，彼此静静地凝睇。

耳边充斥着孩子欢快的叫声笑声，还有人群的哄闹声，蒙雨乔只觉得，这一刻很美好。

坐上摩天轮，蒙雨乔轻轻靠到傅雅文怀里，低声说："终于安静了。"

傅雅文没有说话，坚实的手臂环绕过她腰间，将她拥在自己怀里。

蒙雨乔十分喜欢这样的相拥，静谧的摩天轮里，只有他们两个人，她可以听到傅雅文的心跳，从他那结实的胸膛里传来的有力声响。

蒙雨乔有一些眩晕，她想自己是太紧张了，但她心里真有些汹涌的情感破茧而出。

她如水的眼眸凝睇着傅雅文的侧脸，忍不住伸出手，轻轻抚上那如同雕刻的脸庞。

他的睫毛是这样浓密深邃，那双清冷又温柔的眼眸，望着自己的时候，都像要把她融化。

"雅文……"她听到自己沙哑的声音轻轻唤他，手指已抚上他柔软的嘴唇，眼神如醉如痴。

傅雅文看着她如醉的星眸，心脏有种胀裂的感觉，他闭上眼，温柔地压上那张红唇。

蒙雨乔发出轻轻的呢喃，被傅雅文柔软迷人的嘴唇吻得眩晕。

她什么都无法思考了，瘫软在傅雅文怀里，感受他坚实的手臂紧紧揽住自己，他的唇仿若带着魔力，温暖炽热得叫她几乎不能呼吸。

密密地贴在一块，美好又迷离，令她觉得自己几乎要飞起来。

后来，蒙雨乔都不记得是怎样离开了游乐园，关于游乐园的记忆，她所能记住的，都是那几乎令时光停住的一吻。

蒙依瞳来看蒙雨乔的时候，蒙雨乔正听着母亲打来的电话。

最近有关她的花边新闻里，有她跟傅雅文那日出游被拍的事情。

"舞蹈家傅雅文偕娇妻游乐园约会"，这样的标题让蒙雨乔觉得不错，但是那些胡说八道的就让她不满了。

"二姐。"蒙依瞳喊她。

蒙雨乔对蒙依瞳挥挥手，示意她先坐，不久挂断了母亲的电话，何姨给蒙依瞳端上茶。

"是妈的电话？"蒙依瞳笑着问她。

蒙雨乔点点头："她和朋友喝个下午茶，聊到了关于我的八卦，过来唠叨我。"

蒙雨乔揉揉太阳穴，只觉母亲未免太多事。

而且母亲对傅雅文真的很苛刻，被拍又不是傅雅文的特意安排，为什么要责怪傅雅文又在利用她炒作？

明明去游乐园是她的主意。

"妈就是那样。"蒙依瞳微微一笑，"不过没想到你会和姐夫去游乐园。"

"为什么，很好玩啊。"蒙雨乔开心地笑起来。

蒙依瞳看着她，怔了一下："喔，因为过去你并不是很喜欢这些地方。"

过去的蒙雨乔根本不会和傅雅文一起出去，更不会露出现在这样欢喜的表情。

失忆的雨乔令她有些讶异，难道失忆后一个人的喜好真的都会改变？

"你找雅文谈合作的事？"蒙雨乔看着手上的文件。这几天她从傅雅文那里知道了他要为家里的珠宝店用古典舞做主题拍广告的事。

蒙依瞳点头："这个项目准备了很久，今天是来跟姐夫确定细节的，我相信最后呈现的效果一定会很棒。"

蒙雨乔对工作的事不是那么感兴趣，事实上她出院以来，连自己的公司都没回去过几次。

被告知她是一家时尚杂志的总监，还拥有自己的服装品牌，她去到自己的公司却跟参观差不多。

虽然不讨厌，但还是无法记起自己以前是怎样的工作狂，那些都是别人只言片语里的她。对她而言，非常陌生。

她能最明显感到愉悦的就是傅雅文。

她还没完全恢复，现在工作都由特助和一起合伙的朋友代为处理，好让她可以有更多的时间休养调节。

蒙雨乔想起一件事，对蒙依瞳道："你等等，我昨天翻到了这个。"

蒙依瞳喝着茶，在等待蒙雨乔的过程中，视线掠过这间空旷的大厅。她过去一直觉得慕乔山庄很冰冷，像一个荒凉山庄。但现在装饰里仿佛多了很多居家的意味，竟有几分温暖。

蒙雨乔很快从柜子里拿出一本写真集来，回到蒙依瞳身边。

蒙雨乔翻开相册给蒙依瞳看："这些都是老照片了，原来我跟雅文这么早就认识了，你瞧。"

她指着那些照片对蒙依瞳说。

蒙依瞳看到照片的时候怔了怔，面色有些发白。那照片上拥着蒙雨乔笑得灿烂的分明不是傅雅文，而是慕云涛。

显然，蒙雨乔并没有发觉。

她们看着照片的时候，傅雅文从楼上下来，蒙雨乔叫住他："雅文，快过来。"

傅雅文走过去，想蒙雨乔要给他看什么。蒙雨乔捧着相簿开心地望着他："你看这些老照片啊，你以前比现在胖呢，而且穿着好像有品位多了，这样才对嘛。"

蒙雨乔歪着头俏眸看他，故意笑傅雅文的不修边幅。和傅雅文在一起的这些日子她已经发觉，这位先生对穿着打扮真的不在行，只想以简单舒适蒙混过去。

而照片上的雅文，就有品位多了，多数是精英斯文的装扮，比现在的他更多了书卷气。

"这是你读书时候拍的吧？这样算起来我们都认识有十多年了啊。"蒙雨乔惊讶于和傅雅文的缘分竟已这么久，那几张泛黄的照片上的她，分明是十五六岁的小丫头，那就是青梅竹马呀。

她心生甜蜜，觉得自己能嫁给从小就爱慕的对象，就像完美的童话一样。

"雨乔……"傅雅文心上黯然，清冷的眸子望见她甜蜜的表情，只觉刺目，想跟她解释这照片里的人并不是他。

她如今连慕云涛也忘记了，而这个男人，才是她心里最重要的人，她爱着的人。

蒙依瞳忽然出声打断他："是啊，姐夫那时候很有书卷气，不过现在更帅了。"

她对傅雅文使了个眼色，示意他不要说出慕云涛。

傅雅文怔了一下，不明白她为什么要这样做。

但是提起慕云涛，又不是三言两语可以解释清楚的，而且蒙雨乔真的可以承受自己深爱的人已经不在世上这样悲伤的事吗？

自己这个替代品，在告知她全部真相之后，这段关系又会令她怎样？无论怎么想，都不是愉快的事。

他看着蒙雨乔轻松惬意的笑容，没有再言语。

蒙依瞳和傅雅文到了书房，谈广告的事。

蒙依瞳关了门，先说起来："姐夫，刚才我要你不要说出云涛哥的事，谢谢你没有说出来。"

"但是，她应该知道真相，毕竟云涛对她来说……"傅雅文并不确定这样的隐瞒到底好不好。

"姐夫，雨乔姐现在很开心不是吗？如果这次车祸里，还有什么好事，那就是她现在比以前少了很多心结，那些不愉快的事都忘记了。不记得云涛哥的死，不记得和你的争执，也不记得失去孩子，这也许是上天的安排，让她忘记那些痛苦，和你重新开始。"蒙依瞳晶亮的眼眸看着雅文，目光里有些痛楚。

傅雅文想她是为蒙雨乔难过，而她的话的确让他反驳不了。

如果蒙雨乔只是现在这个样子，她会快乐很多，能把所有痛苦的事情全都忘掉，但这始终不是事实。如果有一天她记起来，一切会变成怎样，傅雅文没有办法去想，也不太敢去想。

他似乎是站在悬崖高处，只轻轻一推，就会粉身碎骨。

但是，他从以前就生活在那里了不是吗？

蒙依瞳看着傅雅文有些失魂落魄的脸，无法抑制地心疼着，她多想上去抱抱他啊。守着这个婚姻，对他来说太过伤害，他内心的痛楚和悲伤，她都知道。

虽然她一再告诫自己要断了对傅雅文的念想，但人的感情又怎能轻易被操控？

她时常陷在自私和不能言说的愿望里挣扎，有时想要不顾一切去争取她要的东西，但又有一个声音时刻警告她这样不对！

她羡慕，羡慕极了姐姐雨乔，为什么拥有这个男人的不是她？

她从一开始就喜欢上雅文了，甚至比雨乔更早。

她从来没觉得慕云涛有什么好，因为她喜欢的一直是傅雅文。

从第一次在剧场看到他公演，她就对他一见钟情！

她不像雨乔那样，只把雅文当作慕云涛的替代品。

为什么，不能让她拥有这个男人？她一直觉得自己会比雨乔更珍惜雅文。

蒙依瞳呼吸微窒，极力控制着自己再度涌起的那些扭曲又炙热的情绪。

不，她不能再想，那是错误的。

她不能再对自己的姐姐犯错，也不能再有这样的心思，傅雅文爱的是姐姐，从来不是她。

第九章
身世和神秘的陌生人

傅雅文送蒙依瞳出去的时候，蒙雨乔坐在靠窗的地方，抬眼就能看见两人走过长长的草坪车道。

傅雅文替蒙依瞳开了车门，蒙依瞳似乎还说着什么，没有上车。

从她这里望过去，两个人的身影特别和谐。

夕阳泛红的光晕里，雅文修长挺拔的身姿配着娇小的依瞳，而依瞳仰起头对雅文说话的样子，看起来温柔乖顺。

她看到自己的妹妹笑了，那样的笑容和眼神，让她的心怔了怔。女孩露出这种恋慕又依赖的目光，通常只会对自己所爱的人。

但那是依瞳，是她的妹妹，怎么可以对雅文露出这种神情？

蒙雨乔怔怔着，只觉得心口仿佛压了什么东西。

晚上，蒙雨乔还有些闷闷不乐，傅雅文想问她，又不知怎么开口。

出院后的蒙雨乔，很少问起他们以前的事。

傅雅文有些猜不透她的想法，试着站在她的角度去思考事情。

如果是他失忆了什么都不记得，应该会想要去了解自己的过往，那样才会在一片空白中安定下来不是吗？

但蒙雨乔似乎并不这样。

傅雅文在跑步机上跑了一阵下来，擦汗喝水。他的脚踝现在太过用力的话，还是会疼，医生有说过这是伤后正常的情况，还需要复健治疗。至于到底会不会影响以后跳舞，医生没有给出确切的回答，只说一切看情况。

想起那场车祸，傅雅文还是会感觉到那股冰冷而锐利的刺痛从心里穿过，那时的绝望那时的痛苦重新袭来。

那晚蒙雨乔愤怒的话语——

"傅雅文，知道为什么你说的每一句话我都不会相信吗？

"因为你就是这样的男人，说着动听的话，却是满口谎言！最初和我结婚的时候，你隐瞒了你过去的那些丑事，如果不是被记者挖了出来，你预备瞒我一辈子吗？

"你承诺我会对婚姻忠诚，却跟颜茵接吻，还被拍下来！那女人大你十几岁，包养过那么多人，你和她接吻不会觉得恶心吗？这种肮脏的关系你们持续了多久？"

在她奄奄一息的时候，她甚至不要他救她。

陷入回忆的傅雅文心脏重重一扯，那痉挛的疼痛让他窒息。

他靠到冰冷的玻璃门上，望着外面漆黑的夜幕。

傅雅文冲澡回到卧室时，蒙雨乔已经睡下。

房间里静悄悄的，淡蓝色的落地窗帘被拉上，她像个孩子那样，安心地睡在他床上。

她好像已经放弃了自己的卧室，决意要与他睡在一起。

她的每一次靠近都让傅雅文心口有些滚烫，他不知道这样的相拥，换来的会不会是痛苦跟伤害。

他深吸一口气，将灯光调暗，轻轻地躺到她身边。

蒙雨乔没有睡着，她听着傅雅文的动静。傅雅文睡觉时也很安静，就像他的人一样。

蒙雨乔忍不住翻过身，在幽暗的灯光里看他。

他俊朗的脸庞就在距离自己咫尺的地方，实在喜欢他的眉眼，她下意识地伸出手，抚上他的脸颊，却被他轻轻按住。

"你没睡着？"他磁性的声音低声问。

蒙雨乔朝他怀里靠了靠，赖皮地伸出手："喂，把手给我。"

傅雅文有些诧异，但还是照她说的做，与她伸出的手贴在一起。

"你瞧，你的手比我大好多。"蒙雨乔轻声说，对比着自己与他的手掌。他修长的手指骨节分明，手掌上带着薄茧，虽然有些粗糙，但是意外地让人安心。

他的手掌总是很暖，身体也很暖，蒙雨乔冰冷的四肢躺在他身边，就能暖和起来。

蒙雨乔把他的手蜷起来，握成拳头，笑着说：

"听说手掌握起来，就是一个人心脏的大小。

"那我的心有这样大，你的心是这样大，比我大一些，可以把我全部装进去。"

她的话语让傅雅文有些讶异，他看着她，见她认真温柔的样子，在夜色中发着光。

"知道吗，你的心里要装下全部的我，不许有别人。"蒙雨乔很认真地说。

傅雅文微微一笑，大掌将她的小手包住，握在自己手心中："我记住了。"

这是他的回答，但蒙雨乔觉得不够。她蓦然翻身过来，趴到傅雅文身上，居高临下地看他。

傅雅文有些屏息，默默地注视她。

她慢慢贴近他，主动吻上他。

这个吻甜美馥郁，是属于雨乔独有的气息，令傅雅文一颗心激烈地跳动，就仿佛要跳出胸腔。

蒙雨乔吻着忍不住笑起来："你心跳好快……"

她的话被傅雅文更为炽烈的吻打断，他结实的臂膀搂住她，化被动为主动，加深了这个吻。

他的唇仿佛带着烈焰般的气息，要将她吞噬，蒙雨乔臣服于他的强势，在炙热的吻里呢喃轻咛。她的身体都在微微颤抖，感觉自己像一艘荡漾的小船，在他的惊涛骇浪里沉浮。

他的手抚过她身体时，都像带着电流，让她触动，身体里情不自禁的激情，那些无法言语的情感，破茧而出。

她不记得从前跟傅雅文亲密的感受，出院后他给她的印象是温柔而克制的，总是很顾及她。但今夜的他，不同以往，仿佛夹带着放纵狂野的气息，将她淹没。

他的唇、他的吻，都带着灼热得像要熔化一切的火焰，让她身心俱颤，无法自抑。

在他矫健的怀抱里，她娇小的身躯就像随时会被揉碎。他带给她无尽的快乐，却也像惊涛骇浪，所有感官里，只剩下他给予的一切。

"雅文……"她颤抖迷乱地唤着他名字，搂着他坚实的肩膀，世界里只有一个他。

江城艺术大学位于江城的护城河畔，人杰地灵，是一座历史悠久的艺术学院。

因为车祸的缘故，很多安排好的工作都被打乱了。但也因此，之前答应在江城艺术学院讲课的事，得以提前。

傅雅文翻看着讲课的资料，虽然他已经在家里做足准备，但今天是第一次，到了快上课的时间，还是认真地再默习一遍。

离上课时间还有半小时，傅雅文走到办公室旁边的自动贩卖机前，准备买一罐红茶。

贩卖机边有一位西装革履五十多岁的中年男人，他的纸币总是被自动退出，而他没有注意到，似乎还在疑惑为什么没有饮料掉出来。

傅雅文想这位先生一定不怎么使用贩售机。

"先生，您想买什么，我来帮您吧。"他走到中年男人身边，将大面额纸币递还给对方，微微一笑，"这个面额的纸币贩卖机不收，所以它退出来了。"

"谢谢……"

中年男人抬起头，在看清傅雅文的面容时，他的话戛然而止，但傅雅文没有注意到。

傅雅文扫码支付了中年男人要的饮料，双手递给他："您要的咖啡。"

奇怪的是对方并没有马上伸手接，傅雅文望过去，发觉对方正直愣愣地望着自己。

"先生……"傅雅文怔了怔，想这位先生或许是学院里的老师？他认得自己？

傅雅文有些尴尬，将饮料放到对方手里。

那中年男子这才像是回过神，急忙又道谢谢。

傅雅文买好自己的红茶，却仍感觉旁边那道灼热的目光盯着自己。

虽有些奇怪，但傅雅文并没说什么。

见他要离开，那中年男人忽然叫住他："等等……"

"先生，不用了，我请您喝。"傅雅文以为中年男人是要给他咖啡钱。

"你……"中年男人有些焦急地拉住他，大概是察觉到自己的行为有些不妥，他松开手，尽量平和地望着他，"你是……傅雅文？"

傅雅文点点头。

"抱歉，我太鲁莽了，我……看过你的演出，很喜欢你，能不能给我签个名？"中年男人话说得颤颤巍巍，似乎有些激动。

傅雅文怔了怔，但还是低头接过对方递来的记事本，写上自己的名字，递还给他。

"真的谢谢你。"中年男人目光深邃地望着傅雅文，感情过分充沛了，令傅雅文有些不适应，但他感受得到这个人对他没什么恶意。

他礼貌地说："那么我告辞了。"

见他离去，中年男子还想叫住他，但古典舞系的杨主任在不远处看到了傅雅文，对他招手："雅文，快过来。"

傅雅文快步走向杨主任，中年男人只能怔怔看着他的身影，眼眶却已有些发红。

慕清远走进蒙家大宅的时候，蒙广生迎了出来。

"清远，许久不见，真是一别多年哪。"蒙广生握着老友的手，神情有些激动。

被蒙广生称作清远的中年男人，竟是方才傅雅文在自动贩卖机前遇到的男人。

芸彬见到慕清远也很惊喜，他是蒙广生最重视的朋友，相交多年。

"什么时候回来的？"蒙广生笑呵呵地问。

"前几天刚到。"慕清远微微一笑。慕家举家移民国外十多年，两家已很久没见。

"曼仪她还好吗？"蒙广生问着老友的妻子。

慕清远点点头："她很好，这次没有和我一起回来。"

蒙广生没有问他儿女的情况，因为慕清远只有一个儿子——慕云涛，而慕云涛，已在四年前的车祸中丧生。

那时的他，正要回去告诉父母要和蒙雨乔结婚的好消息，却意外遭遇车祸。

参加过慕云涛的葬礼后，两家人就没怎么见面了。

一年前，雨乔结婚的时候，蒙广生有发过喜讯给老友，但是慕家人并没有回来参加婚礼，只是祝福了雨乔。

说起来，雨乔和云涛，是他们两家人的憾事。

"女儿们可好？"慕清远淡笑着问蒙广生。

"都好。若华的两个孩子越来越可爱了；雨乔结婚之后暂时还没有孩子；依瞳嘛，这丫头，眼光忒高，上次那个又分手了。"

说到雨乔，慕清远神色微室："我回来的那日，有在网上看到雨乔和她的丈夫，他……"

雨乔结婚的时候两家人只是互通了信息，慕清远的家人并不知道雨乔找了个很像云涛的丈夫。

但现在，看来慕清远是知道了。

"你看到了，雅文这孩子和云涛长得很像……"蒙广生微微一叹。这世上就是这么奇妙，竟有如此相像的两个人。雨乔在失去云涛后，竟让她遇见了傅雅文。

"这孩子……"慕清远神色黯然。

蒙广生以为他是为雨乔难过，想要安慰，那边芸彬却神色有怨："要不是长得像云涛，雨乔又怎会嫁给这种人，无论家教还是门第，都和我们蒙家极不相称，让你见笑了。"

这桩婚事一直是她心口的一根刺，也让她被朋友们笑话了不少。

她的话却让慕清远神色一震，蒙广生在旁边严声道："清远兄莫要听她妇人之见，雨乔嫁给雅文，是他们的缘分。"

"若不是云涛……"芸彬神色一凄，想到当年的云涛。她是极满意这个女婿的，而傅雅文，就算长得再像云涛，在她眼里还是万般不顺眼。因为他没有良好的出身，亦没有云涛那样的学识能力，芸彬从知道他出身市井且是个孤儿起就非常嫌弃他。

慕清远心上巨震，神情有异，但蒙广生两夫妇只以为他是想到死去的儿子。慕清远很多年前举家移民，也不常回来，要不是知道他身家清白只有一个儿子，傅雅文和慕云涛长得那么像，还真会让人误会。

"云涛他……"慕清远欲言又止。

"清远你莫要难过了，不如你和曼仪常回来走动走动，好过两人在那里寂寞。"蒙广生安慰。

慕清远家学渊源深厚，与夫人移民后，一直在大学任教。本来祖辈的产业可以交手给儿子，谁料慕云涛意外讨世，使得他只有辞去大学教授的职务，这些年只能亲力亲为管理生意。

"雨乔她现在……"慕清远有些想问，雨乔是不是已经走出云涛死去的阴影，但又说不出口。

芸彬却接了他的话："清远你不知道，几个月前雨乔出了车祸，所幸现在身体无事。不过因为头部受伤，她出现了暂时的失忆。"

"失忆？"慕清远一震。

"雨乔没事，就是想不起过去的一些事。"蒙广生向老友解释，"医生说等她受伤的地方压迫记忆神经的淤血散掉，情况可能会好起来。就算记不起来，也不会影响她今后正常的生活。"

"是这样……这样很好……"慕清远有些沧桑的面容，似乎释然了一些事。

蒙雨乔心情愉快地在书房里整理，其实也在翻看一些自己以前的东西。飞扬的心情令她哼着小调，在想到傅雅文时会情不自禁地笑出来。

如果想他的时候就立刻可以见到他，那该有多好。蒙雨乔，你从以前就是个"恋爱脑"吗？

她的书房很凌乱，设计稿、图册，还有各种小物品到处都是。

打开抽屉，里面是记事本之类的东西。

多数是深色丝绒封面的本子，还熨烫了她的名字，单字"乔"在上面。

看起来她过去似乎是个很讲究的女人，也非常自我，私人物品都要有所属印记吗？

她随意地翻起一个记事本，但发觉那上面大多是男人的名字、联系方式和电话，居然还有身高体重，这是什么？

蒙雨乔不怎么喜欢自己的发现，里面鲜有女性的联络方式，难道说她的朋友都是异性？

她想起那天自己接到的一个电话，是一个男人打到她手机上。对方用着熟稔的口吻，亲切地称呼她Joe，并且问她身体好点没，听说她出车祸，很想过来看她，还问她要不要在老地方见。

蒙雨乔不晓得他说的"老地方"是哪里，但她不喜欢那个男人暧昧轻浮的口吻，仿佛长久都是与她这样。

蒙雨乔有些厌恶地推开记事本，将它扔到抽屉的最里层。

然后，有另外一样东西吸引她的目光。

她扔掉的那个笔记本撞开了一沓垒在一起的东西，待她将它们拿到光亮处，才发觉是一沓照片。不过在看清那些照片后，她手足冰凉。

她颤抖的嘴唇微张着，都不敢相信那照片上的情景。

那一张张，分明是傅雅文和一个女人亲密的照片，他们拥抱着，亲吻着。并且，照片里清楚地拍摄出那女人的面孔，那是一张不甚年轻的脸，看上去跟自己的母亲差不多大。

蒙雨乔震惊着，沉闷的书房连空气似乎都被抽走了，她觉得窒息，突然头痛欲裂，令她抚住额头，几乎跌坐到地板上，苍白的脸瞪着那些刺目的东西，胸口疼痛。

第十章
二次伤害，对婚姻不忠的男人？

　　傅雅文回到家的时候已经傍晚，持久的站立令他腰背僵直。下午去医院复健，被医生拉扯韧带经脉，那刺痛超出他的预估，能令人眼泪都痛出来的那种。整个复健过程都仿若折磨，现下有种疲惫后的恶心感。

　　他打起精神。

　　回到家令他放松下来，屋里却没有亮着灯，他有些奇怪，随即想起今天何姨回蒙家大宅，不知雨乔在做什么？

　　因为复健流了一身汗，傅雅文将衣服脱下丢进洗衣槽，只想快点去冲个热水澡，消除疲惫。

　　进入卧室的时候他感觉到气氛不对，雨乔没有开灯。

　　"雨乔。"傅雅文担心地唤她，隐约可见她窈窕的身形坐在床边。

　　在傅雅文想要向她靠近的时候，灯光倏然亮了起来。

　　他注视蒙雨乔的脸，在确认她安然没有不舒服后才轻轻舒了口气。

　　他微微一笑："晚饭吃了吗？抱歉，今天有事回来晚了。"

　　察觉到自己因准备洗浴脱了上衣，还来不及披上衣服，被蒙雨乔这样看着，倏然想到她从前不喜欢他这样做，说他野蛮而没有教养。

　　傅雅文下意识地想要给自己套件 T 恤。

蒙雨乔幽幽盯着他，那眼神里没有傅雅文这些天已经熟悉的温柔和笑意。

他听到她说："我们谈一下。"

傅雅文觉得有几分凉意，他穿上浴衣，坐到蒙雨乔对面："抱歉，我忘了，你不喜欢……"

他话还未说完，蒙雨乔突然将一些东西扔到他面前。

傅雅文心口一抽，橘色的灯光里，他清晰地看到了那是什么。这并不是他第一次看到这些照片，却依旧刺痛他的心。

因为他想起，为了这些照片，自己失去了什么——失去他的孩子，他和雨乔共有的小生命。

"你有什么解释？"蒙雨乔看着他。

傅雅文沉默着，神情苍白而疲惫。蒙雨乔只盯着他，想要看清楚他全部的反应，却发觉那张脸上有太多她读不懂的东西。

"我想过很多理由，想这是误会，你不会这样。这些照片，我从以前就知道吗？那时候我是怎么问你的？或者，我们是怎么解决的？你是对我们婚姻不忠的人吗？你出轨了，还和一个年纪比你大的女人？你！"

她的声音越来越尖锐。

"我们到底是什么样的夫妻？！你玩你的，我玩我的，我们各过各，是这样吗？所以我的通讯本上都是男人的联络方式，总有莫名其妙的男人给我打电话，而你也有着自己的情人，是不是这样？快告诉我啊！"她几乎尖叫起来，颤抖的身体泄露了她快要崩溃的情绪。

"雨乔。"傅雅文扶住她肩膀，"冷静一点，你会头痛，不要激动，不是这样。"

他清冷的声音让她微微回了神，在泪眼里模糊地看他。

"被拍下这样的照片是我的失误，我们因为这件事情争执过，但事实不像你想的那样。我没有出轨，那些你所想象的糟糕事情都没有发生，我没有婚外情，你也没有。"傅雅文压抑的声音带着一些沙哑，幽黑的眼眸认真凝视她。

"我……不是那样坏吗？那些给我打电话的男人……"她的肩膀微微动着，神情惘然而破碎。

"没有，你不是那样。"傅雅文轻轻握住她的手，看着她的眼睛。

"你因为工作的关系，会和很多人有接触，通讯录上的那些人，多半都是你工作认识的艺人、男模、摄影师以及和你同在一个圈子里的朋友，你会和他们出去玩，但并不会做过分的事情。"

虽然他这样解释，但这也不是让她开心的回答。她原来是这样的女人吗？结婚了也不和别人保持距离？

"我承认，我们过去有争吵，很多时候都在冷战，不能好好地相处。"

傅雅文的声音带着安抚，抹去她些许不安，至少她不必为刚才乱想中的过去担忧，她的私生活没那么乱。

"我们的婚姻这么糟糕？"蒙雨乔咬着唇，神情快要哭了，她还是很难过。

"那么你呢？照片上是谁？"

追究起来，他的照片可比她严重多了。

"不管你相不相信，我没有做出背叛我们婚姻的事情。"傅雅文低沉的声音有些痛楚，"照片上的人只是我的一个老朋友，被照下的情景是她在和我告别。"

"告别需要接吻？"蒙雨乔瞪了他一眼。

"她是我前女友。"傅雅文声音一黯。

这个回答稍微能解释得通了，但听到他有前女友，蒙雨乔发觉自己还是很在乎。

"她怎么年纪这么大？你有恋母情结？"

她没有思虑就脱口而出的话，在傅雅文心上扎了一下。

"我和她已经分手很多年了。"他只能这样回答。

"那为什么，我们过去会一直争吵？"蒙雨乔还是想知道更多他们的过去，为什么，他们这么不和睦？

傅雅文陷入了沉默。

这是无法用三言两语说清的事情，他看着她苍白的脸孔，不确定全盘托出后，她可以承受多少。

他的手轻轻又温柔地抚上她的脸颊，温热的手指摩挲着。

"争吵是因为我工作的环境，让你不放心，因为老是有记者写些没有根据的东西，让你担心我会和女搭档有什么事。你个性倔强，又很骄傲，无法忍受这些花边新闻，而我，做得不够好，总是惹你生气。"

"就比如那样的照片？"蒙雨乔有些理解了，声音还是闷闷的。看到那样的照片，到现在她还是无法完全相信他，她只是接受了他的解释，想象着他们的确会因为那些事情争吵。

"我总怀疑你会劈腿对吗？"她小声问。

"我过去的经历不太好，所以会计你有那样的担忧。我犯过错，也做过很多不能重来的事。你会因此不信任我，这不是你的错。但和你结婚后，我不再那样了，不想你因为和我结婚而后悔。"他认真地看着她，他眼睛里诚恳的光芒让她心颤。

"雅文……"蒙雨乔情不自禁地唤他，有些怜惜，因为他声音里的痛苦，她也感受到了。

疲惫的夜晚，最后两个人相拥而眠。蒙雨乔躲在傅雅文的怀抱里，听到他渐渐绵长的呼吸，知道他睡着了。

窗外有淅淅沥沥的雨声，夜很宁静，但是她无法睡着。傅雅文的怀抱很暖，有太多美好的记忆，而今夜却成了一个难眠夜。

她想要全部相信他的话，但心里有着太多疑问。

她觉得傅雅文并没有对自己说出全部的事实，但那些不能触及的部分，她又不敢去深究太多，生怕了解之后只是血淋淋的伤口，是她无力承担的局面。

他是个有着太多过去的男人吗？他又做了哪些不可补救的事？他过去的私生活很乱？

蒙雨乔怔怔瞧着傅雅文在黑暗中的侧脸，只觉有些冰凌涌入心底。

她想到了回家的第一天，她就为他们分房而睡震惊。但现在她知道了，那一定有理由的不是吗？

看来过去他们的感情真的不太好。

蒙雨乔，你忘记了很多事，甚至连最重要的事也忘记了，他会不会利用你的失忆？

蒙雨乔为自己这个突然冒出的念头吓了一跳。

第二天是回蒙家大宅的日子，江城进入雨季，依旧落着雨水，天空有些阴沉。

从慕乔山庄驶出，傅雅文开着车，一路上蒙雨乔坐在他身边很安静。

傅雅文按下了音响，让车内放出舒缓的音乐，驱赶一些沉默的尴尬。

昨夜的交谈并没有解除蒙雨乔心底的疑惑，傅雅文有时觉得，所有痛苦都像是装在瓶子里的魔鬼，他越想拉紧瓶盖，不让它们出来，它们就越汹涌反抗，狰狞地叫嚣。

心口涌上熟悉的酸涩，他调整呼吸，试着让自己抛开这些不停折磨他的烦恼。

"雅文。"他听到蒙雨乔喊他的名字。

"嗯"了一声，傅雅文却下意识地将那音乐的声音调响，不想去听她说什么。

但她的话语还是清晰地落入他的耳中：

"照片里那个女人，你过去的情人，你们交往了多久？"

心脏狠狠一扯，他踩下刹车，将车子停到路边。

与蒙雨乔的视线相触，那眼神如同过去一样，有隐隐的傲气藏于其中，就算失去记忆，也什么都不会改变，蒙雨乔始终是蒙雨乔。

傅雅文再度意识到这点，心上的伤口撕裂着，眼里有迷惘的苦涩，但他一直看着蒙雨乔，没有避开那探究的目光。

那目光还是如同过去一样，骄傲明亮得容不下一丝污垢。

"她的年纪看上去比你大很多……究竟大了多少岁？"蒙雨乔轻咬着唇，仿佛这是她一定要弄清的问题。

"她比我大了二十岁。"他看着她，几乎没有表情地说出这句话。

蒙雨乔呼吸一窒，头也痛起来，几乎痛得令她想要呕吐。她想是自己车祸的后遗症又犯了，或是因为雅文的话？

"你们在一起多久？"她根本不想问了，但是她的行动和想法好像分开，因为她听到自己冷漠的声音在问。

"两年。"傅雅文低下头，低沉的声音回荡在车内。

蒙雨乔只觉心口一股猛烈的疼，她双手握住，指甲掐进自己掌心，也未曾觉得痛。

为什么？为什么她会觉得那样恶心？

车里没有声音，连音乐也被停止了播放，只有窗外的雨声。傅雅文再度发动车子，没再说话。

她眼神里的嫌恶，已经说明了一切。

蒙家大宅比往日多了一位客人。

蒙雨乔看见他觉得是一位很亲切的伯伯，和父亲差不多年纪。父亲说是他的好友慕清远，移民国外多年，这次回来见见老朋友。

早在蒙雨乔到来之前，蒙广生已经嘱咐了家人谁也不要提云涛的事情，不要让蒙雨乔知道慕清远就是慕云涛的父亲。

这也是慕清远的意思，他说只想看看蒙雨乔和她的丈夫。

蒙广生其实也有些担心老友看到傅雅文，会因为傅雅文和云涛长得像而难过。若不是知道老友的为人，他真的会忍不住猜测傅雅文和云涛是不是孪生兄弟。

蒙雨乔没有和傅雅文再说什么，很快与家人坐在一起，聊着家常。

莫展鹏向来跟傅雅文没什么话说，坐在岳父和岳母身边，体贴地陪着老婆。

傅雅文庆幸自己被瑾然和佳雯拉出去，岳母芸彬一直不喜欢看到他。

两个孩子在园子里快活地玩，瑾然询问着他关于风筝的事情，又有些遗憾地说起他买给他的滑板被父亲没收了。

瑾然噘着小嘴说玩滑板一点都不危险，他讨厌父亲对他如此管制。

傅雅文轻轻一笑，摸摸他的头。

孩子嘟嘟囔囔所有埋怨父亲的话语他都很羡慕，因为被父亲管教是什么样子，他从来没有体会过。

小女孩佳雯兴奋地要跳舞给傅雅文看，因为在学校新学了舞蹈，她觉得一定要跳给姨父看。

"你很喜欢孩子？"有低沉的声音响起来。

傅雅文转过头，发觉是岳父的那位朋友。

其实他记得这个中年男子，昨天在艺术学院遇见过。

"谢谢你的咖啡跟签名。"慕清远坐到他身边，微微一笑。

"不用客气，慕先生。"傅雅文虽然有点奇怪他为什么要自己的签名，但没有问出来。

"我很喜欢你的表演，没见过我这么大龄的粉丝？最喜欢的是《春江花夜》，很后悔两年前在公演的时候没有去现场看，认识得太晚了。"他话语里的遗憾很明显，但那句"认识得太晚"总让雅文有几分异样的感觉。

不过面对这样一位大龄的"粉丝"，傅雅文难免有些赧然，毕竟对方是一位年纪可以做他父亲的长辈。虽然在各地公演时也常得长辈的称赞，可慕清远和那些老师还是不太一样，他也说不清为什么。

"你心地很好，愿意帮助素不相识的人。"慕清远看着他，深沉的目光温和甚至过分亲切，"你和雨乔结婚一年多了？"

"是。"傅雅文应了一声，他并不擅长和长辈交谈。

两个孩子打打闹闹地在花园里追着跑，但是慕清远还是坐在傅雅文身边，并没有走开。

傅雅文不晓得他为什么喜欢和自己谈话，通常别人都不愿和他太久地待在一起。

"你从很小的时候就开始练舞了吗？是怎么想要跳舞的？因为家人说你有天赋？练舞很苦吗？"慕清远仿佛对傅雅文的过去很感兴趣，"你的家人呢？他们都和你住在一起？"

傅雅文怔了一下，摇了摇头："我没有家人，我是孤儿。"

提起家人的时候，他看着远处，记不清母亲的脸，只模糊地有她弹钢琴的印象。

他没有注意到慕清远因他的回答倏然苍白的脸。

"你……没有家人？"慕清远几乎不敢置信。

傅雅文摇摇头："我母亲在我很小的时候就过世了，后来我就被送到福利院，那年我五岁。"

"那你就在福利院长大，也没有人照顾你？"慕清远的声音有些急。

傅雅文讶异地看他。

他注意到自己的失态，勉强一笑："我以为像你这样的年纪，父母必定还健在。"

傅雅文淡淡一笑："我没见过我的父亲，也不知道他叫什么。被送到福利院的时候，只有母亲留下的一些东西和我的身份证明。"

慕清远心口大痛，竭力镇定问："那没有家庭领养你吗？你这样可爱的孩子……"

"我小时很叛逆，也不想离开福利院去陌生的环境，有过一两次机会的，可都给我闹没了，老师还很生气地骂我不乖，现在懂事了回想起来，老师其实是为我好。"傅雅文的声音带着淡淡的怅然。

慕清远听得心酸，忍住情绪问："你对母亲还有印象吗？"

傅雅文脑海里浮现出一个很模糊很淡的影子，只是一个女人纤瘦的背影坐在钢琴下。

"我只记得她弹钢琴的样子。小时候，她经常坐在窗边弹琴给我听，还会对我微笑。"

他的声音有些迷离，脑海里模糊地回想起母亲的样子，始终只是一幅模糊的画面，什么都记不清了。

慕清远看着傅雅文茫然的面容，眼眶泛热。

"你知道她的名字吗？"他哑声问。

傅雅文点点头："她有个很好听的名字，叫傅慧平。"

慕清远胸口一痛："所以她给你起名叫'傅雅文'？"

"大概是吧。"傅雅文的神情有些清冷的温柔，"我想她一定希望我懂礼貌一些，成为一个温文尔雅的人，才给我起名叫'雅文'。"

"你会想你的父亲吗？有没有找过他？"

傅雅文轻轻蹙眉，摇了摇头："他什么都没留下给我和我的母亲，我想我大概是不能被生下来的那种孩子，才使母亲跟家里断绝关系，没有名分，凄惨潦倒地死去。"

"雅文。"

双手忽然被握住，傅雅文讶然地看着慕清远有些苍白的脸。

"慕先生，你怎么了？不舒服吗？"他有些担心地看慕清远。

慕清远意识到自己的失态，只能点点头："我好像有些头晕，麻烦你扶我进屋。"

傅雅文叫上在花园里跑着玩的孩子，扶着慕清远进了屋。

傅雅文并不喜欢和蒙家人坐在一起吃饭，很拘谨很不自在。

蒙广生问起他蒙雨乔最近的情况，他还没回答，蒙雨乔就娇嗔地嚷起来："爸，我就坐在这里，还有什么可问的？"

蒙广生看她精神很不错的样子，笑着摇摇头："我就是要问雅文，你的回答不客观。"

"雨乔有按时吃药，也定期回医院复诊。"傅雅文看着蒙雨乔说。

蒙广生点点头："雅文，你要多照顾她，如果她有什么头痛，一定要马上给顾医生打电话。"

"是，爸，我记住了。"傅雅文回应他。

"让雨乔搬回家里住不好吗？交给他照顾，我不放心。"芸彬忍不住说，冷冷的视线投向傅雅文。

蒙广生皱了皱眉："你不是已经派何姨过去了，还有什么不放心？"芸彬对傅雅文的厌恶，真的令他无可奈何。

芸彬挑了挑眉："他那种工作早出晚归都不定时，忙起来可以人都见不到，你安心把女儿托付给他？车祸都出了，还不清醒。"

"芸彬。"蒙广生有些忍无可忍，她话里有话的意思实在太过分，而且这种话不应该在雨乔面前讲，饭桌上还有自己的老友慕清远。

蒙雨乔因母亲的话而心惊，什么叫"车祸都出了"，难道自己的车祸还有什么别的原因？

她疑惑的视线望到傅雅文脸上，慕清远却忽然说话了："车祸时雅文也受了伤，现在全好了吗？"

傅雅文怔了一下，抬头看他。

慕清远温和的眼睛看着他，写着真实的关切。

蒙广生接着他的话说："是啊，雅文那时也伤得很重，现在应该在做复健治疗吧，会影响到跳舞吗？"

"现在医生也不能肯定地说，得看复健的情况。"傅雅文平静的声音令室内绷紧的气氛放松了几分。

蒙广生看看傅雅文："你不需要在意你岳母的话，她总是小题大做，复健治疗好好听医生的，如果将来有什么问题，我们可以再找专家评估一下。"

傅雅文点了点头："谢谢爸关心。"

蒙广生见他没有和芸彬一般见识，心里又满意了几分。

一餐食不甘味的饭吃完的时候，傅雅文松了口气，却没注意到对面慕清远对他的注视。

离开蒙家时，慕清远递给傅雅文一张名片。

面对傅雅文讶然的目光，中年人慈爱地望着他："雅文，再过几天我要回去了，很高兴认识你。也许你觉得冒昧，不过我真的很喜欢你这个孩子。将来如果你有什么事需要帮忙，可以找我，也欢迎你和雨乔来我的葡萄园玩。还有，等你有了新作品，记得跟我说，下一次我一定要去现场看表演，因为我真的很喜欢看你跳舞。"

这是傅雅文第一次得到一位长辈的关切，从对方诚恳的言语里，他知道慕清远是发自内心地关心他，而不是有什么别的意图。

他收好名片，谢过慕清远。

慕清远握着他的手，似乎一直舍不得放开。

这时蒙雨乔也走出来，他们告了别，便离开了蒙家。

这晚蒙雨乔回到了自己的卧室，没有和傅雅文睡在一起。

傅雅文知道她不愿和自己相处，上一次面对这样的情形时，蒙雨乔和他冷战了很久，这一次，她至少没有说出伤人的话，他是不是该庆幸？

傅雅文苦涩地摇摇头，听着窗外的雨声，让自己不要胡思乱想，安静睡觉。

对失眠这件事情，他有很深的体悟，也不想一再去回味。医生对他说过，如果放空思绪，可以帮助他快些入睡。

另一间房里，蒙雨乔睡得并不安稳，她似乎知道自己在做梦。

梦境里是一片荒野，她一个人在跑啊跑啊。

她跑得很累，但就是不能停下，因为身后一直有火焰焦灼的味道，令她觉得如果停下来，自己会被那火烧到。

她奔跑的脚下忽然踩到什么，整个人不稳地摔下去，狠狠坠落坡谷。

那颠簸的感觉真实得可怕，就好像她被夹在什么东西里不住地翻滚。

胸口窒息，身上都是强烈的痛楚，她觉得自己快死了，而那可怕的烟雾已经熏过来。

"啊，不要！"她尖叫着，想要挣扎，但是越猛烈地挣扎，身体就被囚住得越紧，她似乎看清了，自己是陷在一辆变形的车厢里。

"救救我，谁来救救我，不要，不要……"

她尖叫着，朦胧间听到有人唤她的名字：

"雨乔……雨乔……"

那声音似曾相识。

接着，她被摇醒了。

她朦胧地睁开眼，发觉自己只是在卧室的床上，卧室里是橘色的灯光，周围很安静，窗外还有雨声，并不是噩梦里的情景。雅文深邃的黑眸正望着她，充满了担忧。

"我……"她干涩的声音响起来，还有些惊惧不安。

"你做噩梦了，现在没事了……"傅雅文轻拍她的后背，呼吸和她一样有些起伏，似乎是匆匆跑过来的。

"雅文……"蒙雨乔脆弱地唤他，下意识地抓紧他后背，投身在他怀里，想要感受他身上的温暖，让它们来驱散她的惊惧。

傅雅文抚着她的后背，舒缓她的情绪。

她慢慢地镇定下来。

"雅文，那梦境好可怕。"

"我知道，嘘，现在不要再想了。"

"你听到我的叫声了吗？"蒙雨乔怔怔地问他。

傅雅文低头看她，抚着她的脸庞，低声说："是的，我听到你在叫。"

"所以你就从房间里跑过来，你还关心我，我对你生气……"蒙雨乔有些语无伦次，湿漉漉的眼睛只看着他。

傅雅文凝视她，安抚地吻上她的额头："现在不要怕了，我就在这里。"

蒙雨乔一下紧紧地拥住他，双手抓着他腰间，埋在他胸膛间："雅文，你还有没有事瞒着我？如果有，全部告诉我，我可以承受，但是不想你再有隐瞒。"

傅雅文心底颤动，托起她的脸庞，在灯光下凝视她。

这张娇美的脸庞上，还带着惊惧后的苍白，看上去那么脆弱无助。

又能承受多少往事？

他和她之间所有的煎熬折磨，无非是更多伤害罢了。

他拥住她，下颌摩挲着她发丝，只低声道："没有了，再没有别的事瞒着你。"

"你保证？"蒙雨乔抬眼，凝视他。

傅雅文牵过她的手，放在心口："我保证。"

蒙雨乔放心了，投身到他怀里，舒了口气，贪恋起他的温暖来。

第十一章
一模一样的面孔，慕云涛出现了

蒙雨乔回到公司，恢复工作。

虽然她不记得的事情很多，但是对时尚的敏感和自己的专业，却丝毫没有忘记，因此她很顺利地就接手过来。

只不过她发觉这实在是份很忙的工作，与出院后的悠闲时光截然相反，抽空才有时间打电话。

傅雅文最近主要在复健治疗，有大把的时间待在家里，所以每天打电话回去骚扰雅文，成了蒙雨乔工作时的乐趣之一。

"在干吗？"她拿着手机，靠在窗边。

她的办公室采光很好，几乎一面墙都给辟成透明的玻璃，阳光照射进来，有种慵懒的感觉。

"正准备出门，下午要去钓鱼。"傅雅文低沉的声音透过电话传过来。

蒙雨乔轻轻抿嘴："昨天怎么没告诉我？"

傅雅文笑了笑："你不是在忙吗？"

"雅文，我和你一起去。"

电话那端的傅雅文似乎怔了怔："要和我一起去？"

蒙雨乔都可以想象他傻傻的样子，绽唇笑起来："是啊，你过来接我，我们一起去。明天是周末，顺便可以度个小假。"

"好的，半小时后，我到你公司楼下。"傅雅文思索了一下。

"我什么都不用准备吗？"蒙雨乔笑着问他，虽然心里知道傅雅文一定都会替她准备妥当。

"不用。"果然，听他沉稳地回答。

傅雨乔挂了电话，嘴角还漾着自己都没察觉的甜笑。

傅雅文依言在半小时后出现。

蒙雨乔早已按捺不住雀跃的心情下了楼。离开的时候交代了助理何芬一些事情，她轻松地步进电梯，坐在大厦底层的咖啡馆等着雅文。

从玻璃窗里看见那个熟悉的身影下了车，不过从车上下来的另一个身影却让她怔了怔。

她看清那是自己的妹妹依瞳。

两人开了车门，似乎有说有笑，依瞳眼里又有那种让她窒息的光芒，那样专注地看着她的丈夫。

蒙雨乔站起身，走到门口，傅雅文也看见了她，便朝她挥了挥手。

"依瞳也要和我们一起去钓鱼？"蒙雨乔问得有些闷。

蒙依瞳抱了她一下，笑得很开心："不是，雨乔姐，我搭了姐夫的便车。姐夫，你送我到这里就好。"

蒙雨乔这才振作了一下精神。蒙依瞳跟他们告别，拿过自己的东西。

傅雅文看着她："我们不赶时间，不然送你到蒙氏吧。"

蒙依瞳摇摇头："不用了，姐夫，那下星期见咯。"

送别了蒙依瞳，傅雅文才坐进车里，发觉他的妻子已经自己系好安全带，安静地坐在副驾驶上。

傅雅文微微一笑："肚子饿不饿，何姨做了三明治要我带来。"

"不饿，"蒙雨乔转头看他，"依瞳怎么会过来？"

"拍摄计划有些改变，她送了些文件过来给我看。"傅雅文发动车子。

蒙雨乔看到他性感的唇边还挂着微笑，是讲起依瞳所以那么开心吗？

她无法不这么想，因为他们两人在一起的时候总是那么和谐。

"我以前和你去钓过鱼吗？"她问傅雅文。

傅雅文摇摇头，淡淡一笑："你以前对这些都没兴趣，说这是老年人的活动，不适合你。"

他的话让蒙雨乔心里又是一闷，自己从前怎么这样讲话，一点都不可爱。

"雅文。"她忍不住轻轻叫他。

傅雅文转头看她，柔声问："肚子饿了？"

他这么温柔的声音，令她什么都不想说了。

蒙雨乔笑了笑，只轻轻地碰了碰他的手臂，阳光从车窗里透进来，洒在他身上，让她又很想抱他。总是这样，为什么她光看着这个男人，就很想要抱抱他碰碰他，黏糊地在一起呢？好想随时随地展示自己的所有权。

才在湖边坐了二十分钟，蒙雨乔就能理解自己以前为什么说不喜欢钓鱼这种话了，现在她坐在傅雅文身边，就快要睡着了。

打了不知第几个哈欠，看看依然有神地安静守座的傅雅文，从他惬意的表情来看，他真的十分喜欢钓鱼。

蒙雨乔不想打扰他，便偷偷看他。

一遍又一遍在心里描绘他令她满意的轮廓，蓝天白云，微风拂过，身边又有着傅雅文，让她十分安心。

她搬了搬椅子，将头靠到他肩膀上。他的肩膀很宽很直，靠上去很舒服，阳光暖乎乎地照在身上，她慵懒地想睡觉了。

傅雅文微微一笑，调整了姿势，让她枕得更舒服。

"鱼竿动了也不想抓？"

蒙雨乔"嗯"了一声："让鱼儿咬吧，就算喂它们吃晚餐了。"

她的话让傅雅文忍俊不禁，看她就快睡着的样子，他温柔的眸光静静在她脸上停留了许久。

蒙雨乔这一睡睡了很久，醒过来的时候已近黄昏，太阳落下，照在身上暖洋洋的温度也没有了，已有些寒意，她发现自己身上盖了一件外衣。

傅雅文抚了抚僵直的肩膀，就听到蒙雨乔轻呼："啊，你一条鱼都没钓到？"

偏头看到她气鼓鼓的脸颊，傅雅文失笑："对不起，今天发挥失常，鱼儿们都不过来。"

"肯定是你水平太差。"蒙雨乔轻哼了一声，她还想看傅雅文钓满满的鱼，拿去给厨师烹饪呢。

傅雅文整理了钓具，站起身，微微一笑："没关系，我们吃别人钓的鱼。"

傅雅文带她来的餐馆就靠着岸边，不大的地方，但是人满为患，很是热闹。

好不容易才有座位，傅雅文拉着蒙雨乔过去，在紧挨湖边的座位坐下。

雕花的屏风很好地遮挡了各个食客的位置，大家都互不干扰。

蒙雨乔翻看着菜单，看着傅雅文眨眨眼："好像你每次带我来吃饭的地方，都在湖边。"

"这里的鱼汤非常美味，吃过了你一定还想再吃。"

"还是你来点菜吧，我相信你的眼光。"

晚餐过后，蒙雨乔抚着吃饱的肚子，忍不住叹息："啊，如果经常跟你来吃饭，我一定会变成大胖子。"

傅雅文笑起来，转头看她："胖一点也没关系。"

他说话的样子让她心动，那柔和的眼睛里好像盛了夜空的星星。

傅雅文有一种独特的清冷气质，但偏偏又那么温柔，这两种气质结合起来，变成致命的诱惑。

"以后还要来吃，鱼汤真是鲜美极了，座位也隐蔽得很好，不会有人来打扰。"蒙雨乔很满足，自从上次游乐园事件之后，她实在很怕听到女孩子对着傅雅文尖叫。

"你是怎么发现这里的？"蒙雨乔偏头看他。

"福利院没拆的时候，离这里很近。"傅雅文微微一笑。

蒙雨乔轻轻握住他的手，他虽然笑着，但是脸上的表情很寂寞。

"小时候你经常被人欺负吗？"她忍不住问。

"为什么这么问？"傅雅文有些讶然。

"总觉得你小时候个子肯定不像现在这么高大，而且你的脾气，闷声不响的，总给人很好欺负的样子。"蒙雨乔叹息着，脑海里又幻想出画面来了。

傅雅文失笑："我会跟人打架，还被老师处罚过。"

"啊，原来你是调皮的孩子。"蒙雨乔眨眨眼。

傅雅文将她拉了过来，在月光下拥住她。

双手扣在她腰间，她纤细的腰身不盈一握，整个人就这样牢牢地囚在他怀中，与他温暖相贴，她刚好依偎在他心口的位置。

"雨乔。"傅雅文轻轻地唤她。

蒙雨乔沉溺于他带着冷香温柔的怀抱，感觉人都有些晕晕乎乎。

"嗯？"她傻傻地反问。

"要是早点认识你就好了。"他低沉性感的声音，呢喃出这句话来。

她呼吸一室，心脏像被一只手猛然抓住，溢满的温柔和酸涩还来不及体会，他温暖的嘴唇已经覆上，轻柔地吮吸着她的唇，让她觉得自己是浸在了这月光下的湖水里。

这股温柔的感觉一直延续到回到别墅。这栋房子很古老，原木的结构，并不大，但是靠在湖畔，十分幽静。

被傅雅文拥在怀里亲吻的时候，蒙雨乔感觉从身后那面大窗里吹入的晚风，轻轻细细地抚在身上。

身前是傅雅文炙热的怀抱，身后则是沁凉入骨的滋味，这样的反差让她身体的感受更为细微敏感。

傅雅文的轻抚都似电流在她身上流过，轻颤中又有难以言喻的酥麻，那美好的感觉，让她渴望他的碰触。

他的身体是那么富有力量，对比她的柔弱。

当她白皙的胳膊环住他颈项时，她在月光里看见了那奇异的反差。他蜜色结实的肌肤，与她白皙柔嫩的手臂交缠在一块儿，战栗的感觉如烟似梦。

"雨乔，雨乔……"她喜欢听到他性感的声音呼唤自己的名字。

温柔的拥抱里，仿佛到了时间的尽头，汇成一刻的永恒。

相拥的静谧分外让人眷恋，被他圈在怀里，蒙雨乔无意识地轻轻抚弄着他手臂的肌肉。

"雅文。"她低低地唤他。

"嗯。"他的吻落在她额头。

"这里真美。"蒙雨乔忍不住轻叹。这屋子在晚上才体现出美来，可以听到潮水翻覆的声响，一浪一浪忽近忽远地拍打着岸边，是静谧中催人入眠的声音。

"你喜欢吗？"他轻声问。

蒙雨乔点点头："喜欢到想在这里过一辈子。"

傅雅文低低地笑："喜欢的话随时可以回来。"

蒙雨乔想了想，偏了偏头："就是离公司太远。"

傅雅文被她逗笑，拥着她又落下几个缱绻的吻。

"下星期，是我的生日。"蒙雨乔想起来，昨天何姨特意提醒她。

"嗯，你想怎么度过？"

"我想要生日礼物，你送的。"蒙雨乔搂着他的胳膊，搁在下颌处，背后都是他温暖的体温，将自己圈住，只觉安心极了，从心底生出满满的幸福来。她忽然很想时间停住，想永远都是这样的感觉。

"好，我记住了，"傅雅文低低地笑，"这样算是强行索取礼物吗？"

蒙雨乔哼了一声，轻轻一口咬了咬他的手臂，又马上用手指抚弄着自己咬过的地方。

傅雅文将她转过来，在月色里凝视着彼此的面容，深邃的眼里都是浓浓的情感，那样深情，蒙雨乔觉得自己就快溺毙在他的眼里。

度过愉快的周末后，蒙雨乔和傅雅文返回市里。

蒙雨乔在忙碌的工作里，想着傅雅文会给她什么惊喜作为生日礼物，在这样的想象中，日子飞快地过着。

然而这天开完会议后，特助何芬忽然出现在她办公室，脸上带着从来没有过的惊慌："蒙小姐，有位先生要见你。"

蒙雨乔怔了一下："是谁？"

她知道何芬跟随了自己许多年，对她过去的事情也知晓很多，能让何芬露出这样的表情，难道是她认识的人？

"他说他叫慕云涛。"何芬看着蒙雨乔，其实在看见慕云涛的那瞬，心里就震惊得不像话。

她听过这个名字，知道是老板以前的恋人，后来因为事故离世。

相比于慕云涛还活着这个事实给她的冲击，更重要的是，那个人，长得真的和老板现在的丈夫好像好像。

何芬方才见到他的时候，还以为是傅雅文有事来找蒙雨乔。

但他对她说话的语气和傅雅文不一样，那西装革履的斯文气度，也和傅雅文甚有不同。

何芬正疑惑着，在男人报出大名后，她像是直接给雷劈中的那种感觉，已经回不过神来。

为了避免增加老板的麻烦，何芬马上将人请到安静的会议室，不想让同事们看见，徒增困扰。

两个没有关系的人长得这样相像本身就是桩奇事，更遑论明明已经死去的人，为什么又忽然出现在这里？

"慕云涛……我不记得这个名字。"蒙雨乔的脸上露出困惑的表情来。

"蒙小姐，总之你见一下他。"何芬也不知怎么跟她解释。因为事关老板的私事，她害怕说错话，等蒙雨乔见到慕云涛，就能明白了。

蒙雨乔被何芬领进会议室，一直到何芬关了门离开，蒙雨乔还是震惊地站在那里说不出话。

天哪，她太过惊讶，简直不敢相信自己的眼睛。因为出现在她面前的男人，雅文，不，他实在长得太像雅文。

但是，她很快就辨出那不是雅文。

男人的气质和雅文是完全不同的。

"雨乔。"他低沉的声音带着隐隐的激动，情不自禁地唤了她的名字。

"你……"蒙雨乔还在巨大的震慑里回不过神，只能僵硬地看着他。

"你果然把我忘了。"男人脸上露出苦涩，深邃炙热的眸，只是盯着她。

"你……你怎么可能跟雅文……你……到底是谁？"蒙雨乔混乱起来，头又隐隐地作痛。

很显然，这超出她能承受的范围，一直以来医生都告诫她要避免激烈的情绪。

"你坐下来，我知道你出了车祸，失去了过去的记忆。"这个和雅文长得很像的男人，慕云涛说道。

蒙雨乔深深地呼吸，极力让自己镇定，坐到了男人对面。

"我是慕云涛，我们早就认识。"

他情不自禁地握起她的手，她挣扎了一下，马上抽回自己的手。

"雨乔，你怎么可以忘了我……"慕云涛被她的反应一刺，面上也现出痛苦的神情。

"你到底是谁？"蒙雨乔问得语气都有些激烈了，因为她知道这个男人绝不会无缘无故长得像雅文，一定是有什么被她遗忘掉，又被别人隐瞒了的重要事情。

"我是慕云涛，我们以前是恋人。"

慕云涛的回答，让她呼吸都窒住了。

会议室里静静的两个人，气压低得让人窒息。

蒙雨乔看着慕云涛："所以，你告诉我，你是我过去的恋人，我以为你死了，痛不欲生，后来找了个和你很像的人结婚。"

她僵硬地复述着，心里惊涛骇浪，语气却冰冷得像在讲着别人的事。

因为她根本反应不过来，她，就像在看着一个最荒谬的故事。

"雨乔，不要用这么冷漠的语气和我说话。你只是忘记了，忘记了我们过去的感情。"慕云涛目露痛苦。他想过千百种与雨乔重逢的情景，却没有一种是这样的。

"你出了车祸，双腿致残，你不想连累我后半生，不想我和这样一个你结婚，所以联合你的父母演出了一场骗局，说你死了。甚至假办了葬礼，好让我们以为你真的死了。"蒙雨乔的声音有些颤抖。

"是的，雨乔，对不起，当时我太痛苦了。"慕云涛的语气是激烈的，带着浓浓的懊悔，"当年的我，以为自己这一辈子都不能站起来，变成一个废人！我不能以这副面貌跟你结婚，也不想你下半辈子就跟我这个残废锁在一起，所以我让爸妈告诉你我在车祸里死了，甚至不孝地让他们为我举行了葬礼，只为了彻底瞒住你，我还没死的事实。"

蒙雨乔浑身颤抖。

"那你现在又来找我做什么？！"她的声音尖锐而激动。

"我本来不想打扰你，我没有资格找你，在我骗你说我已经死的那刻，我就该放开你。我真的想要放开你，所以你结婚的消息传来时，我虽然痛苦万分，但也不想打搅你，再出现在你面前。

"我拒绝接受你的一切讯息，我只知道你结婚了，我父母也因为不想刺激我，而刻意避免提起与你有关的任何消息。

"所以我们都只知道你结婚了，却不知道你和谁结婚，你的结婚对象又是怎样的人。

"这几年，我都在坚持复健，虽然会诊的医生都说我不可能站起来，但一年前我遇到了一个不同说法的医生。

"这些年，我一刻都没有放弃过想重新站起来。我配合他的治疗，忍受了无数痛苦，三个月前，我终于重新站了起来！

"我能走了，我不再是废人了，你知道我有多惊喜，就像是上天给我的一次重生！

"我还爱着你，当我能站起来时，我第一个就想告诉你，就想来找你！

"可是我又有什么权利来打扰已经结婚的你？

"所以我忍住了，但是，对你的思念和爱意日日夜夜啃噬着我，让我终于忍不住去搜索你的讯息。

"然后，我看到了你的丈夫！

"我从不知道你找了一个和我相像的男人结婚！如果不是这样，我今天不会出现在这里见你！"

"够了！"蒙雨乔听他这些话，头痛得已经快要裂开。她了解他的意思了，为什么她会听得那样清楚？她根本不想知道一丝一毫。

"雨乔，你还忘不了我！如果你忘了我，又为什么要找一个和我相像的男人结婚？

"你还爱着我，是吗？因为这样，我才必须要站在你面前，你可以怨我恨我，但是我不想再骗你，不想再延续我不在这世上的谎言！"

第十二章
再一次心碎

傅雅文从学院出来，坐进车里，揉了揉脖子。

谭亮转头问他："直接回家吗？今天够呛的，没想到临时加了一场讲座。"

傅雅文淡淡一笑："先别回去，我还要到另一个地方。"

傅雅文报了地址，谭亮笑起来："你小子买了什么，是送给老婆的？"

"嗯，她的生日快到了。"

"说到浪漫和心思，我比不过你。"谭亮自叹弗如。他跟妻子结婚快四年了，好像都没送过什么像样的礼物给她，更别提雅文说这件是定做的礼物。

"想做的话，等会儿也可以跟师傅说一下，那里的师傅手艺很好的。"雅文微微一笑。

首饰店坐落在江城市郊，这里是新型园区，从商业街走进来有许多琳琅满目的精品店。

谭亮看到那家首饰店招牌上挂着"淇韵"二字，古色古香的味道。

傅雅文进了店，首饰师傅把他定做的礼物取了出来。

盒子展开，一条细巧的脚链静静躺在蓝色的丝绒上。

银色的细链串起蓝色的宝石，深深淡淡不同颜色的宝石，晶莹渐变着，在灯光下如同折射的湖水一般，盈盈烁烁，美丽到极点。

"傅先生，还满意吗？"老工匠问他，有些自豪自己的作品。

"这种月光石果然如您所说，有流动的美感。"傅雅文清亮的眼里透着喜悦。

"你特别强调要纯净流动的感觉，这种月光石是最适合的。"

傅雅文有些爱不释手了。

"它所包含的意义也特别美丽。"老工匠看他欢喜的神情。

傅雅文心一跳："什么？"

"月光石又名'情人石'，送给自己深爱的人，是最合适的。"老工匠慈祥地看着他。

傅雅文从车上下来的时候，发觉蒙雨乔站在庭院里。

她是来迎接自己吗？

傅雅文心里漾起暖暖的甜意，快步向蒙雨乔走过去。

"晚上想吃什么？"他的神情温柔含笑，想去牵蒙雨乔的手。

但是倏然，一个巴掌重重甩到他脸上！

他面上的笑容甚至还来不及收起，被这火辣辣的一巴掌震了一下，瞬间那些放松温暖的心境也都消失了。

他呆呆地看着蒙雨乔，她冷漠的眼眸里，映着那个仓皇的自己。

"傅雅文，你又骗了我！我问过你，结果你骗了我这么多事，为什么不告诉我慕云涛的存在？！"蒙雨乔尖锐的声音，直戳他心脏，她喊出的那个名字，让他心底冰凉。

"为什么骗我？"蒙雨乔冒火的眼凝视着他，那眼底有着他很熟悉的傲慢与指责，冷漠又冰凉。

傅雅文如鲠在喉，什么都说不出。

"我今天见到他了！"蒙雨乔抛出的这句话，就像一颗炸弹，轰然在他耳边炸开。

不可能，那个人……不是已经死了……为什么，她说她见到他？

"雨乔，你……"他担忧地看着蒙雨乔，是她的头又痛了吗？所以出现幻觉？他该带她去看医生。

傅雅文痛楚的思绪乱七八糟地堆积在一起。

"我没有疯。"蒙雨乔注视着傅雅文，"我只问你，为什么欺骗我这件事？当我拿出相簿的时候，那明明不是你，你居然不对我解释，就这样厚颜无耻地冒名顶替欺骗我！"

"傅雅文，你想做什么？难道你以为隐瞒慕云涛的存在，我就会爱你，就会以为你是我的唯一？"蒙雨乔的语声都颤抖起来，她只觉得自己说中了这个男人卑劣的想法。

"我问过你的，好几次问过你有没有什么瞒着我，要你告诉我真实！你怎么会这么卑鄙！"蒙雨乔语带哭声，说到怒处，又忍不住一巴掌甩到男人脸上。

她气到极点，只要想到这个男人的欺骗，她就觉得手足冰凉，脑海里的弦快要崩断。他利用了她的失忆，在她那么脆弱的时候，他居然还欺骗她。

这样就都对上了，他们之前的婚姻一直不和谐，因为她不爱他，她爱的是一个死去的人，所以才会分房，才会有那么多突兀的地方。

可这个男人，利用她的失忆，满口谎言，他甚至还想厚脸皮地将计就计，让她误以为她爱的是他！

傅雅文眼前有些发黑，听着她声嘶力竭地恶意指控，他只觉自己的脑袋一片空白，那些熟悉的苦涩、撕裂身心的痛楚再度袭来。

他抬起头想要说些什么，却倏然看到了蒙雨乔身后的那个身影。他面如死灰，那样震然地看着那个人。

他是看到了镜中的自己吗？

"我是慕云涛。"男人沉稳地开口，向他伸出了手。

傅雅文没有伸手，僵硬的身体令他做不出回应，他钝然地看着蒙雨乔和慕云涛并肩而站。

"抱歉让你受了惊，我回来了，这是一个很长的故事。"慕云涛凝视他，淡声说。

傅雅文见他望着蒙雨乔，那眼里的温柔眷恋都是如此浓烈。

心脏重重一扯，就像有只手瞬间掐住他的脖子，让他难以呼吸。

夜很深了，傅雅文却没有睡意。

明明是忙碌的一天，复健、讲课，累到极点的身体，精神却清醒得可怕，那些灼热的痛楚几乎要刺穿他胸肺。

他点着烟，站在阳台上。

夜晚很凉，但他渴望这种寒冷，如果可以把他冻醒的话更好，那就说明他只是在做梦，一个噩梦而已，是不是？

烟灰燃下来，落在皮肤上，他却感受不到丝毫的痛楚，因为怎样的痛苦都抵不上心上那血流不止的破洞。

慕云涛没有死，他回来了。

看见慕云涛，傅雅文才真正感受到什么是影子。那样相似的容貌，难怪雨乔过去常说，他可以让她看见慕云涛，说他是她的一件收藏品。

原来，他真的只是一个替代品，那个人的替身而已。

胸臆间充斥的痛苦酸涩，心脏痉挛的感觉都如此熟悉。想要做些什么，甚至狠狠地割上自己一刀，好解除掉这些痛苦。

为什么不能像看病吃药那样，摆脱这些纠缠他许久却没有终点的痛苦？

那些堆积的痛楚，一直抓扯着他的心脏，刺到极深的地方，仿佛每一下呼吸都会被牵痛，怎么也不肯放过他。

他恍惚地想自己这个人，从小时候起就是那样多余的一个存在。

母亲跪在家门口的背影浮上心头，她哭着求那两个严厉的人，说她想要回家，她无法独自照顾他。

那个雨夜，雨很大很大，落进眼睛里，他什么都看不见了，四岁的他只觉得很冷很冷，哭着喊妈妈。

就像今天晚上一样冷。

傅雅文颤了一下，抖落了烟灰，注视着那即将燃尽的烟。

十六岁的时候他已经在外流浪，学着舞蹈艰难求生。

为了谋生在酒吧表演，常常和那里后巷的流氓打架，因为他们要抢走他赚来的生活费。

有一次打得厉害了，他摔在地上，被围起来狠命地殴打。他的脸被摁在冰冷的石地上，那些对他拳打脚踢到兴奋的恶人，只让他记住了湿润的血腥味和坚硬的水泥地混在一起的味道。

露宿街头的冬日，被酒吧的保安徐哥收留，这是他生命里第一个让他感受到家人温暖的人。

那以后他仿佛进入了安定期，不再像只小兽那样龇牙咧嘴地乞讨生存，而是努力乖一点，不想让徐哥失望。

从地方的舞蹈学校考进江城歌舞团的时候他和徐哥都高兴。他们便一起搬到江城，本以为日子能慢慢好起来。

没承想，徐哥病了。江城的消费高，房租车费伙食费，原本就捉襟见肘、入不敷出，加上医药费更是雪上加霜。

初进舞团，他基本没有表演机会。在人才济济的江城歌舞团，主舞都是名校毕业生，他只能做打杂的工作。

每天他努力地练舞，给各个老师帮忙，只为让那些前辈老师对他的印象好一点，获得一些机会，也因此受到很多人的排挤和不待见，觉得他市侩狡猾。

徐哥的病治不好，他却连给徐哥减轻一些痛苦都做不到。那段煎熬的日子如同炼狱，无法去回想。

后来他接受了颜茵的交易。

他太需要那个机会了，而徐哥又奄奄一息地躺在那里，每天看徐哥因病痛折磨叫痛，不成人形，他受不了。

没有徐哥，他也许早就冻死在街头了。

如果出卖自己可以换取生存，那么他想要活下去。他想着一直以来自己的人生，如同在一口深井，除了痛苦什么都没体会过，他想要体会些不同的东西再死去。

颜茵的钱让徐哥少受了很多痛苦，他死的那刻至少是安详的。

傅雅文现在还清晰记得徐哥去世时那张可怜又嶙峋的脸。

回忆如同腐烂的枯骨，他的人生也像在荒芜的坟地。

直到遇见蒙雨乔。

就好像一缕细碎的阳光落进枯井，慢慢地在那儿发了一株绿芽。

初时他真的以为自己被蒙雨乔所爱，后来才知是一场自作多情的笑话。只怪他从未谈过真正的恋爱，于恋爱上几乎是一个笨拙的傻子，以为有人对他好，会看着他哭看着他笑就是爱他。

傅雅文呆呆地看着最后一点烟灰隐去光芒，有湿润的东西落到手心。

慕云涛出现在蒙家大宅，差点让蒙家人大乱——一个明明已经死去的人，忽然出现。

在解释清楚事情的来龙去脉后，芸彬激动地握着他的手，只觉欣喜。

蒙广生看着站在蒙雨乔身边的慕云涛，皱着眉轻轻一叹，也不知该说什么。

在慕云涛出现前，他已经接到老友慕清远的电话，说自己刚下飞机，正在赶往蒙家的路上。

慕清远焦急着还来不及解释，手机便没了电。

现在看到慕云涛，蒙广生终于知道老友为何那么惊慌了。

想来慕云涛忽然归国来找雨乔，老友是不赞同的。

蒙广生见到慕清远的时候，慕清远的神色还是同电话里那样焦急慌乱。

"清远，云涛他……"

"他已经见到雨乔了是不是？"慕清远急忙地问。

"是，刚才就是雨乔和他一起来的。"

"这孩子……"慕清远像是听到了什么骇人的消息，颓然坐到椅上，一下失去了力气。

"清远，云涛他一直都活着，你不该瞒我们。"蒙广生沉声说。

慕清远叹口气："四年前，那孩子得知自己终生不能行走时，崩溃得快要死掉。他用自己的生命威胁我们，要我们不能告诉雨乔他还活着，他说他不能这样去见雨乔，也不能让雨乔陪着他这样的残废一辈子。"

想到儿子那时的表情，慕清远还有几分心痛，他那些决绝自残的行为，也令身为父母的他们心惊胆战。

"所以，这些年云涛一直和你们在一起？"

"是。这孩子虽然坐在轮椅上，却一直在帮我管理生意，他也一直没有放弃复健。无论多苦多痛，他说他都要试试，试到他死的那天。他就是想重新站起来。我知道，他还惦记着雨乔，想要站起来回到她身边。

"雨乔结婚的消息，我们开始瞒着不想告诉他，但又觉不妥，所以后来还是告诉了他。听到她结婚，他把自己关在房里两天两夜，我们真怕他出事。后来，他从房间出来了，告诉我们他会祝福雨乔，从此不再去打探雨乔的任何讯息。

"我们也觉得应该断了，所以雨乔的婚礼我们都没有回来，那以后也避免提到雨乔的任何事情。"

"清远。"蒙广生按了按老友的肩膀，想要安慰他谈起往事的痛苦。

"三个月前，云涛他终于站起来了。你能想象我们的欣喜吗？就像那个完整的他又回来了。我亦告诉他要重新开始生活，不要再念着雨乔，毕竟雨乔已经结婚，有了自己的生活。

"但是，他始终没忍住，在网上搜索有关雨乔的讯息，知道她成了知名的杂志总监和设计师，然后，也看到了雨乔的丈夫……"慕清远的声音哽住。

"如果他不是那么像云涛，云涛可能会忍住不回来，但是当他看到雅文的时候，他哭起来，告诉我他一定要回来，一定要来找雨乔！"

"所以，你上次回来是……"蒙广生想老友上次回来，是不是与云涛的事情有关。

慕清远神色一顿，眼神中流出痛苦："上次回来，是为了我一些私人的事情……我没想到云涛，他终是不能克制，不告诉我们一声就自己回来。

我一直在劝他，不要再回来，不要来扰乱雨乔，我……"

"不是个称职的父亲。"慕清远颤抖地说出这句话。

"清远，这不是你的错。云涛对雨乔的感情，唉……"蒙广生叹息着，也为眼下这复杂的情况担忧。

芸彬握着女儿的手，看着她说："雨乔，现在你该做个决定了。"

"决定？"蒙雨乔有些疑惑地看着母亲。

"云涛都回来了，你还不和傅雅文离婚吗？你本来就是因为他像云涛才嫁给他。"芸彬想到女儿终于可以摆脱那个不入流的傅雅文，感到欣慰。

蒙雨乔因母亲的话而震惊："妈，你怎么这么说……"

"雨乔啊，你傻了吗？唉，也对，你这孩子现在失忆，都不记得自己从前是多么喜欢云涛。得知云涛死讯的时候，你哭得多厉害啊，都想要跟他一起去，这些年你什么时候忘记过他？"芸彬想到女儿过去那几年的痛苦，神色也跟着黯然。

"我……不知道……"蒙雨乔怔怔地说，听着母亲讲述她如何执着地爱着慕云涛，她真的没印象。

"妈妈不会骗你。傅雅文，你和他结婚，只是因为他长得太像云涛。而且，你们一点都不合适，也总是争吵。现在云涛就在你身边，你还要守着那个空壳做什么？"芸彬望着女儿。

蒙雨乔什么都说不出，只觉自己思绪混乱透了。她又感到头痛，眩晕得什么都不想去思考，这一切都超出她能承受的范围。

"还有，他不是可靠的男人，不说他过去和很多女人乱七八糟的关系，你这次车祸，我一直疑心是怎么回事。现在你都不记得，也不知道是不是这个男人从中搞鬼，他觊觎着你的财产呢！"芸彬皱眉说。

"妈！"蒙雨乔提高了声音，完全想不到母亲会说出这样一番令她震惊的话来。

"那天晚上你又没喝酒，你们回去都好好的，怎么偏偏就出了车祸？你伤得那么重，而且你开车一向没出过什么事。"芸彬绷着脸，讲到这件事她就是不相信傅雅文，想到他有可能害自己的女儿，她就沉不住气。

"妈，你在胡说什么？"蒙雨乔站起身，绷紧的神色已有些苍白，美目看着自己的母亲，无法相信这么可怕的话，是从母亲嘴里说出的。母亲是在意指雅文要谋杀她？

"我没有胡说，你们婚后本来就相处得不好，经常吵架。如果和你离婚，他未必可以得到多少财产，但是如果你出了事，或者……那他就可以得到许多好处了！"芸彬也有自己的坚持。

"不要再说了！"蒙雨乔的身体有些轻颤，惊疑不定地看着自己的母亲，"你怎么可以说出这么过分的话，你要道歉，给雅文道歉！"她的声音都颤抖着。

"雨乔……"芸彬被她的反应弄呆，有些震惊地看着她。

傅雅文消失了两天，谭亮打他电话打得都快把手机按穿，电话留言也差点塞爆语音信箱，眼看今天有安排的媒体采访，谭亮真是不晓得傅雅文是不是准备罢工。

所幸早上见到了傅雅文，谭亮差点一拳捶过去。

"你去了哪里？我要发疯了知不知道？"他夸张地嚷嚷。

"我想休息一下，去看了看妈。"傅雅文淡淡地说。

谭亮怔住，知道傅雅文所说的去看母亲，是去公墓给他母亲扫墓。

傅雅文的母亲死后草草下葬，因为没有家人，也没有钱。

谭亮本以为傅雅文事业有成后会将他母亲的墓地迁移出来，买块好的墓穴再重新安葬。但傅雅文并没有那么做，他只说让母亲静静地在那里，不要再惊动她了。

但每每他说要去看母亲，也预示着他遇到了很难的事，需要从已逝的母亲那里汲取力量。

"快去，把你的胡子刮一刮，瞧你这潦倒的样子，不会忘了下午的媒体会吧？《云山赋》公演换主舞的事，等下可有场硬仗要打。你知道外面现在众说纷纭，怎么都不是好话。"谭亮没有过问傅雅文什么烦心事，跟他工作了这些年，自有分寸，如果真到了需要和自己说的时候，他也一定会让自己知道。

"就真的好烦，你不过受个伤暂时没法跳舞了，他们都说得你从此一蹶不振好像要退隐了一样！"谭亮嘟囔着。

傅雅文被他鲜活的表情，弄得淡淡一笑。

等他稍作修饰换好衣服重新出现在谭亮面前的时候，谭亮嘘了口气："雅文，有句话我不知当讲不当讲？你真的不能再瘦了，再瘦下去就像吸血鬼了。"

傅雅文实在没有兴趣接他的话。

记者会还算比较顺利地结束了，谭亮回想起那些记者们刀光剑影一般的犀利问题，还是出了一身冷汗。

等他看到国风大舞坛上一篇最新的自媒体文章时，气得差点跳起来。

"这个夏吟风又在胡说了！"谭亮受不了，语气中充满唾弃。

傅雅文看过去，只见这篇已经"爆"了的热帖，写着大幅的标题：

"傅雅文与夏吟风的艺术对决!"

谭亮哼了一声:"你读下去。"

傅雅文看了下全文,是一家有名的自媒体对夏吟风的采访。

夏吟风也是近两年炙手可热的青年舞蹈家,年纪与傅雅文差不多,所以很多时候,记者都喜欢把他们作为竞争对手比较着来写。

夏吟风以前也是江城歌舞团的支柱,两年前离开了,去了新锐的民营舞团霓裳。

夏吟风对傅雅文,从来没有客气过,之前的采访里就表示过对傅雅文舞蹈技艺的不屑。夏吟风是正统科班毕业的优等生,当他得知傅雅文只是不入流的地方舞蹈学校考来江城的,便一直对傅雅文嗤之以鼻,说他的舞蹈没有大家之气。

一年前夏吟风击败傅雅文,拿到莲花赏独舞金奖后,对傅雅文的评价越发不尊重。

确实,傅雅文在古典舞艺术圈里,是一个很有争议的青年舞蹈家。三年前他以一己之力摘得银河奖和国风大赏两项在古典舞界最具分量的金杯后,才堵上了那些从他崭露头角就一直不断挑刺的声音。

但夏吟风显然是异类,他始终保持着看不上傅雅文的姿态,只要有机会,就会言辞犀利地评论傅雅文不过是投机取巧。说傅雅文的舞技花哨,蒙骗了大众的眼光,实则都是拾人牙慧之物。又说他的创新过于大胆,脱离古典舞的纯粹,只是炫技而已,根本缺乏古典舞厚重的文化承载,这也与他教育水平低下有关。

这次傅雅文受伤后,原定的公演舞团换了主舞,顶替他的是刚刚回国的青年舞蹈家黎笙。

夏吟风便适时地发言说江城歌舞团终于摆脱庸俗开始回归正轨了,言下之意大有傅雅文在江城歌舞团，便是江城歌舞团审美的倒退。

傅雅文皱了皱眉，放下手机。

谭亮说："这篇报道，要不要交给律师去处理？他的言辞已经可以构成诽谤伤人了。"

傅雅文摇了摇头："算了，他也只是说说。"

"雅文，这种自媒体的杀伤力很厉害的，不只是说说，还发布在国风舞这个全国最大的舞蹈论坛，显然是在整你。"谭亮皱着眉说。

傅雅文疲惫的神色清冷，谭亮看不准他在想什么。

但就气他这个对什么都宽容的样子，恨不得狠敲他一顿。傅雅文某些时候太过活在自己的世界里，与世无争不代表什么都好。

"就《云山赋》，他们没跟你商量就已经换好了人，是不是只有方总监私下对你提了一下？这也是欺负人好吧。"

"谭亮，争论这些没意义。我的伤没好的确不能担任主舞，方老师私下找我商量过，这件事也是正常。公演的日子不好更改，黎笙亦是很有资历的舞蹈家，他们换主舞，说明和合作方那边也协调好了。"

"你就是太好说话了。"谭亮拿他没辙。

"没必要到处树敌，如今舞团大换血，和以前不一样了，方老师刚接手总监，很多事也难做。"

"反正都换人了还有什么好说。你的伤到底怎么样了，医生怎么说？"谭亮担心的是这个，这事关傅雅文的今后。

"医生安排了明天再做一个详细检查，大概就能有具体的结论了。"

"是好的吧？"谭亮不放心地问。

傅雅文没有回答。谭亮心里一"咯噔"，他忽然问："雅文，如果……如果说你不能再跳舞了，你……预备怎么办？"

傅雅文见谭亮面色沉凝，一副担心自己想不开的样子，他淡淡一笑，道："别担心，不至于寻短见。就转行做老师吧，开个舞蹈培训班也行啊。"

"哪用这样，艺术学院的讲课不说，蓝海电视台的贺总，上次还跟我提过想要搞个重磅的舞蹈综艺，问你有没有兴趣参与呢。"谭亮白他一眼。

傅雅文看谭亮心气高，也没说什么。

谭亮翻了行程看了下："今天雨乔生日，你上周和我说过把时间空出来，现在媒体会也结束了，我可以送你去蒙家大宅。"

"不用，直接送我回家就好，我有些累了。"

谭亮听到这句话，讶异地抬起头，看向傅雅文，见他神色平静似在说着一件很平常的事。

"你不去？"谭亮心里不太安定。

"嗯，往年生日蒙家大宅客人很多，应酬也多，不如不去。"

"可是……这是雨乔的生日……"谭亮吃惊，过去的傅雅文无论怎样不喜欢都不会缺席。

"蒙家人会办得热热闹闹，他们也会有很好的说辞来解释我不去的理由，所以什么都不需要担心。"傅雅文淡淡地说，没有看谭亮，不过谭亮听到了他语气里的冷意。

"你和雨乔……"谭亮问得迟疑。前阵子他还以为他们感情变好了，现在看来不是这么回事？那是又变成以前剑拔弩张的模样？"离婚"那两个字有些说不出口。

但如果傅雅文真的要离婚，势必又会变成不利于他的新闻，谭亮简直太愁了。

"我会让你第一个知道。"傅雅文幽黑的眼眸望向他，似乎很清楚他想问什么。

谭亮心口一窒，有被冲击到，难道说，最后还是免不了这样？

"雅文……"谭亮怔怔的。

这两个人的感情兜兜转转，最后总是这样的收场。

过去也是这样，每当雅文满心欢喜做些什么的时候，往往就会是很坏的下场。看来蒙雨乔虽然失了记忆，还和过去一样没有任何改变。

"没关系。"傅雅文看着谭亮，那是让他放心的意思。

但他的眼睛里，却没有一点波动，如枯竭的古井，波澜不惊。

第十三章
你从不了解我的爱

蒙雨乔的生日宴，像往年一样，在蒙家大宅邀请了亲朋好友，举办晚宴。

有蒙广生生意上往来的一些老伙伴，也有芸彬女士会的那些贵妇。

其实蒙雨乔并不想要这样的生日宴，但是碍于母亲热络安排的样子，并且从大姐蒙若华那里知道了往年都是这样过的，因此她没法提出异议。

那天晚上以后，她有两天没见到傅雅文了。

他只是给她留了一条信息，说他有外出的公事。她拨他的电话，手机一直是无法接通的状态。

只是短短两天而已，蒙雨乔却觉得她的世界发生了翻天覆地的变化。

上个礼拜，她还在为能收到傅雅文什么生日礼物而雀跃，但这两天，她得知了慕云涛的存在……

慕云涛的出现在蒙家大宅引起轩然大波，她无法分辨每个人的想法，因为她自己的心情她都无法搞清楚。

雅文又失去联络，让她觉得自己好像忽然身陷孤岛，与世隔绝。

她换了一袭宝蓝色的丝绸晚礼服，裹着窈窕的身材，披了雪纺的披肩站在那里迎着宾客，虽然举着香槟酒，浅浅欢笑，但是心里一点喜悦的感觉都没有。

随着时间的流逝，她还没有看到雅文，他不来了吗？

蒙雨乔终于得以脱身去打电话，这次傅雅文的手机通了。

"雅文……"她急切的呼唤脱口而出，但是电话那头传来的却是谭亮的声音。

"蒙小姐，不好意思，雅文还在舞团开会，这边还要很久。他叫我跟你说，他来不了晚宴了。"谭亮解释着。

蒙雨乔不知道自己心里倏然落空的是什么，挂了电话后，她还是呆呆地站在那里。

前几天她刚得知真相的时候气得打了傅雅文两巴掌，但是他什么都没有解释。

他那样沉默的姿态更让她生气，难道他准备默认了？他对她隐瞒云涛，三番五次地欺骗她，到底是为了什么？只为了他自己，还是因为不想她记起不开心的事怕她再度痛苦？

蒙雨乔觉得自己真的摸不透雅文真实的心意。

"在想什么？"身后传来低沉的声音。

她回头，看到了那张熟悉的脸，呼吸又是一窒。

她已经可以很清楚地分辨慕云涛和傅雅文，因为在她眼里，他们两个很不一样。

慕云涛看上去沉稳优雅，而傅雅文忧郁清冷的气质里总是有一股难以管束的野性，让他看起来没有云涛这么文质彬彬。

大家都说她是因为无法忘记云涛，所以找了个和云涛长得一样的男人结婚，这理由看上去多么无懈可击啊。她无法解释自己为什么和傅雅文结婚，不仅因为什么也不记得了，而且也找不到更好的理由。

如若不是的话，她为什么要和长得像慕云涛的傅雅文结婚呢，而不是和其他任何人。

如果她想忘记慕云涛的话，她大可以找另外一个人重新开始，却偏偏和傅雅文有牵扯，这其中必然是因为长相的缘故吧。

蒙雨乔觉得实在无法为自己找借口，也有点痛恨什么都不记得的自己，如果她还记得一切的话，也许就能分辨出某些事情。

"你……也来这里。"蒙雨乔不知道该对慕云涛说什么。

看她对自己疏远的样子，慕云涛苦笑。

"今天是你生日，以前我们都是一起过，会跳一支舞，既然我又可以站起来，就绝对不能缺席。"

蒙雨乔无法言语，慕云涛淡淡一笑："不过还真有些麻烦呢，因为那些不太熟悉的人，把我当成那个人了。"他轻轻叹息，也为别人把他认成傅雅文而觉得别扭。

外面响起了华尔兹的音乐，慕云涛凝视着蒙雨乔，向她伸出手："陪我跳支舞吧，寿星小姐。"

蒙雨乔想拒绝，但是他伸过的手已经牵住她的手。在他碰触到她的时候，那温暖的大掌和他炽情的眼神，让她心底陡然升起一股莫名的熟悉之感。

朦朦胧胧的影像仿佛模糊地闪过，她已经被他牵到舞池，轻搂住腰，在优美的音乐里，踩着舞步。

"这是我们过去常跳的曲子，会有一点熟悉吗？"慕云涛低沉的声音幽幽问她。

蒙雨乔凝视他，半晌摇了摇头。

慕云涛的眼神里有一点失望，却将她搂得更紧："没关系，重新感受也可以。"

他娴熟的舞步带着她转圈，她翩跹的裙摆荡漾起来，让她美丽得如同这夜的精灵。

慕云涛的眼里带着欣赏，轻轻一叹："比起四年前，现在的你，更让人移不开眼。"

"我曾经很喜欢你吗？"蒙雨乔看着他的眼睛问，慕云涛搂在她腰间的手让她感到不适。

慕云涛深黑的眼眸满含爱意，凝视她："是，我们准备结婚。"

蒙雨乔没有说话，稍稍偏离了他的桎梏。慕云涛牵着她款款舞动，她的手搭在他肩膀，在这浪漫迷离的氛围里，她细细分辨着自己的心，是否会因这男人心动。

她看着他，发觉一点都没有在车祸醒来时，看到傅雅文时的触动。

她觉得自己没有更多的感觉了，只是面对他相似的面容时，会有些惘然。

她过去真的很爱他吗？

为什么，她现在看着他，想到的却是另一个人？对，她想见的不是他，是……雅文。

蒙雨乔觉得呼吸紧促，在胸口有莫名的情感泛滥，她所能想到的只是那个月夜，和雅文在月光下相拥。

月色依旧，这舞会却让她如此意兴阑珊。

一曲终了，蒙雨乔放开了慕云涛的手，慕云涛站在那里，默默看她，两个人谁也没说话。然后，蒙雨乔先转身，离开了他。

蒙雨乔从侍者手里拿了一杯香槟，想要排解那些沉闷的心绪，蒙依瞳走过来，在她身后："二姐。"

蒙雨乔一惊，回过头。

夜色里，蒙依瞳的眼神有些冷意，让蒙雨乔觉得很陌生。

"姐夫他……不来了吗？"

蒙雨乔怔了怔："嗯，打过电话，他在开会，赶不及过来。"

"那么，你是要和云涛哥重新开始？"蒙依瞳这么问，让蒙雨乔觉得有些突兀。

"我不知道。"她轻声说。

"如果这样，你一开始就不该和姐夫结婚，你只会伤害他。"蒙依瞳的眼里带着指责，而她的语声亦有几分激烈。

"我……"

蒙雨乔竟觉口拙。

蒙依瞳可能意识到自己失言了，面上有几分失落的红晕："对不起……我，可能喝多了。"她说完，匆匆地转身。

蒙雨乔看着她的身影，内心的阴影又深了几分。

蒙雨乔回到家的时候，看见车库里停了傅雅文的车，这表示他已经回来了。

想到自己那天是多么生气，满是委屈愤怒，被他欺骗这件事太让她痛苦了，站在这里，质问雅文，却没能和他好好地交谈。

她不能再沉默下去，她必须和雅文说些话，虽然她不了解心底这股渴望到底是什么，但她一定要问清楚。

推开傅雅文房间的门，里面并没有人，也没有光亮。正当蒙雨乔怔然地想他到底在哪里时，落地窗大敞的天台上有点零星的微光，让她看到了男人坐着的背影。

蒙雨乔不由自主地走过去，天台上的风很大，她裹紧自己的披肩，单薄的晚礼服让她觉得有些冷。

傅雅文靠在那躺椅里，似乎在看着天上，不过深黑的幕布，连星星都没有，蒙雨乔不明白他在看什么。

"雅文……"她轻轻地唤他，风吹起带来淡淡的烟味，才发觉他手心燃着的烟。

她从来没见过傅雅文抽烟，也没见过这样的傅雅文。

他与平时看到的都不一样，散漫里带着一份慵懒，只是随意地窝在椅子里，头发乱七八糟，遮去他大半的面颊，他整个气息都是颓废的，又有一股陌生的野性与锋利，失去了往日的温柔。

蒙雨乔莫名有些心慌，心跳得很快，她不知道是不是因为这样的傅雅文让她紧张。

傅雅文的视线望过来，那幽深的眸子如同冷冽的泉水，让她瞬间一颤。

"我想和你谈谈，很多事都需要解释。"蒙雨乔裹紧自己的披肩，露出一些自我保护的傲慢来，这是她在信心不足时的表现，落在傅雅文眼里，倒像是过去一样的矜持娇贵。

他嘴角微动，笑容有些嘲讽："你还想谈什么？我以为，你可以直接把离婚协议给我了。"

这话刺痛到蒙雨乔的神经，让她发火了，因为她发觉自己好不容易整理好的心绪被这句话完全弄垮了。

"你对我的感情就只有这样吗？因为一个慕云涛的出现，你就准备放弃了？那么你之前又为什么要和我结婚，难道像我母亲说的，你只是为了我的钱？"她尖锐的话语脱口而出。

傅雅文抿紧了嘴唇，脸上的神情让蒙雨乔觉得很可怕。

在片刻窒息的沉默里，他低幽的声音响起来：

"这份感情，我从来没有拥有过，又何来放弃？从一开始，你想看见的就只是慕云涛。你失去记忆，真的忘了很多事。忘了你曾经怎么打理我，忘了你曾经怎么嘲笑我的品位。你嫌弃我粗俗，缺乏教养，甚至连我用什么香水，也要照着你喜欢的慕云涛来，从一个死人身上复制一切到我身上。

"你花心思塑造了这样一个替身，好让你能时时看到慕云涛。我没有见过慕云涛，但在你的描述里，也像认识了这个人许多年。

"终于，我见到了你的云涛，不得不承认，我自己都震惊得说不出话来。我实在是个绝好的复制品，这样的我让你找到，也不容易，是不是？"

他幽邃的话语，充满了自嘲，那颓废又慵懒的神情，让蒙雨乔不能分辨他的痛苦，只觉他是在嘲笑她，讲的每句话都精准地戳中她心脏。

她想象着他描述的每一个画面，感到手足冰冷。

既无法想象一个人怎么能过那样的日子，又无法去想过去的自己会是如此残忍，那么病态地怀念一个死去的人。

他们结婚了，可是他们之间的那种生活，在他的描述里，就如同地狱。

蒙雨乔痉挛的心脏感觉窒息。

"你现在只是还没记起你的云涛，不需要多久，你就会记起所有的过往，所以在你憎恶我之前，我们还是好聚好散。"傅雅文幽冷的声音落入她耳中。

"你……"蒙雨乔觉得眼眶灼热，喉咙也像哽住，为什么她什么话都说不出来？

不，过去那些日子，他们明明很开心，明明不是这样，难道那些都只是假的只是一个幻梦？现在她梦醒了，而雅文也急着把她推出去？

"你不爱我吗？如果像你所言，你承受了那么多，为什么还愿意和我在一起？过去那些日子，你对我那么温柔，如果你不爱我，又为什么要这么做？那些都只是虚情假意吗？"蒙雨乔的思绪一片混乱，脑袋像要爆炸那样又刺痛起来，她蹲下身，使劲抓住了傅雅文的手臂。

不，她不愿相信，他们之间的点点滴滴，让她可以感受到雅文对她的好，他们曾经贴得那么近，这一切难道仅仅是一个替身、一场骗局？

就算他再会演戏，也不能把自己演得那么逼真。

"我的爱对你来说从来不重要。"傅雅文喑哑的声音响起。

太阳穴一股剧烈的刺痛令蒙雨乔浑身一震，并未听清雅文的这句话。

傅雅文幽深的眼望着她，颓然的神情里露出一丝苦笑：

"蒙雨乔，等你变回过去那个你，想起所有的事，你就不会对我说这样的话。

"你一直看不起我，厌恶我过去出卖自己，也厌恶我和其他女人乱七八糟的传闻。你和我结婚，只是为了寻找一个可以让你永远祭奠云涛的替代品。

"但我们还是一直争吵，因为我无法如你所愿，不是个听话的替身，我们之间发生过很多可怕的事情，那些事情是现在失忆的你无法想象的。

"如果慕云涛没有出现，我或许还想去挽回些什么，希冀点什么。但他现在活着，并且又能爱你，能伴在你身边，所以你什么都不需要再去弄清楚了，直接分手吧。这样将来你对我的憎恶也会少一些。"

"你就是要分手？"蒙雨乔心脏痉挛，头部的刺痛已经让她有些麻木，傅雅文说的那些话，每一句都击溃着她的清醒，她的头痛愈来愈烈，她只觉得他为什么这么狠心这么绝情。

"这是对我们都好的决定。如果慕云涛不存在，而你又忘了他，或许我们可以有机会重新来过。但现在一切都结束了，你的云涛还活着，并且他对你的爱丝毫没有改变，那么就不需要我这个人——从头到脚都让你不满意的傅雅文。

"如果你还记着以前的事，现在的你是不会有一丝犹豫的。"

蒙雨乔只觉得他口吻里的自嘲与讥讽让她受不了，就像一团火焰窝在胸间想要爆发。难道真像他所言，过去的自己，没有一丝一毫爱他，只是透过他在怀念慕云涛？

"所以在我失忆后，你一直隐瞒我云涛的事，是想和我有机会重新开始？"蒙雨乔死死盯着雅文的眼睛问他。

傅雅文破碎的心因她的问题战栗了一下，凝视着她的眼睛："雨乔，没有人会喜欢做另一个人的替代品。"

他低哑的声音，压抑着蒙雨乔的心。

"那你是爱我的？"蒙雨乔追问他。

傅雅文沉沉的眼睛看着她，没有回答。

蒙雨乔对他的反应很失望，她头痛欲裂，声音颤抖："如果你真的爱我，为什么会这样容易放弃？还是像我母亲说的，你只想要我的钱？"

傅雅文的唇轻颤了一下，他乌黑的瞳眸盯着她："如果这样想能让你好受些，你也可以这么想。"

"傅雅文！"

傅雅文幽黑的视线掠过她脸庞："我从来没站到过天秤的另一端。雨乔，一直以来我只是个替身。慕云涛如果在天秤的左边，在你眼里我连站到右边的资格都没有。"

"无论你失不失忆，都对我毫无信任。我和慕云涛对你而言根本不是一道选择题，你现在表现得好像舍不得我，这只是你的错觉而已。"他喑哑又嘲讽的声音，令蒙雨乔又控制不住自己，狠狠一巴掌甩到他脸上。

一下静寂无声，两人之间充斥着令人窒息的氛围。在傅雅文晦暗麻木的视线里，蒙雨乔逃跑似的离开天台。

蒙依瞳到江城艺术学院的时候，傅雅文还没有下课。

蒙依瞳可以透过玻璃窗，看到教室里面的情形。

这间舞房很大，穿着统一舞服的年轻学生们围聚在一起。

但这里面最让她惊艳的仍是傅雅文。他也换上了舞衣。看着远远走来的那抹身影，蒙依瞳有瞬间的屏息。

他穿了一袭绣着精致纹样的月白色汉服，发饰束起，他的身形高挑而瘦削，将舞服穿得十分飘逸。

远步踏来，都像束着风声，让人分不清今夕何夕。

蒙依瞳见他开始指导学生们动作，那一张张专注又年轻的脸，带着对未来的憧憬，会让人忆起自己的学生时代。

等到傅雅文下课，已是一小时后。

傅雅文回到学院为他准备的办公室，见蒙依瞳站在门口，他请了蒙依瞳进去。

"姐夫，我接到亮哥的电话，你不想参与新季广告的拍摄？"

新季的珠宝广告采用了穿越时空的古典舞主题，舞蹈都是由傅雅文设计的，她用心策划了很久，　点都不想听到傅雅文想要退出的决定。

傅雅文看着蒙依瞳有些焦急的脸庞。

"对不起依瞳，我想后面有段时间，会出现很多言论，如果按照原来的计划，可能对你们的新品产生不利影响。"

"什么意思？"蒙依瞳已经有所猜测，呼吸也急促起来。

"我和雨乔，准备离婚。"傅雅文低沉的声音说出的话语，让她震然。

"等到消息落实到记者那边，如果再继续给蒙氏的珠宝做广告，可能会给蒙氏带来损失，所以，趁还来得及，我们终止合作。"

"不是的，怎么会……你们……"蒙依瞳有些语无伦次了。

"慕云涛回来了，你应该已经见过他了。"傅雅文看着她说。

"但是也不能这样就……"蒙依瞳还是无法应对，她在为傅雅文不平。一时间她突然很讨厌慕云涛，假死的人是他，突然回来的人还是他。

"依瞳，你应该很清楚我在蒙家扮演了什么角色。过去这些日子，我很感谢你，因为你待我很亲切，一直没有看不起我。"

蒙依瞳的思绪极度混乱，但是当傅雅文站起身，要走出办公室时，她忽然急切地叫住他："雅文！"

她没有叫他姐夫，而是叫了他的名字。

她自己也心跳得厉害，但是她觉得，有些话如果她现在不说，那就再没有说出的机会。

傅雅文听到她的呼唤，回过头，有些讶然地望她。

蒙依瞳走上前，一下抓住他的手臂，就像怕他会忽然消失不见一样。

"雅文，我喜欢你很久了，不，应该说，在第一次见到你的时候，我就喜欢你了。是在更早的时候，我在舞台上看到你表演，我……"

她觉得自己表白得语无伦次很差劲，但是她一定要告诉他，潜藏在自己内心深处许久的感情。

"那个下午，雨乔把你带回家，说你们要结婚的时候，我有多震惊……那不是我第一次见到你，早在三年前银河剧院的舞台上，我就见过你！你的舞姿是那样迷人，在舞台上的你，整个人都在闪闪发光。你拿到了那届比赛的金奖，你比任何人都更耀眼，我对你一见钟情……"她满脸通红，却无法抑制自己对他倾诉她埋藏许久的感情。

"从那以后，我留意着与你有关的一切！和雨乔姐不一样，我对慕云涛没有很深的印象。她和慕云涛交往的时候，都是她在国外念书的日子，我没见过他几次。

"后来慕云涛死了，我就对他更没印象了。我这样说，只是想告诉你，我喜欢你，喜欢的人一直是你。我和雨乔姐不一样，从来没拿你和慕云涛做过比较，因为我一开始认识的就是你，喜欢的人也是你！"

"依瞳。"傅雅文有瞬间的怔忡，对她忽然的表白太过吃惊。

蒙依瞳一直紧紧抓着他的手："雅文，我一直压抑着不敢讲出我的感情，我对自己说，不能去喜欢你，因为你已经是我姐姐的丈夫。但是雨乔，她不珍惜你啊，每次看到她伤害你，我压抑住的感情就会蠢蠢欲动，就会觉得她不配拥有你。

"那感情让我疯狂，有一段时间我真的很嫉妒雨乔，所以那些照片，雨乔看到的那些照片，其实是我交给她的。我在记者手里截下这些照片，故意想让雨乔看见。

"我知道她一定会怨你，一定会和你争吵，但是我从没想过她怀孕了，也没想到她会因此失去孩子，也害你失去孩子。我那时好痛苦，觉得自己是一个凶手……

"我隐藏起自己的感情，告诉自己不配再想你了，因为我犯下了无法弥补的过错。雨乔失忆了，我看见你和她好起来，我又高兴又痛苦，如果你们一直这样下去，我也不敢告诉你我的心意……

"可是慕云涛回来了，他竟然又回来了！我知道雨乔姐会选择他，也知道她会离开你。雅文，我不想再隐瞒自己的感情了，我必须告诉你，我有多喜欢你，不，我爱你，雅文，我爱你！

"不同于雨乔，我从来没有当你是替身，我爱的是你，从始至终就是你！"

蒙依瞳激动的表白说到后面几乎颤抖得不成声了。面对傅雅文震惊的神色，她想要他说些什么，哪怕给她一点回应也好。

因为她感觉自己无所遁形地暴露在他面前，她已经失去了保护自己的屏障，只为了告诉这个男人，她对他深埋已久的爱。

她抬头，想要看进他那双深邃如海的眼眸里，然而，却在半敞的门边看见了另外一个身影。

那苍白到极点、摇摇欲坠的身影。

"雨乔姐……"蒙依瞳大惊失色地看过去，而蒙雨乔已经面无血色地直直倒下。

背着身的傅雅文听到蒙依瞳的惊呼回过头，就看见蒙雨乔倒下的身影。

"雨乔！"他跑过去抱住她坠下的身影。

蒙雨乔倒在他怀里，双目紧闭，面色惨白，已然昏厥了过去。

第十四章
记忆恢复，没有人喜欢当替身

蒙雨乔觉得自己在很多朦胧的影像里，多得她分不清，但是她很想捕捉一些东西，于是她拉住了离她最近的男人的身影。

男人高瘦的身影回过头，那是……傅雅文。

蒙雨乔呼吸一窒，幽黑的眼眸就这样紧紧盯着他。

"小姐，我们认识吗？"她听到傅雅文熟悉温淡的低润嗓音，轻声问。

她看见自己的眼泪落下来。她喝得很醉，身体都有些摇摇欲坠，看着他，却无法说出一句完整的话。

傅雅文好心地要扶她，因为他感觉这位小姐好像随时都要摔倒。

蒙雨乔听到自己紧紧抓着他，含糊的声音一直呢喃着："云涛，你回来了，别丢下我……"

傅雅文那双漂亮的黑眸清澈明亮，但是沉静得如同一片深海。

蒙雨乔记起来了，那是他们初见的画面。

她脑海里的影像又飞快地转起来，她看到自己牵着傅雅文的手奔跑在沙滩上。

然后他们脚步不稳地跌下去，她跌到傅雅文身上，被他搂住，柔软的嘴唇就那样交叠在一起，那是他们第一次亲吻。

傅雅文的唇很暖，她喜欢他的吻，她感觉他抚摸着自己的鬓边，柔声问她："雨乔，嫁给我好不好？"

她的梦境又再度游离，因为她觉得自己有点抗拒，不想看下去。但是她眼前的场景变换了，她看到穿着婚纱的自己，愤愤地摘下头纱，扔到一边，然后是洁白的手套，也被她狠狠地扔在一旁。

她盯着旁边一袭黑色礼服的男人，神色中透露着恼火："傅雅文，你让我很丢脸！这些事你从一开始就没想过告诉我是不是？你以为瞒着你那些龌龊的过去，我就不会知道？现在被媒体先捅出来了，你让我蒙雨乔的面子往哪里放？你侮辱了我！"

男人的眼神里，是受创的痛楚，他深漆的眼眸望着她，眸光闪动却没有说话。

她看到自己拿起沙发上的一个垫子，朝傅雅文狠狠地摔过去。

蒙雨乔心里一惊，感觉整个人都震动了下，随后那画面又飞驰起来。

她牵着一个男人的手，开心地奔跑在葡萄园里。

那里漾满了夏天的气息，热情的阳光弥漫在两人之间。

"云涛，你都这样求婚了，我怎么会不答应？"她听到自己"咯咯"的笑声，阳光里映着那张年轻娇嫩的脸庞，那时的她，比现在的自己飞扬许多。

然后她被慕云涛抱进怀里，两人紧紧地依靠在一块儿。慕云涛亲吻了一下她的脸颊："那我马上就去告诉爸爸妈妈，雨乔，天知道我有多迫不及待想让你成为我的新娘！"

"慕云涛最爱蒙雨乔！"

年轻的声音大喊着，欢笑散落在夏日的葡萄园里。

葡萄园的阳光倏然消失了，蒙雨乔惊恐于身边的阴暗，她狂跑起来，跑啊跑啊，但是那条路黑暗得没有一点光亮。

她看到自己穿着红艳绚丽的晚装，剪裁大胆，使得背部白皙的肌肤大片露在外面，曼妙的臀部都若隐若现。

那件衣服让身为观众的她皱眉，但是她发现自己的表情高傲，站在那儿冷笑着，在她对面，那抹深蓝色的西服身影，修长挺拔。

"雅文……"蒙雨乔无声地唤出来。

不过他背对着她，与那个火红色的自己在一起，所以她就像个旁观者那样看着。

她看到雅文阴云密布的脸孔，神色僵硬，似乎在忍着极大的怒气。

"这些天在米兰，你都跟这个男人在一起？"他质问着那个火红色性感的自己。

蒙雨乔看到自己脸上泛起了高傲的笑，神情冷漠，就那样望着傅雅文："怎么，我跟他在一起你有什么意见？我被拍到也不过是些吃饭、散步的照片，和你那些不堪入目的过去能比吗？我这个人有洁癖，不像某些人荤素不忌，为了钱出卖自己！"

"蒙雨乔。"雅文的声音都有些颤抖，隐抑的怒气里又有无法言说的痛苦。

"傅雅文，你没有资格质问我，更不要把那个肮脏的你和我相提并论！"

一直看着他们之间争执的蒙雨乔，觉得心脏都在痉挛。特别是雅文那深邃隐忍的眼，那眸里闪烁的水光，他诱人的唇抿紧的痛苦，都像只无形的手，掐着她心脏，她好难过啊。

"雅文！"她凄惨地想要喊他，但是他一点都听不见。

下一刻，她眼前的情景又变了。

雅文在离她很近的距离，他伸出手，轻轻覆上她的面颊，替她撩过额边的碎发，修长的手指停在她柔软的唇边，水色的唇瓣就像在等着人采撷。

她心脏屏息，怦跳之中却又害怕被他所吻。她不想让他吻她，因为那是留给云涛的。

所以她故意叫了那个人的名字："云涛……"

她看到雅文缩手，那坚毅性感的嘴唇又抿紧了，那张清冷的脸上，尽是痛色。

现在的她看见他的痛苦了，她想跑过去，拂去他眉眼间深切的寂寞，但是身子仿佛被一股飓风带动起来。

她觉得眼前发黑，只有自己的身体仿佛在急速中行驶。

"因为你就是这样的男人，说着动听的话，却是满口谎言！最初和我结婚的时候，你隐瞒了你过去的那些丑事，如果不是被记者挖了出来，你预备瞒我一辈子吗？

"你承诺我会对婚姻忠诚，却跟颜茵接吻，还被拍下来！那女人大你十几岁，包养过那么多人，你和她接吻不会觉得恶心吗？这种肮脏的关系你们持续了多久？"

"雨乔，你冷静下来，不要说了，你在开车。"

"为什么不能说？！是被我说中心虚了吗？"她提高了声音，反而因他的话而更加恼火。

"蒙雨乔，你停下来，这样危险！"

"你凭什么命令我，明明做错的是你！"

傅雅文，傅雅文，她充满怒火的心头全是这个名字。

"啊！"尖锐到刺破耳膜的刹车声，接着是轰然撞击的声响，她感觉被安全带捆住的身体都像跟着要飞出车窗去。

一连串剧烈的翻滚中，她听到雅文沙哑的呼唤："雨乔，你怎么样？雨乔！"

"你……别管我……"她听到自己微弱的声音。

"把手给我!"雅文朝她吼,倏然一股力量紧紧抓住她,"蒙雨乔,用力爬向我,我会拽着你,一直把你拖出来为止,我都不会放手!如果不想我们两个一起死,你就用你所有的力气爬出来!"

"雅文,傅雅文……"

蒙雨乔在黑暗里埋着头,只觉心魂俱碎,那伤心欲绝的感觉让她窒息。

她甚至不想醒转过来。

她想起来了,都想起来了,想起自己在车祸时是怎样的任性,不听雅文的劝告,车子撞上卡车后,她在眩晕里又是如何听到雅文的声音。

他喊着她,在那样危急的境地都没有顾着自己逃命而放弃她。

是雅文救了她,是雅文救了她啊。

湿润的泪水流溢下来,一直守在蒙雨乔病床前的慕云涛看见了,急忙喊来医生。

蒙雨乔还没醒过来,泪水却不住地落下。

在慕云涛焦急的注视中,医生检查着她的状况,手电筒照过她瞳孔。

蒙雨乔缓缓睁开了眼。

"雨乔,你醒了,雨乔!"慕云涛激动地握住她的手。

在旁边的芸彬也紧张地抓着女儿的手,雨乔忽然的昏厥让她惊恐,在医院守了一夜之后,女儿终于醒过来。

蒙雨乔的呼吸起伏着,她辨认着自己的处境:在医院里,母亲和……云涛。在看清面前的男人不是傅雅文时,她心里涌起难以言喻的失望。

"妈……"她轻轻地唤。

芸彬握住她的手:"雨乔,你先别说话,再休息休息。你昏过去被送来医院,让妈妈担心死了。你一直昏迷不醒,医生检查了你的情况,说你现在没事了。"

芸彬牵着她的手捂到心口，想到在医院看到女儿苍白的样子时，还是心有余悸。

"雅文……"蒙雨乔下意识唤出那个名字，让芸彬心里一惊。

她看看旁边神色不好的云涛，又再看看女儿，她轻拍女儿的手，说："他不在医院，昨天把你送来后就离开了，云涛陪了你一夜。妈先出去给你爸打个电话，让云涛陪着你。"

芸彬说罢，对云涛点点头，便推门走出了病房，关上门。

病房里，只剩下云涛和蒙雨乔，静静地相对。

傅雅文坐在走廊里，看到芸彬走出来，便下意识地站起身，想要迎过去，询问蒙雨乔现在的状况，她怎么样了，有没有醒。

芸彬看着他，淡声说："你可以回去了，雨乔已经醒过来了。"

傅雅文心上一松，想要去病房看蒙雨乔。

芸彬阻止他："她现在不想见你，医生也说不要再让她受刺激，现在云涛陪着她，你不要出现在她面前比较好。"

傅雅文呼吸一窒，默然看她。

芸彬的神情并不好，语气也不善："昨天也是你，到底发生了什么，让我女儿昏倒在学校，要被送到医院这么危险？"

"我很抱歉……"傅雅文低沉的声音带着宿夜未眠的沙哑。

"抱歉这种话我已经不想再听了，我女儿自从和你结婚，就没遇到过什么好事！现在云涛也回来了，一切都各就各位，你也该清楚自己要怎么做了。"芸彬凝视他。

傅雅文的嘴唇动了动，没有说话。

"现在，请你离开。"芸彬冷淡地看着他，厌恶的表情没有丝毫掩饰。

傅雅文幽深的眼眸注视她片刻，转头看向拉了百叶窗的病房，从窗叶的缝隙里，可以看到慕云涛坐在雨乔病床边，握着她的手，似乎在说着什么。

傅雅文终是迈步离开。

蒙雨乔想坐起身，慕云涛见状要阻止，但她摇了摇头。

于是慕云涛拿枕头给她垫在背后，帮着她坐起来。

"云涛。"蒙雨乔轻轻地唤他。

慕云涛心底一震。

四目相对，两个人都有许多言语，但一时间竟都说不出来。

蒙雨乔的手轻轻抚过他的脸颊："我真高兴，你还活着。"

那眸色温柔，是慕云涛暌违已久的亲昵神色。

"雨乔你……"他心中酸涩，怔怔地看她。

"我想起了，云涛，我都想起来了。"蒙雨乔并不重的话语，在慕云涛心中激起波浪。

"你都记起了？雨乔，你终于记得我……"是狂喜还是酸楚，他自己都说不清。他们有四年未见，相见之后的雨乔又不再记得他，这一刻，他才真正觉得是见到了自己爱了这些年的蒙雨乔。

"对不起，我竟把你忘记……"蒙雨乔轻轻地叹，温柔的眸色似乎仕巡视着他的面孔。四年的时光，终是有些改变了彼此的模样。

慕云涛任她看着，只希望那双眼睛能更热情一些，但是过去那些情动羞涩的光芒，他并没找到，这让他不安。

他心头也有隐隐的焦躁，仿佛一口气吊在喉咙口，让他无法呼出。

他还是过去那个云涛，但为什么他觉得她已经不是那个雨乔，难道分开的时光真的可以改变一个人？

或是他当年假死的讯息，造成了无法挽回的遗憾？

慕云涛觉得自己无法承受这种可能，他下意识地抓紧蒙雨乔的手，就像要把她牢牢抓住。

"雨乔，这些年我都在想着你，从没有一天忘记你！每一天，我都是靠对你的思念，才有勇气活下去，有勇气站上那痛苦的复健室，一次一次地跌倒，数不清摔倒了多少次，也不管不顾那模样有多么狼狈不堪。"他觉得自己必须要对雨乔说点什么。

蒙雨乔按住他的手背，眼神里带着些许心疼。

"雨乔……"慕云涛的声音哽住，只盼她说些给他勇气的话，为什么她这么沉默？

"云涛，我结婚了。"蒙雨乔注视着他的眼睛，轻轻说。

"我知道，我不怪你，不，怎么会怪你，是怪我自己，都是我的不对！但是雨乔，我现在回来了，我就在你身边，我又是那个能跑能跳的云涛了，雨乔……"

"可是我，有些不一样了。"

她的话让慕云涛心口一窒，目露痛色。

"你爱上傅雅文了？"

"我……"蒙雨乔呼吸顿住，神色有些惘然，"我……还不能确定……我，搞不清楚……"

"雨乔！"慕云涛像是抓着最后的机会，深深看她。

"云涛，给我点时间，我需要想清楚，我有好多事情要整理，也有好多事要弄清楚……"蒙雨乔苍白的神色里有些脆弱。

她这样摇摆不定的眼神，让云涛觉得越发抓不住她。

但他什么都无法说，只能默然看她。

几天后的午后，当傅雅文走入蒙雨乔的病房时，她正对着窗外，不知道在想什么。

窗外有细细的雨丝，不是很大，但随着风拂过来，在衣服上落下湿润的痕迹。

蒙雨乔回过头，对上傅雅文的眼。

两人静静地凝视了片刻。蒙雨乔先走回床上坐下，她指了指旁边的一把椅子，要傅雅文坐下。

光影落在傅雅文脸上，让她看清了他的脸。她有些吃惊于他的气色："你的脸……"

傅雅文的脸很苍白，干乎乎的，那种神色不该出现在一名属于舞台的舞者身上。深黑的眼圈，连嘴唇都干燥地皱起，眼睛看上去也没什么精神。

蒙雨乔在傅雅文的眼角看到细细的裂纹，那似乎是坎坷的人生痕迹。现在的他看起来一点都不像慕云涛，而只是傅雅文，在慕云涛不曾为生活奔波的脸上绝不会有这样枯暗的气色。

"你怎么这副样子？"她下意识地脱口而出。

傅雅文以为她又对自己的衣品不满意，听到她想见他，他是匆匆出来的，并没有心情搭配自己的穿着。

他不动声色地整理了下卷起的衣角。他的举止，蒙雨乔看在眼里，让她想到过去那个刻薄的自己，时常抓着傅雅文挑剔他的错处，好像什么都不满意。

一时间，她心头黯然，咬了咬嘴唇："我不是那个意思，我……"

"那么，你现在想和我谈谈？"傅雅文没有领悟她的解释，只是凝视她。

他知道她已经恢复了记忆，全都想起来了，芸彬迫不及待地在电话里告知他这一点，也示意着他应该整理好行李离开了。

"如果是你母亲在电话里说的意思，那么我明白了，我会马上搬离慕乔山庄。"他不想再听一遍那些伤人的话，如果是雨乔的授意，那么他已经明白了。

蒙雨乔似乎被他的话惊到，说："我母亲，她又对你说了什么？我不是这个意思，我从来就没有说过……"

她急切地解释。

傅雅文幽深的眼睛看着她，说："离婚的细则你和律师谈吧。对于财产，我们在婚前就签了很多协议，分得很清楚，离婚要怎样处理我都没意见。"

蒙雨乔因他的话而窒息："你……"

傅雅文站起身，已是欲走的模样。

"傅雅文，你站住！"蒙雨乔不由自主地提高了声音。

傅雅文身形凝住，慢慢转过身，看着她。

"是什么使你这么迫不及待？连一句话都不想和我多说？你害怕面对我，还是对着我会让你痛苦？"

她的言语又如同过去一样犀利起来。

傅雅文凝视着她，唇畔浮起一抹苍凉到极点的微笑："那么，你还想谈什么？我不认为你对要更多的赡养费有兴趣，你的财富远在我之上。"

"浑蛋，你这个浑蛋，只会说这个吗？"蒙雨乔吼他。

"蒙雨乔，你还想说什么？"傅雅文直视着她的眼，仿佛在等她开口。

蒙雨乔被他深幽的语气震住，骤然失去勇气。

"我们好像把所有不堪的话都说尽了，可能以后想到彼此，都只是不愉快的回忆。"傅雅文凝视着她，唇边那抹笑让蒙雨乔心碎。

"我从来没有说过要离婚！"她颤抖的声音喊了出来，不知道从哪里来的勇气，也不晓得为什么要这么说，她心里只有一个声音，如果她什么都不说，什么都不做，她会永远失去这个男人，她就要见不到他，永远也见不到他。

不，只要一想到那种可能，她就快要崩溃。

她的话令傅雅文呼吸一窒，伤痕累累的心间有些刺痛，却辨不明她的意思。

蒙雨乔抓住他的手："雅文，我需要一点时间，我必须理清楚一些事。"

她的眸色黑幽幽的，认真又迷离，让他想到了初见她的那晚。也是这双眼睛，吸引着他，让他从此跌入这片痛苦的深海，找不到出口。

"然后呢？"他沙哑地问她。

蒙雨乔心尖一阵跳动，手却紧紧抓着他："然后我会告诉你我的选择。"

她呼吸的声音很重，说出这样的话，她觉得耗尽了她所有的勇气。这一刻，她把一直以来用来伪装的那些蒙雨乔的骄傲全抛掉了。

蒙雨乔在挽留傅雅文，怎么会有她挽留傅雅文的一天？蒙雨乔，你不是看不起他吗？你不是一直想要不在意他吗？

为什么？为什么会变成现在这样？明明云涛都已经回来了，你不再需要傅雅文了，为什么，为什么还不愿放开他的手？

傅雅文觉得她那涩滞认真的话语，把他麻木苦痛的心再一次搅乱，并播种下微缈的希望，似乎有些微的星火骤起，但他并不喜欢这样。

他不想要期待，不想要在给了他期待之后，又被她重重地一击，或是被抛弃掉。他知道，自己无法再承受一次，那已经远超过痛苦的范畴。

他不该再被这个女人吸引，不该再对她的话有所心动。

过去受的伤还不够吗？还不够令你清醒？傅雅文，为什么还要执迷不悟？

现在抽身离开吧，你现在离开，是给自己伤痕累累的心最后一点尊严，不要再被她迷惑了。

傅雅文清冷木然的面容有些冷硬，长久的沉默就像一个世纪那么深长。

"雨乔……"他低哑的声音响起来，"没有人喜欢当替身。从我们相识以来，你一直觉得，你可以不爱我，我却必须要服从你，否则就折损了你的自尊。你一直觉得我可有可无，如同你的所有物。即便是这样，我也想，慕云涛离开了人世，在这世上和他相像的我，也算是在另一种意义上能够变成你的唯一。我这种不可救药的想法，也让我和你，走到了最糟糕的境地。"

"雅文……"蒙雨乔充满雾气般的星眸有些迷离，她全部的念头都在傅雅文要离婚、他要走这件事上，甚至没太听清楚他说的这些话，所有的声音都像在她耳边过滤，她的眼里只有傅雅文和他面上冷淡的神情，过去他似乎从不曾这样冷淡过。

傅雅文深吸一口气，幽深的黑眸凝视她："我会等你告诉我，你最后的答案。"

"雅文……"蒙雨乔还想喊他，她的手机却在这一刻响起，让她只能呆呆地看他离开房间。"慕云涛"的名字在屏幕上跳跃，让她无法去细想傅雅文那些话里被她遗漏的东西。

他一定说到了很重要的东西，但为什么她还是很茫然？他说了什么？他的话是爱她还是不爱她？

他……不想留在她身边了吗？

蒙雨乔只是抓着自己的这些执念，因为她忽然意识到，傅雅文居然从来没有说过一句爱她。

但她需要这句话，她想要确定，他爱她，不是为她的财富，也不是为其他任何目的，只是因为他爱她。

第十五章
被陷害的丑闻风波

傅雅文关掉手机，没有接蒙依瞳一直打给他的电话。

那天蒙依瞳对他表白，而后蒙雨乔目睹一切昏过去，他们手忙脚乱地把她送到医院。

蒙依瞳应该能明了他的回答。她对他的表白让他吃惊，但是他，一颗心早就在蒙雨乔身上耗尽。

现在的他，无法再接受另一份感情，也许许多年后，都是如此。

傅雅文揉了揉太阳穴，转弯停车，到了他的目的地——他的私人医生陈医生的诊所。

陈医生的诊所位于江城西郊商业区的中心大厦，他是一位颇有声名的心理医生。

傅雅文失眠的老毛病又犯了，最近必须借助药物才能入眠。每天都要应对强行拉伸的复健治疗，如果再没有睡眠，那他真的很难应付那份被拉筋扯骨的痛楚。

电梯里，傅雅文按了"12"。陈医生的诊所在第十二层，安静宽广的楼层，时常放着舒缓的钢琴曲，让人进去就会精神一松。

但是电梯在第六层停了下，一个帽子几乎遮了一半脸的窈窕女孩走进来。

她很瘦削，脚步也有些虚浮，在走进来的时候几乎要跌到地上。

傅雅文急忙扶住她："小姐，你还好吗？"

女生的帽子落下来，露出一张熟悉的面孔——洛芸。

"小洛？"傅雅文有些吃惊于她苍白到极点的脸色。她气色很差，虚弱得几乎就要昏倒。

他按了电梯开门，觉得她这个样子没办法在密闭的空间待下去。

他扶着洛芸走出电梯，在第六层的空闲座椅上坐了下来。

等他抬头，才发现对面是一家预约制的私人妇科门诊。

他看洛芸的样子，隐隐觉得她是刚从那诊所出来，但他不想去猜测什么，那是别人的隐私，他不会去窥探。

"小洛，你感觉好点没？"傅雅文见洛芸动了动身子，似乎比刚才精神了点，便低声问她。

"傅老师，谢谢你。"洛芸的神色恢复了些。

傅雅文见她从她自己的包里掏出一些药，服了下去。

"你自己可以走吗？"

"我……"洛芸怔了怔，望着身边温和的傅雅文，他在真诚地担心她。

她想到自己方才从哪里出来，只觉在傅雅文面前无所遁形，几乎不敢看他清澈的眼睛了。

"傅老师，我很不舒服，可不可以麻烦你送我回去……"洛芸觉得自己的状况实在很糟糕，如果这样出去，昏倒在外面，被记者拍到的话，那她就真的完了。

而傅雅文是让她可以放心的人。

傅雅文扶着她站起来，看她担忧惧怕的神色，温言说："我送你回去。"

几天后，傅雅文是被电话铃声吵醒的，他的手机一直在响，让他不得不去接听。

他昨晚很晚才睡着，凌晨时分才有一些睡意，因此现在他还有些蒙眬，困倦得厉害。

"喂。"他含糊的声音响起来。

"你在哪里？"电话那端谭亮的声音却分外有力。

"我在家里，怎么了？"傅雅文听出谭亮话里的怒火，有些疑惑。

"你哪里都不要去，三十分钟后，我到你家来！记住，哪里都不许去！"

傅雅文揉揉乱七八糟的头发，迷迷糊糊地起床，梳洗过后，刚给自己倒了一杯咖啡，就听到门铃的声响。他已经从慕乔山庄搬出来，这栋房子，是他在结婚前住的公寓。

开了门，谭亮就风风火火地走进来，紧接着就拿过他桌上的平板电脑，输入了一些文字朝他丢了过来。

傅雅文被谭亮意气的举动弄得一怔："怎么了？"

"你自己看！我才要问你到底做了什么？"谭亮气急败坏地说。

从他的神情里，傅雅文察觉到事情的严重性。

文字、照片和视频，全都是他和洛芸的。

虽然是偷拍，但洛芸的脸十分清楚，而他的脸虽只给了几张侧面，但也能模糊地辨认。

报道里没有直接写他的名字，而是用了"F先生"来代替。每篇报道都写了他和洛芸有染，发生婚外情，还对她始乱终弃，逼迫她堕胎。

傅雅文放下报道，对上谭亮阴郁的眼睛。

"你怎么会被拍到这种照片？"

"我没有做过。"傅雅文说。

谭亮气得跳起来：

"我当然知道你没做过！那天你不是说要去看陈医生吗？那怎么会被拍下这样的照片？还有明显从妇科诊所出来的照片。

"洛芸堕胎的消息已经被证实，记者那边有第一手的消息，确认她去了妇科诊所做流产手术。我不明白的是，你为什么会被扯进去？这件事的男主角怎么会变成你？

"雅文，现在情况很糟糕。你结了婚，是有妇之夫，现在不仅与女搭档有染，而且还令她怀孕堕胎，这舆论是毁灭性的，你知道吗？！"

"洛芸没有出来澄清？"傅雅文皱着眉问。

谭亮怒说："现在舆论形势对她有利，不管她是为了什么原因堕胎，孩子又是谁的，现在洛芸都被放在受害者的位置，因为骂的全部是你——不仅搞婚外情，而且还对女方始乱终弃，逼迫她堕胎！"

"亮哥，这全部都是胡说！"傅雅文想到蒙雨乔一定也看到这些报道了，她会怎么想？他第一反应就想要联络她，和她解释。

"是，是胡说，可舆论就是这样，外面的人也都会相信，他们才不管事实是怎样的。你这位 F 先生，虽然没有任何报道明确地写过你的名字，但人人都猜得到 F 先生就是你。"

"这件事要交给律师处理，必须要解释清楚。"傅雅文的手指握在咖啡杯上，神情有些绷紧。

"律师也很难，对方没有指名道姓，而当事人洛芸那方蓄意不说出事实，那么我们真的很难辩解。"

"我可以说出那天的情况，我只是遇到她，看到她身体不适，才送她回家。"

"雅文，你怎么还这么天真？"谭亮气到想笑了，但那绝不是开心的笑，而是恼火，"你觉得谁会相信你这些说辞？洛芸那边现在是按默认事实处理了，你一个人百口莫辩。"

"本来《云山赋》，你们俩是最好的搭档，还上过电视台的综艺节目。现在因为这件事，你和颜茵的那些事又被提起，炒得沸沸扬扬。说你原本就很花心，来者不拒，不仅和女总监有染，而且和舞团里很多女舞蹈家也关系混乱。网上舆论还说你婚后跟蒙雨乔诸多争执，是因为她发现你品行不端，私生活混乱，才导致婚姻不和睦，一直有离婚危机，现在都在预测你必定离婚！"

傅雅文嘴角绷紧了，疲惫的神色亦有些苍白。

"雅文，我会安排记者会，你至少要澄清一下，能有多少人相信不能保证，但不能一直这样沉默着挨打。"谭亮明白他的痛苦。

婚前因为蒙雨乔的身份，记者大肆挖掘雅文这位未婚夫的过去想做报道，没想到挖出雅文和颜茵的过往，被记者添油加醋地一番曝光后，关于他的私生活传闻就一直很糟糕。

蒙雨乔也因为这些传言误解雅文，不相信他的为人。没想到现在又多了一个"逼迫堕胎"的飞来罪名。谭亮深深觉得，雅文这个人，可能真的有点背。

新闻果然愈演愈烈，不仅因为事情涉及了傅雅文和洛芸两位有名的舞蹈家，还有雅文和时尚总监蒙雨乔的戏剧婚姻，演变成豪门八卦，越发在网上议论纷纷。

加之娱乐记者们煽风点火的媒体传播，各大娱乐门户都将其列于热点话题挂在首页。

虽然傅雅文澄清那天他与洛芸意外相遇，送她回家，对她做了什么一概不知的事实，但记者会的反响实在太微弱，他的公关声明无人问津也没多少人相信。

大众都更倾向于他们认定的东西。而且他这种撇清的态度在某些人眼里更成了不负责任、推卸责任的说辞，更引起绝大部分人的反感。

一时间傅雅文声名狼藉，竟走到被大众唾骂的境地。

谭亮恼火傅雅文的不圆滑，他一本正经的说辞显然吸引不了任何人，又不肯对洛芸有过多的攻击，诋毁对方，这下变成他们自己进退不得，十分不利。

澄清后的效果跟谭亮预想的完全一样，几乎毫无作用。

各种报道层出不穷，甚至冒出很多知情者，隐姓埋名地爆料傅雅文跟洛芸暗地交往的事情：他们怎样因舞生情，怎样出轨劈腿，怎样伤情分手。

出事后洛芸就闭门不出，也不接任何傅雅文这边联系的电话。很显然她想就着舆论的风向，嫁祸给傅雅文。

谭亮一边咒骂这女人的狠心，一边焦急地寻找私人侦探，想要尽快找出洛芸的孩子是谁的。

每天都在舆论的洪流里煎熬，学院讲课的工作也不得不暂停，因为"影响不好""私德有亏"。

谭亮第一次深刻体会到人言的可怕，第一次感受到被舆论"杀死"是个什么模样。

傅雅文一直待在家里，无法到任何地方，风口浪尖的流言伴随着偷拍的记者，让他寸步难行。

谭亮不得不向傅雅文提议："能不能让蒙雨乔出面？作为你的妻子，如果她相信你，站在维护你的角度，那么，也许媒体的风向会适当改变。"

傅雅文一时没有回答他。

谭亮说："让她出来说话，之前她失忆那段日子，你不是一直陪在她身边吗？她应该会相信你和洛芸没什么，因为你根本没时间去私会洛芸啊。"

傅雅文却觉得谭亮每个字都在戳他的心，她会相信他吗？不会，过去她就不曾相信他一分一毫。这些天他给她打了无数电话想要解释，可她都拒接，她的电话现在已是关机状态。

他哑声说："现在的情况，蒙家人不会允许她出面，在这件事之前，我们已经准备离婚。你知道的，她爱的那个人回来了。"

谭亮无言以对，是这样没错，以他对蒙雨乔和蒙家的了解，那个女人也绝不会为了傅雅文站出来。

过去那些传闻，都差点让那女人跟傅雅文撕破脸。蒙家人也一直很不喜欢傅雅文，怎么可能在此时站到他身边惹一身腥呢，想来是要更快地撇清关系才对。

想到傅雅文这桩悲催的替身婚姻，谭亮懊恼自己真的病急乱投医，竟会提出要蒙雨乔相救。但他必须想办法，无论如何他都不甘心傅雅文多年努力的事业这样被毁掉。

"雅文，记住我的话，别出门，有什么事情，我会用手机跟你联络，不认识的电话不要接！"

"亮哥，其实你不必……"

其实这件事针对的只是他，谭亮是无辜的，而且谭亮绝对是一个优秀的经纪人，没必要和他绑死在一起一同沉没。

"亮哥，你太太快要生了，不要再为我操心，如果结局是这样，我接受了。"他不想看着年长自己十多岁的谭亮继续为他奔波求人。

"傅雅文！"谭亮怒了，一拳重重砸在桌子上。

"你说的什么鬼话！你想要放弃自己，还放弃我们共同的事业吗？从成为你经纪人的那一刻，我就对你说过，我要和你一起站在最高处！"

傅雅文看着他，神情却很认真："这次的事情就算过去，我的形象也很难修正了，以后跟着我可能连演出机会都没有，会熬得很辛苦。亮哥，实际一点，你还有妻儿，明年你就步入四十岁了，不需要和我在一条船上等沉船。"

"浑蛋！"谭亮一拳打了过去，傅雅文没有避开。

被谭亮重重地打在脸上，他的嘴角有些裂开了。

"你小子就是因为这种这么板正的烂好人个性，才让你到现在都这么倒霉！

"我不想再听你说任何的话，总之你给我待在家里，哪里也不许去！"

傅雅文坐在室内，开着电视，却并无心思观看。

嘈杂的声浪也被他摒弃在思绪之外，他不禁再三地望向客厅的钟表。雨乔曾说过会在今天给他答案，但直到现在，她都没有找他。

从他和洛芸的新闻出来后，她对他回避的态度，他已经明了了几分。

其实那个答案他一直知道，只是为何还不能熄灭心上最后那一点微末的希望？因为她那天的话语，他心里总有那么几分傻傻的悸动跟不肯放弃的微弱火苗。

傅雅文深吸一口气，觉得自己再这样下去会疯掉。

他站起身，走到阳台。

他的寓所在二十三层，风迎面吹来，他轻轻闭上眼，周围的空气稀疏，带着秋天晚上的寒意。

看着远处灰蒙蒙的风景，他深深地吸气吐气，试着用心理医生教过他的方法平静心绪，想要驱走那些烦乱脆弱。

直到天色全黑，蒙雨乔都没有给他讯息。

傅雅文看着漆黑的夜空，从口袋里摸出手机，心里太熟悉那些钝然的酸涩与痛苦。他慢慢地坐下来，靠坐在阳台冰冷的石壁上，呆呆望着没有星星的夜空。

晚上谭亮打电话给他："雅文，你认识一个叫慕清远的人吗？"

傅雅文晃了晃神，才想起那个中年男人。

"他是蒙先生的朋友。"

"哦，没什么，就是今天他来舞团找过你，我问他有什么事，他又说没什么，但是看起来好像很担心你。"

傅雅文想起男人曾经说过有什么事可以找他帮忙的话，轻轻一叹："亮哥，他是一位很好的长辈，没关系的，他不会有什么恶意。"

谭亮那边沉默了一下，忽然说："雅文，我打电话来不是要说这件事，而是……"

"什么，亮哥？"傅雅文沙哑地问他。

"没什么，明天见面了再说。"谭亮匆匆挂断了手机。

傅雅文怔了一下，看着手机凝神了片刻，没再拨过去。

第十六章

最后一刀，你总算看清了我

蒙雨乔看着闪烁的手机，下意识地按断了，这几天母亲一直追问她什么时候和傅雅文离婚。

傅雅文的新闻闹得太厉害，连她父亲都委婉地提过，示意她应该快些做决定了。

蒙雨乔有些恨傅雅文为什么偏偏在这个时候闹出这种丑闻，而且她想到洛芸当初在电视上侃侃而谈傅雅文的样子，当时那些微妙嫉妒的心情，令她更不想去看那些报道。

她觉得自己辨不清真伪，心里想要相信傅雅文，但看着那些言论和影像画面，又实在对他生气。倏然又想到自己的妹妹蒙依瞳对这个男人的表白，——他为什么总是招惹这些？

蒙雨乔怔怔地靠在窗边，对傅雅文的感情令她烦恼，因为她想要抛却又总是犹豫不决。

这与和云涛在一起的时候完全不一样。那时她爱云涛，云涛也爱她，而且，云涛不会像傅雅文有这么多不堪的传闻，总是让人质疑他的人品，怀疑他的所作所为。

喜欢云涛的时候很简单，但现在对雅文，心里却有太多复杂交织的情绪。

想起出院后他对自己的照顾，度假的那个周末，月光下的温柔相拥，她心里会有淡淡的甜蜜，那是她割舍不下的雅文。

但是另一面，她记起自己过往和雅文的点点滴滴，婚后他们争吵，他们角力，她无法原谅他曾经的经历，也厌恶他身边那些流言蜚语。她发觉自己无法释怀，母亲的话也一直影响着她。

你有更好的选择，母亲一直这么说。

蒙雨乔理解母亲的意思。事实上她选择傅雅文，在任何人看来都是个糟糕的决定，加上这次的出轨丑闻，他已经变成一个声名狼藉的男人，更遑论两人之间原本的差距。

从结婚到现在，就一直受着别人的指指点点，在她那个阶层，所有人都等着看她的笑话。

她的自尊不容许这样。

她烦恼地推开手边的文件，窒息的空气令她生厌。

她找到了问题的症结，如果她选择傅雅文，将要面对流言蜚语、别人的指指点点，她能否一直这样忍受下去？

更何况她并不确定自己对傅雅文的爱。那真的是爱吗？如果爱他，为什么她还会有这样多的顾虑？而且想起他和颜茵的过去，她总是会生气。如果她爱他，为什么会有那么多激烈的情绪——不开心的，嫉妒的，负面的。

蒙雨乔实在疑惑不解，也许自己对雅文的爱并没有那么深吧，只是有些心动而已，所以可以放弃他。放弃他，他的生活会更好，她想她做得到。为何要为这个声名狼藉的男人而烦恼？

但当她偏向于这想法时，心里却有另一个声音在叫嚣着：

"不，你这样做会后悔！你会失去他，永远地失去他！你确定你可以承受吗？"

蒙雨乔被这两股较劲的力道弄得就快崩溃，她想她快要疯了，为什么会是这么痛苦的心情？

仿佛无论她做什么，都是错的，心里总有担忧和遗憾。

手机铃声响起，蒙雨乔下意识地逃避去接，她希望不要是傅雅文，她还没想好，她不想要听到他的声音。

看到上面是云涛打来的，蒙雨乔莫名地松了口气。

她接起电话，却听到云涛有些急躁的声音："雨乔，你看到了吗，现在网络上关于我们的报道？！"

蒙雨乔怔然，本能地回应："什么？"

傅雅文震然地看着国内最大网络平台上的热门报道。

那上面赫然写着——傅雅文的畸形悲惨婚姻，真实揭秘！

刺目的照片，分别登了他和慕云涛两个人，一左一右，被合成在一张图片上，几乎一模一样的脸，只不过气质完全不同。

那篇报道用了长长的版面，声泪俱下地描述了他和蒙雨乔的畸形婚姻：蒙雨乔之所以肯下嫁他，并不是因为爱他，而只是因为他长得与她前任恋人相像；相同的面孔，才是蒙雨乔肯嫁给他的最大原因。

文章还揭露了在婚后，他一直被蒙家人看不起，甚至被刁难。说他的婚姻生活一点都不幸福，甚至用了夸张的公主与仆役的身份来形容两人的关系。

然后又揭示随着现在正牌慕云涛的回归，他便成了迫不及待要被甩掉的那个，说着蒙家人是如何想尽快结束这桩婚姻，对他又是如何恶劣。

在这篇报道里，傅雅文完全成了一个可悲的受害者，煽情的文字极具感染力，揭露着他不幸的婚姻。

傅雅文手足冰凉，当谭亮出现在他面前的时候，他几乎要不认识这个背叛他的、他一直信任的人。

"真的是你做的？"他声音不重，却压抑着谭亮从未见过的悲伤和怒火。

谭亮无法直视他的眼睛，过不去心里背叛朋友的心虚，但又忍不住：

"是，是我做的！我说的也是事实不是吗？

"媒体对你的报道全都是负面，这篇报道却能揭露一些事实，把你塑造成受害者，回转你的形象！你出了那些事情，事业都快毁了，但如果大众知道你不幸的婚姻，会觉得一切都情有可原，你一下变成受伤害的形象，所有的风声舆论都会不一样！"

"你怎么可以？这是我的隐私！"傅雅文拎起谭亮的衣领，那双漂亮眼睛里的绝望更甚于怒火，几乎灼痛谭亮的眼睛，瞬间就让他觉得自己做错了。

谭亮哑声说："我知道这么做对不起你。但是，雅文，我们不可以一无所有！你和蒙雨乔的婚姻早就摇摇欲坠，就算没有这件事，也不会有什么改变。你现实一点吧，始终是要活下去的，你的事业和前途都不想要了吗？反正蒙家人也不无辜，不如把他们拖下水！"

"亮哥，你真的不该这么做。"傅雅文仿佛受到重创，放开谭亮的衣领，失魂落魄地跌坐下去。

"雅文……"谭亮未料到会让傅雅文如此痛苦，他内心惴栗。

"她会怎么想我……"傅雅文声音酸涩，神情萧瑟而苍白。

提到蒙雨乔，谭亮心里就气得要命。

"她还能怎么想你？她从来就没看得起你过！反正无论你做什么，在她心里都是不好，这两年我看得还少吗？这女人得到这种报应也是应该的，我虽然不该揭露你的隐私，不过我对她可没有一点不好意思！我说的也全是事实！这下记者肯定会盯着她，有得她受！"

谭亮在背叛朋友的痛苦里又有些解气的愤懑。

傅雅文怔怔看着谭亮，谭亮只觉他那幽深的眼眸，如同死水，忽然什么光亮都没有了。这让谭亮非常害怕，因为过去无论再怎么难，也没见过雅文这样。

"雅文，你……"他跪下去紧紧握住傅雅文的手，"是我错了，你揍我吧，揍完了就把这些糟烂事都忘了，重新开始。之前的检查结果很好，你还可以跳舞，还能去往更高更好的地方！"

傅雅文半晌都没有回应谭亮。谭亮惶恐地拽着他："雅文，你和我说说话，别这样，对不起，是我错了。"

傅雅文面上空洞麻木的神情让人害怕，谭亮抓着他的手，半晌才听到他喑哑干涩的声音："都结束了，我该认清楚……"

谭亮觉得窒息，他一直提醒自己这么做没有错，是为了雅文。但是这一刻，他忽然觉得，这些全是自我安慰的说辞，他对朋友做了很恶劣的事。

手机响起的时候，傅雅文望见了屏幕上那个刺目的名字"雨乔"。

他修长的手指有些微颤，终是按下了接听键。

他还未说话，蒙雨乔尖锐怨恨的声音就清晰地响起：

"傅雅文，你真让我恶心！"

谭亮也清楚地听到这句话，他看到傅雅文的身子晃了晃，便下意识地扶住雅文，有种错觉仿佛这一瞬雅文就要化成泡沫，像小美人鱼那样不见了。

傅雅文被谭亮抱住，外面乱哄哄的世界，仿佛变成了墓地，没有一点声息，他知道那死寂是他心里的声音。

一个月后。

那些被编成无数版本的脍炙新闻，渐渐淡下去了。

谭亮在早上就过来接傅雅文，把车停在傅雅文公寓的楼下。

十分钟后，他看到傅雅文走下来。

已经入冬，天气也变寒冷，傅雅文穿着深黑色的毛衣，围着一条长长的米卡二色相间的围巾，瘦削的面容、苍白的嘴唇尤为突兀。

黑色的毛衣让傅雅文有种嶙峋的忧郁，整个人像被黑色笼罩。

坐到车里，谭亮问他："直接去民政局吗？"

傅雅文应了一声，没再说什么。

谭亮没有作声，今天是傅雅文和蒙雨乔公证离婚的日子。

谭亮知道，这段感情终于要结束了，不管过去经历了多少，又有多少的惊涛骇浪，到今天，会全部终结。

他不敢去揣测傅雅文的伤痛，这些日子，他也不常见傅雅文。

傅雅文再也没提过他不经允许擅自把他隐私揭露给媒体的那件事。

谭亮不晓得他会不会原谅自己，也不敢奢望他的原谅。

虽然达到了他想要的效果，媒体尖锐的舆论不再针对傅雅文，但他觉得，自己这么做，似乎从傅雅文身上夺去了极其珍贵的东西。

傅雅文从车上下来，另一辆车也停在了旁边，车上下来的人正是蒙雨乔。

两个人虽然隔着一段距离，但是谭亮还是感到了某种剑拔弩张的窒息气氛。

确切地说，那应该是从蒙雨乔身上散发出来的。

蒙雨乔走在了前面，但她面对傅雅文时，身上发出的那种敌意和轻蔑的态度，谭亮还是鲜明地感受到了。

谭亮心中那股愤懑不平的怒火又再升起，有懊恼也有后悔，明显他做的事让傅雅文背锅了，蒙雨乔现在把所有的怒火都发泄在了傅雅文身上。

他转头看傅雅文："那我就在停车场等你，结束后给我来个电话。"

傅雅文点了下头，谭亮看着他高瘦的背影，忍不住哑声说："雅文，对不起。"

傅雅文的脚步滞了一下，却没说什么。谭亮看他慢慢地走进民政局，阴沉沉的天空，只让人感到寒意。

工作人员给两人解释了一下离婚协议的详细条款和里面各项的细则，其实之前蒙雨乔的律师已经与他们沟通过了，两个人都没有异议。

工作人员把两份文件递到他们面前："如果没有问题的话，两位签上名就可以了。"

蒙雨乔摘下墨镜，没有看文件，视线移到傅雅文脸上。

工作人员注意着她的神情，因是年轻人，平常也关注娱乐八卦，是以他认识蒙雨乔。想这位蒙小姐美则美矣，不过那眼神还真是吓人。

就在他怔怔地这么想的时候，蒙雨乔抽出的玉手忽然一个巴掌就甩到傅雅文脸上，那声响把工作人员吓了一跳。

"蒙小姐。"他怕再这样下去升级为暴力事件，急忙出声阻止。

不过被打的人则是一点反应都没有，只是低头签下自己的名字。

工作人员看着这位被打得半张脸发红的先生一声不吭，心里暗叹一声。

文件都签完之后，两个人一前一后地离开办公厅。

蒙雨乔抿着嘴唇，踩着高跟鞋，走在傅雅文前面，似乎刻意不想落在他身后。

傅雅文便放慢了脚步，他想蒙雨乔应该不想和他同乘一部电梯。

等他慢慢地走过长廊，却发觉蒙雨乔还停在电梯边，并没有下去。

电梯门开了，蒙雨乔也没有进去的意思。

傅雅文不准备再和她面对面，径自想走入电梯。

"傅雅文。"蒙雨乔清冷的声音叫住了他。

傅雅文只能望向她，对上那双美丽却也冷漠的眸子。

"把无辜的人拖下水，不觉得羞愧吗？从前你为了钱出卖自己，现在依旧为了名利出卖我，也出卖你自己，把我们的隐私搬上网络，你觉得很光彩吗？

"你这么做，真的是差劲到极点，我从没想到你会这么卑劣！"

蒙雨乔说到激动处，忍不住提高了声音。

傅雅文幽邃的眼眸看着她，对比着她的气愤和怨恨，他的神情太过平静。那份事不关己的迟钝，让蒙雨乔越发恼恨，只觉这男人自私透了。

"是，我不是什么高尚的人，为了生存做过许多肮脏的事，那些你无法想象、不能容忍的事。最后的最后，你总算看清了我。"傅雅文嘴唇微动，唇边挂着一抹自嘲的笑。

他平静讥讽的话语，令蒙雨乔愤怒得几乎要冲上去打他。面对傅雅文，她总像个在失控边缘的疯子。

电梯门开，傅雅文适时地走入。

蒙雨乔当然不会想和他共乘一梯，当电梯门合上的时候，她却听到傅雅文低沉沙哑的声音："蒙雨乔，再见了。"

她心中一室，似乎被一股巨力那样狠狠一碾，在上面划了道痕，让她感到心碎成瓣的战栗跟疼痛。

月色很淡，被乌云遮住，只露出一点光来，今晚的夜空比往常都要黑。傅雅文坐在老屋外通向湖畔的木甲板上，雨落下来也不知道要进去。

他的毛衣很快被雨淋湿，但他还是呆呆地坐在那里，一点都不想要回避。

淋湿的寒意很快侵遍全身，滂沱的雨水不断浇在他脸上，落在眼眶里，模糊了视线，就像二十多年前的那个雨夜一样。

他还是那个小小的无助的孩子，哭着叫着母亲，但母亲只是跪在那里，怎么都不理会他。不理会他的害怕，他的寒冷，他的无助。

他应该不喜欢下雨的，但偏偏在下雨的时候，会令他觉得窒息里又有一丝轻松。那是种很复杂的情绪，如同他现在寂寞冰冷到极点的心脏，那里面空空荡荡，他感觉什么都不剩了。

傅雅文从怀里掏出那条跟随他许久，却一直没找到主人的脚链，深蓝色的月光石在夜幕里散发着冷淡的光芒。

他只觉眼睛里都是水，不住地落下，那让他看不清那条脚链的样子。

他还记得自己挑选样式时，那么喜悦，诉说着他想要做成的样子，也想象着它戴在恋人身上的模样。那份美好与憧憬，令那时的他心里多么雀跃，然而现在一切都变成了荒漠。

心上累积了许多年的痛楚仿佛都要在这个夜晚发泄出来，那些狰狞的魔鬼，它们叫嚣着，迫不及待从他紧闭的记忆瓶子里跳出来。

他低沉呜咽的哭声在暗夜里压抑地响起，手臂想要抱住自己冰冷到极点的身体，抵抗回忆，但是那些丑恶的回忆却全都汹涌过来。

少年时他最讨厌冬天，因为他怕冷得厉害，甚至体会过卖火柴的小女孩濒临冻死的瞬间。那一天是大年三十，家人团聚的日子，而他佝偻在天桥底下，无处可去，发着高烧。

寒冷的滋味侵入骨髓，他的意识都渐渐抽离了，有一瞬间他甚至觉得如果就这样告别人世，对他来说或是幸运的事，因为他将不再遭受寒冷、病痛和欺凌。

二十一岁和徐哥来到江城，徐哥罹患绝症。在医院来来去去的每一天，他见过太多不幸的人，那时的他对医院产生了巨大的阴影。

他什么都没有，只有自己的一双腿和对舞蹈的刻苦。

从六岁起开始练舞，他有一双非常丑陋的脚，脚上的血泡疤痕层层叠叠，指甲脱落的脚趾更是因常年结疤的缘故显得畸形恐怖。

对他而言，尊严、自尊心这些名词大概都不存在于他的人生里。如果他要计较自己那点微末的尊严，守着自尊心，那么他根本无法获得那些老师的指点。他的舞蹈就是这样一点一点修炼起来的。

太过痛苦的记忆，揢着他心脏，让他喘不过气来。

他冰冷的身躯一颤，下意识地将那条脚链放到了湖水里。

他轻轻放开手，他想这终究不是他可以要得起的东西。

那忽明忽灭的蓝色渐渐微弱得看不清，看它随着波浪被冲走淹没，他试图让自己不再去盯着那条被他抛弃的链子。

但当再也看不见它的时候，他倏然站起身，几乎踉跄地走入湖里，去寻找那条链子。

冰冷的湖水随着浪头打过来，他打着寒战，终于在水没过他胸口的时候，重新找到了那条链子。

他紧紧地握住，就像生怕它会再不见。

他慢慢走回岸边，平躺到湿冷的木板上，木然安静的姿态，如同死去了一般。

第十七章
身世的真相

蒙依瞳怀抱着自己不安的心情，在这荒郊的剧场等待傅雅文。

她已经许久没有见到傅雅文，上一次得到他的讯息，还是他跟蒙雨乔离婚那天。

她看着蒙雨乔出门，知道蒙雨乔是要去跟傅雅文离婚。但是她一点都不高兴，她觉得不光是自己，连蒙雨乔身上散发的都是哀伤的气息。

那天她看着蒙雨乔脸色苍白地回来，把自己关在房间里。

但是第二天，她又神色如常地出来，并且马上飞去了米兰，像是要把这一切都抛得远远的，迫不及待地离开这里。

蒙依瞳知道自己不该再联系傅雅文，但又总想再见他一面对他说些话。

直到前不久看到傅雅文又重新跳舞的消息，她才借着公事联络谭亮。

傅雅文重新表演的消息在业内引起了一些波澜，一来之前车祸有传闻说他不能再跳舞了，二来是丑闻影响后，傅雅文在江城歌舞团的首席位置不保。众人都以为他会从此退隐不再跳舞，未料他居然又出来了。

并且这次不是领舞位置，而只是一个助演。以傅雅文的资历大家都会觉得可惜，但也只在心里叹一声。人的际遇就是如此，在闹出那么多丑闻后，不管他从前如何辉煌，一切都不复存在。

傅雅文复出的消息，让圈子里乱哄哄的。一些人嘲笑着傅雅文元气大伤，不仅失去领舞的位置，还去当助演舞者，抱着看好戏的心态等待傅雅文接下来的笑话。

而一些跟傅雅文关系好的前辈、合作过的人，则叹息着人生的变化无常，有些可惜傅雅文的才华。

蒙依瞳开车来到临近江城的苏城市郊的剧场时，已近黄昏。

这剧场比蒙依瞳想象中的更为破落。她曾经见过傅雅文在江城歌剧院金碧闪耀的舞台上大放异彩，面对这样一座破落的乡间剧院，她心里难受极了，她都不敢想象傅雅文如今是何心情。

远远地，她终于看到那个熟悉的身影走过来。

他的身形依旧高挑曼妙，那是属于舞者特有的柔韧身姿，举手投足就非常美，赏心悦目。

傅雅文没有蒙依瞳想象中的那么潦倒，除了瘦了一些，她觉得他的精神还好。

她以为他会变得冷漠，但没有，他身上还有那股动人的温柔。就很奇异，清冷里带着温柔，让这个人迷人极了。

傅雅文接了她的电话，知道她要过来，因为之前和蒙氏合作的项目还有些事没处理完。

"依瞳，你开了很久的车？"他低沉磁性的声音如同过去一样悦耳，蒙依瞳想仔细地看看他，确认他的安好。

她看着傅雅文的眼睛。她最喜欢傅雅文的这双眼，无论何时，都是温柔隐忍清澈。她讨厌目露凶光的男人，也讨厌不耐烦的男人，这些傅雅文身上恰恰都没有。

每一次接触他的眼睛，她的心都能莫名地平静下来，所以她真的很嫉妒蒙雨乔，为何得到了这么好的男人还不珍惜。

"我吃过午饭出发的，四个小时左右，还挺顺利的。"蒙依瞳觉得傅雅文疏离的气质更甚从前，他身上一直有这种很难接近的清冷。他和姐姐离婚，不能再叫他姐夫，不再是家人，她与傅雅文的距离更遥远了。

"这附近只有一家酒店，你是想住在这里，还是准备处理好文件连夜回去？"傅雅文问蒙依瞳。

蒙依瞳看着他的眼睛："就住一晚吧。"

"嗯。"傅雅文低沉地轻轻应了一声，"我带你去酒店。"

安顿好后，蒙依瞳问傅雅文晚上的安排，约他一起吃晚餐。

傅雅文知道蒙依瞳有些话想对他说，便答应了她的邀约。

蒙依瞳没有忍住，还是在出门前打扮了一下自己。虽然她没有别的意思，但想到这可能是她和自己喜欢的男人的最后一个晚餐，她还是想以最好的面貌去见他。

相较于她的郑重，傅雅文只是一身简单宽松的休闲服。蒙依瞳真想笑自己，但这样的傅雅文她也很喜欢。她是明白他的，平时练舞累了，这类宽松的衣物应是他的最爱，没有束缚，没有负担。

"姐夫，你的腿都好了？"点完餐后侍者离开，蒙依瞳看着傅雅文，轻声问。

"叫我名字就好。"傅雅文轻声纠正她。

"有点改不过口。"蒙依瞳淡淡一笑。她想叫他的名字，可想到蒙雨乔时总觉得对不起自己的姐姐，终归她表白过但又失败了。

"像以前一样没有后遗症，对不对？"这是蒙依瞳最想要确认的问题。

"嗯，不过还有跟进的治疗，有些方面也要注意，但基本不影响。"

傅雅文没有隐瞒，实事求是地说。

这也是蒙依瞳喜欢他的地方。他这个人，说话从不夸张圆滑，有几分说几分。可能会被人嫌弃木讷不懂圆融，但她却觉得很安心，和这样的人说话，永远无须担心。

"亮哥和我说了广告收入的事，其实不必了，我也没做什么。"傅雅文看着蒙依瞳说。

"前期你指导那些舞者，教习舞步，后面又给我推荐了合适的人，而且最后采用的舞蹈，还是你的编排跟设计，你都不向我收版权费的吗？雅文，你这种意识不行。"蒙依瞳轻轻一笑。

"好，我知道了，谢谢你。"傅雅文看着她淡淡一笑。

蒙依瞳忽然轻轻按住他的手："雅文，你不会连朋友都不愿和我做了吧？我对你说的那些话你可以忘掉，我不想和你之间变成尴尬。"

"依瞳，"傅雅文看着她，"是我抱歉，不能回应你的心意。而且，我觉得，现在这样的状况，我们不要再见面比较好，你父母家人都不会愿意你和我有什么牵扯。"

"雅文……"蒙依瞳的神色有些苍白，竟说不出一句反驳的话，可她一点都不喜欢听傅雅文这样说。

侍者开始上菜，蒙依瞳低下头收起自己的心绪。

待侍者离开，她问傅雅文："你在这里表演，会不习惯吗？"

"还好，每个人始终都要适应改变。刚来江城的时候，只要能登台我就很高兴。"他轻沉的语声平静而温和。

"艺术学院的课不上了吗？"

"嗯，终归是不小的新闻，作为教师不合适了。"他淡声说。

蒙依瞳的心绞痛了一下，倏然看他的眼睛："雅文，我一直相信你的，你不会做那样的事！"她说得坚定又认真。

傅雅文怔了一下，唇角微动："谢谢你，依瞳。"

这一餐饭对蒙依瞳来说是难忘的回忆，她把很多想说的话都对傅雅文说了，傅雅文就像一个最好的倾听者，但就像有默契似的，他们谁都没提起雨乔。

一星期后，结束在苏城的演出，傅雅文被谭亮载着，离开那个偏远的剧场，返回江城。

谭亮盯着后座的傅雅文，笑着说："饿不饿，我请你吃饭。"

傅雅文微微一笑："好啊，请我吃火锅吧。天越来越冷，坐在车里开着暖气都觉得冷呢。"

谭亮心底一叹："马上就过年了，我让你拎过去的那些中药你都喝了没？今年过年来我家，说好了啊，我老婆都说叫你一定来，单身汉别自己一个人过年！"

傅雅文点头："好，替我谢谢嫂子。"

谭亮被他说得笑起来："这还差不多。"又在后视镜里瞅瞅他，"回去养点肉吧，再瘦下去真的不能看了。"

傅雅文捏捏自己的脸，无声地笑了笑。

手机忽然响了起来，傅雅文掏出来，是一个不熟悉的号码。

他怔了下，按下接听。

"雅文。"

电话那头传出的男声令傅雅文怔了一下。

"你是……"

"我是慕清远。"

傅雅文想起了这个人，但他要做什么，为什么还打电话给自己？

"雅文，你听我说，你现在马上来宁馨医院好吗？是很急的事情，拜托了！"慕清远急切得声音都在颤抖。

傅雅文虽然不能理解对方为何这么要求，但也感觉到了事情的严重性。

"慕先生，你怎么了，出了什么事？"

"雅文，不要问，请你马上过来，求你！你需要多少时间？"慕清远声音哽咽。

傅雅文看了看窗外，车子已经驶到市内，宁馨医院是江城极负盛名的私立医院，他算了下路程："慕先生，别急，我马上过来，大约三十分钟就可以到宁馨医院。"

"雅文，谢谢你，求你一定要尽快！"慕清远战栗的声音比以往都要苍老。

挂断电话，傅雅文怔然望着手机。

谭亮听到他说话："你要去宁馨医院？什么事情？"

"我也不清楚，不过慕先生似乎很急。"

"慕先生？宁馨医院可不是什么人都能住进去的，那里面都是名流啊！"

"亮哥，我也不清楚，总之先过去，他的声音听起来不太好。"

宁馨医院是位于江城市中心的私立高级医院，医疗水平极高，管制私密，是一些社会名流就医的首选医院。

到达宁馨医院，傅雅文就给慕清远打了电话，很快看到他匆匆地从电梯出来，向他们走近。

"雅文。"慕清远抓住他的手。

"慕先生。"

慕清远的举动把傅雅文旁边的谭亮吓了一跳，这是什么情况？

"雅文，你的血型是 AB 型 Rh 阴性血是不是？"

傅雅文怔了一下："是的，慕先生。"

"雅文，求求你救救我儿子。"

"您的儿子？"

"云涛，他也是 AB 型 Rh 阴性血，现在医院血库供血不够，外院也调剂不来，云涛必须马上接受手术，不然他……"

慕云涛说出的话让谭亮跟傅雅文都震住了。

原来慕云涛是慕清远的儿子，那个长得很像傅雅文的慕云涛，居然跟傅雅文是同一种血型，这……

谭亮想到了一个不敢置信的事实，看见身旁傅雅文有些苍白的神色，立马拒绝道："为什么雅文要救你的儿子？我家雅文身体也不好，献血他会撑不住！而且，不是说直系亲属之间不能献血吗？"

谭亮未经思考的话语脱口而出，那句"直系亲属"，让傅雅文和慕清远都浑然震了一下。

谭亮察觉到气氛的凝重，他想带傅雅文离开这个地方。他觉得，不管是慕家人还是蒙家人，从来都是一丘之貉，只会索取跟伤害别人。

谭亮懊恼，看向慕清远的神色中透着嫌弃，他拉住傅雅文转身就走。

"雅文！"慕清远在身后颤抖地唤他们，"救救他，他是你哥哥，亲哥哥！"

慕清远的话像个炸弹，投掷在傅雅文千疮百孔的心里。

他不明白为什么，这世上的人和事，总是要和他开这样残酷的玩笑。

"雅文，求求你，救救他吧！AB 型 Rh 阴性这种血型极为罕有，再找不到别人。

"你们是同卵双胞胎，可以献血，不会有免疫反应。求求你，错的人是我，不是云涛！该死的也是我！我老了，受不了再一次看着云涛出事，不能再看着我的儿子死在我面前啊！"

慕清远颤抖哽咽地哭诉着，他紧紧抓着傅雅文的手，就像抓着一根救命稻草。

傅雅文回身看他，此刻他已泣不成声，苍老而颓然。

但他说的这些话，为什么让自己的心像被凌迟一样？

他不能看着他的儿子死，是啊，他只有一个儿子，只有那一个。

谭亮可以感觉到傅雅文紧绷的身体的战栗，他握紧拳头冲过去掰开慕清远的手，厉声吼起来："你的儿子你自己负责！雅文凭什么要输血？你算什么父亲，丢弃他这么多年从来没尽过一个做父亲的责任！好啊，现在突然跑过来说出真相，却不过是想要他的血！有你这样的父亲吗？"这些人真的一个比一个过分。

慕清远嘴唇颤动，仓皇的面容俱是羞愧，不敢看傅雅文的眼睛。

傅雅文瘦得那么厉害，那双幽深的眼，眼里的茫然跟痛苦，都深深刺痛了慕清远的心。

他不是故意，但是他，真的对不起傅雅文。

"雅文……"他几乎绝望地叫，明白即使傅雅文现在离开，不管他，他也没有任何资格责怪他。

但他还是带着一丝希冀，期盼雅文怜悯心善，不要弃他于不顾。

他承受不了再一次失去云涛。

"我……"傅雅文的嘴唇动了动，似乎想说什么。

谭亮狠狠地摇着他："雅文，你清醒点，这对父子，值得你救吗？"

傅雅文惘然的眼低垂下去，轻轻地掰开了谭亮的手："谭亮，不能见死不救。"

蒙雨乔在看见慕清远身后的傅雅文时，吃了一惊。

她万万想不到会在这里见到傅雅文。

但是慕云涛危险的状况，让她无法分心再去想更多。

"慕伯伯。"她急忙迎过去，看慕清远可找到了什么办法可以提供云涛手术需要的鲜血补给。

"雨乔，云涛有救了，雅文他……跟云涛是一个血型。"慕清远哽咽又颤抖地说着。

蒙雨乔听他的话霍然一震，心上像被狠狠扎了一下。

"慕伯伯……"等她脑里、心里意识到这是什么意思的时候，她不敢置信地呆呆地看着傅雅文。

"雅文……他……也是我的儿子。"慕清远哽咽着说。

护士走过来，听慕清远说明了情况，便带着傅雅文去做几项检查，好确定能否提供输血。

谭亮愤愤瞪视慕清远跟蒙雨乔，担心地跟着傅雅文去了。他才不想管那些人的死活，他要确保的是傅雅文的安危。傅雅文最近身体状况不佳，还要献血，这他能负荷吗？

在几项检查之后，医生过来跟傅雅文说明情况："傅先生，你的血型与病人一致，你们是同卵双胞胎，不会出现输血相关性移植物抗宿主病。

"不过需要的输血量比较大，你看上去很瘦，虽然你血液的各项指标符合抽血要求，但大量的抽血可能会对你造成不适。"

医生看着傅雅文，等他的决定。

旁边的谭亮站起来："那医生，我们不抽血了，你也说雅文太瘦了，不宜这么做。"

医生面色一僵，他无法强求人家，但如若这位先生离去，那么躺在手术室的那位病人慕先生，就没有生机了。

"医生，我同意输血。"

"雅文！"谭亮因他的话而跳起来，神色严厉。

蒙雨乔走进病房的时候，傅雅文躺在那里，手上纤细的导管流着红色的血液，一点一点地装满那透明的袋子。

采血的医生在旁边注视剂量，也不时观察傅雅文的情况。

傅雅文苍白的脸，让蒙雨乔心上有深深的不安与担忧。他瘦了好多。

他身上卡其色毛茸茸的毛衣仿佛将他整个人都包裹在里面，修长的牛仔裤，裹着他笔直的长腿，他好像很冷的样子。

"医生，真的没问题吗？"蒙雨乔忍不住问。

医生看她满脸忧色，却误解了她的问题，解释说："没问题，亲属间相互输血有危险，主要是担心身体发生免疫反应。但这位先生和慕先生是同卵双胞胎，不会发生输血并发症。"

不，她不是在担心慕云涛，她是在担心傅雅文，担心他失血受不受得住。

蒙雨乔发现自己心中所想，脸色又苍白了几分，在云涛那么危急的时候，为什么她最担心的居然是傅雅文？

采血时很安静，蒙雨乔却觉得漫长难熬，她怕傅雅文会支持不住，因为他的脸色好苍白，整个人闭目睡在那里，像一片轻飘飘的羽毛那样随时会消失不见。

蒙雨乔心一抖，赶忙阻止自己这种胡思乱想。

"医生……"她忍不住出声叫医生。

"怎么了？"

"还没好吗？他会有危险吗？"蒙雨乔轻声问。

"马上就可以了。"医生检查着剂量。

"傅先生，你还醒着吗？"医生低头查看傅雅文的状况。

雅文的眼睛慢慢睁开，虽然觉得很虚弱，但对医生点了点头。

采血完毕，医生替雅文包扎好。

"请休息一会儿，半小时后我再过来。"医生叮嘱傅雅文。

傅雅文点头，事实上他现在也走不动，只能直挺挺地躺在这里。

室内虽然开着暖气，他却觉得眩晕又非常寒冷。

医生离去前对蒙雨乔说："家属可以陪在这里，如果他有什么不舒服，立刻叫我们。"

蒙雨乔点点头，担忧地看着傅雅文。

她忍不住又问："会立刻给慕云涛进行手术吗？"

"是，陈医生那边已经在准备了。"

医生和护士都离开后，这里只剩下傅雅文和蒙雨乔，一下变得很安静很安静。

蒙雨乔发现傅雅文幽深的视线望着她，忽觉有几分尴尬，想要说些什么。

"谭亮呢？"她环顾四周问。

"我让他先去吃饭了，顺便给我买些吃的，一会儿就会回来。你不用在这里看着，我没事，慕先生不是要进行手术吗？你过去那里吧。"

"你……觉得怎样？我把空调调高点……"蒙雨乔心里极乱。他叫她走，但是她一点都不想走。

虽然慕云涛还在危险中，但是那儿一定有他父亲守着。

"要不要喝些热水？"

她忍不住去试了一下傅雅文手上的温度，只觉冰冷至极。

傅雅文摇摇头，似乎没有力气说什么。

蒙雨乔与他双眸相对，轻轻坐在了床边。

"云涛是为了救我，才出事的。他被木桩砸到，出了很多血。在准备新一季的展台时，他和我一起去看舞台，还没有完工，工地的木桩就那样砸下来，他把我推开……"蒙雨乔有些说不下去了。想到那可怕的一幕，她还是惊惧万分，心跳得飞快，慕云涛被送来医院的样子，也让她觉得窒息。

她不知道为什么要对傅雅文说这些，但就是想告诉他，仿佛在告诉他的时候，自己的心也得到了一些平静。

"如果他死了，就是我害死他的。"她声音有些颤抖，晶亮的眼眸望向傅雅文，"还好，你来了，我很感激，你可以救他，他不会死去……"

她有些语无伦次，很少有这样失掉镇定的时候。

当她以为慕云涛真的会死的时候，她觉得自己就像被一根粗重的铁链绑着和慕云涛一起去死，她的余生一定会背负这令她难以承受的罪责，她需要对慕云涛负责。

但是傅雅文救了云涛，那根沉重的铁链就消失了，她不会被绑在慕云涛身边，就像还能看见自由的蓝天。

虽然她也不明白这到底是什么心情，在慕云涛生死未卜的时候她竟觉得自己的人生会因为这桩事情而难以负荷，但现在他没有死，她真的感谢上苍。

"雅文，我……"她情不自禁地握住他的手，只觉心中滚烫，有些情感想要汹涌而出，但当面对那双幽深的眼眸时，又哽在咽喉，失去了最重要的勇气。

她心里矛盾极了，惴惴不安，只能呆呆地看着傅雅文。

"你不用担心，他会没事的。"傅雅文覆上她的手背，轻轻按了下，像是给她安慰。

但是蒙雨乔完全不想听这样的话，他误解她的意思了，他把她的话全都理解错了。她说这些不是为慕云涛担心，分明是在感激他对她的救赎。

蒙雨乔只觉有口难言，到底该怎么说？

她想告诉他，她现在更担心他，只想他不要脸色这么苍白，只想他恢复成从前那个傅雅文。

但是，她为什么会有这种想法呢？她的情感总是难以控制，明明她和傅雅文关系恶劣，他们吵架、离婚，充满了争执，她也厌恶他的过去，可为什么，她还要担心他，在看到他的时候，一颗心永远不会乖乖的，这……就是爱吗？

她发觉自己没有勇气承认，她忽然发现，她对他的了解太少太少。

明明他这么不完美，做了很多她无法释怀的事，而她又对他这么过分，经常在失控边缘。他什么时候占据她心里的？为什么会占据她心的全部？到底是什么时候？

她心绪混乱，真的没有勇气去坦诚这份爱。

蒙雨乔通常的做法便是逃开，就像她决定和傅雅文离婚一样。

她自以为是地认为对他的爱没有那么深，只要逃开，她就可以远离他的一切，就不必承受那些她不想面对的事情。

但分开的这几个月，她心里真实的声音告诉她，自己并没有逃开。

她一点都不快乐，每天都抑郁得要死。今天在这里又见到雅文的那一刻，她就知道自己不论做什么都失败了，她根本不能失去他。

"你瘦了好多。"她内心矛盾，只能吐出这句词不达意的话。

傅雅文移开了视线："练舞的缘故。"

他们之间又没有话说了，尴尬地沉默着，那气氛绝不是舒适的，而是让彼此都不舒服的静默。

"我想睡了，谭亮会在这里，你走吧。"

这淡然的一句话，却让蒙雨乔失落到极点。

他闭上眼睛，翻过身去，咫尺的距离，她却像被他推拒在心房之外。

"雅文，我回来了，你绝对想不到我刚才看见了谁！"谭亮响亮的声音从门外传来，门推开，他人也跟着到了。

在看到蒙雨乔后，他明显怔了一下。

蒙雨乔只觉尴尬，匆匆说："我走了，你好好休息。"

出门之后，她才意识到自己有多狼狈地逃出来。

谭亮看着合上的门，张大嘴看着傅雅文："那个女人，还来干什么？慕云涛不是在手术吗？"

言下之意是她不去守着情人，跑到雅文这里来做什么？

傅雅文没有睁眼："我睡一会儿，待会儿叫醒我回去。"

"嗯，我买了吃的，你要不要？这医院的伙食真的不错！"

傅雅文摇了摇头，似乎睡了过去。

"雅文，我刚才看到了颜茵。"

谭亮慎重的话，让傅雅文睁开了眼睛。

"她穿着病服，我看她走进病房，便么打听了一下。"谭亮一下俯身到傅雅文耳边，把他打听来的消息告诉傅雅文。

第十八章
他的过去，与那个女人的谈话

慕云涛的手术很顺利，他脱离了危险，被转到加护病房观察。

慕清远松了口气，终于能放下心。想到傅雅文，他又急匆匆地走去护士站，询问傅雅文在哪里。

"傅先生已经回去了。"护士小姐正在整理被褥。

慕清远看着已经空无一人的房间，神色失落地坐下来。

"他……有没有留下什么话？"

护士小姐有些惊讶地看了慕清远一眼："没有。"

慕清远呆呆地坐在空荡的病房里。雅文，只怕永远都不会再想见他，雅文甚至没有问他关于自己的身世，自己的母亲又为什么会和他分开，原来，雅文什么都不想知道了吗？

蒙雨乔很早就来到医院，给慕云涛带了何姨煮的营养粥。

他已经醒过来。慕清远在医院陪了一晚上，通知了仍在国外的妻子放心，儿子已经醒过来。

这次的意外是谁也没有料到的。慕云涛这样不顾安危地救自己，让蒙雨乔觉得没有什么可以回报给他，慕云涛想要的，她给不了。

人心就是这难以捉摸的一样事物，情感在不知不觉中变化，等它真的消失的时候，就算有心也留不住，变掉的东西也不可能再回到从前。

虽然连蒙雨乔自己都说不清，傅雅文是怎么住进她心房的，但他已经在那里，像长在心尖的一根刺，时不时戳刺心脏引发细密的疼，却是她永远都不想拔出的刺。

过去的点滴不知不觉涌满了她的回忆，傅雅文于她就像扑朔迷离的迷雾，她从未真切地看清过。

慕云涛知道傅雅文给自己输血这件事，也震惊于自己和傅雅文是双胞胎的事实。

慕清远回到病房的时候，云涛靠坐在床上，蒙雨乔正打开何姨的粥喂给他。

慕清远既欣慰于看到这一幕，想到另一个儿子，又感到心痛。

"爸。"云涛唤他。

慕清远微微回神，看向儿子。

"傅雅文，他……"云涛心里有百般的疑问，他必须弄清楚。

蒙雨乔的视线也落到慕清远的身上，她和云涛一样，十分想知道到底是怎么回事。

云涛竟有一个遗失多年的双胞胎弟弟。

"云涛，你刚醒过来，身体还很虚弱，确定要谈这件事吗？因为，会有很多让你无法接受的情况……"慕清远担忧地看着儿子。

"爸，不要再瞒着我，我想要知道全部。"

慕清远叹口气："这件事全是我的错。云涛，你现在的母亲，她……并不是你的亲生母亲。"

"爸……"慕云涛呼吸一窒，面色苍白地看着他。

慕清远点点头，脸上却写满了愧疚：

"我和曼仪并不是因为相爱而结婚，而是父辈给我们安排的婚姻。和她结婚后，也没能生出那样的感情，她无法生育，我们之间一直相敬如宾，缺少很多东西。

"那一年，我认识了一个温婉的女人，她是我的秘书，有一个很好听的名字，叫傅慧平。"

蒙雨乔心头一震：傅慧平，那女子姓傅，那么就是……

慕清远道：

"她就是你和雅文的生母，我无法控制地爱上她，那时尽想着离婚和她在一起，很快就让她怀了我的孩子。

"但是我把一切都想得太简单了，我以为我能顺利和曼仪离婚，但事实却不是这样。在慧平怀有身孕的时候，曼仪去找慧平摊牌，告诉慧平，她不会和我离婚。我们慕家的事业那时候陷入危机，全仰仗曼仪的父亲才能生存下去。

"我的离婚既得不到自己父亲的支持，也无法想象离婚后，被曼仪父亲封杀的窘境。那时的我和现在的我，同样软弱到无法担负起一个男人的责任，我不敢承担离婚后的艰难生活。

"因此，我选择和慧平分手。"

慕清远痛苦地诉说着往事，也不管房内的两个年轻人听了会不会鄙视他。

这些话他已经深埋在心中太久太久，如若再不说出来，带入坟墓的那天他也不能安息吧，因为他亏欠那母子俩的实在太多。

"慧平生下一对双胞胎，就是你和雅文。本来按照约定，我会把孩子带回去，而给慧平一笔钱，让她离开。

"但是她哭着求我，留给她一个孩子，不要把孩子全带走。那时并没有人知道她生了两个孩子，曼仪和她的家人，都以为只有一个孩子。

"我禁不住慧平的哀求，便把晚几分钟出生的雅文留给了她。

"慧平为了我，已经和家里断绝关系，我把所能给她的钱，全都给了她，希望够她和孩子生活。

"后来我带着你还有曼仪就移民了，再没同她见过面，割断了所有联系。

"我一直懦弱地期盼着她和孩子可以生活得很好，再碰到一个好男人，照顾好她和孩子。可惜，这些都是我可笑卑劣的自我安慰。直到几个月前，你腿好的那段时间，还记不记得？

"那时我们都怕你回去找雨乔，所以我先联系了广生，询问了雨乔现在的状况。在网上浏览雨乔新闻的时候，我无意中看到了雅文！

"看到那孩子的瞬间，你们无法想象我心里的震惊和痛苦！我知道，那是我的孩子！因为他和你，是这么像，而他，居然还是雨乔的丈夫！

"那天晚上我失眠了，瞒着你和曼仪，偷偷查阅了所有关于雅文的资料，第二天我就订了飞机回国。我对你们说是要来会面几个老朋友，其实，我是迫不及待想见一见雅文！

"靠着朋友的关系，我在艺术学院找到那孩子。真是个好孩子啊，帮我买了饮料，又给我签名，虽然奇怪我这么大年纪还会问他要签名，但也体贴地没有多问。"

慕清远讲得老泪纵横，想到雅文，他心酸得厉害。

"在蒙家吃饭的时候，我能和他谈一些话了，我才知道原来他母亲在他五岁时就已经过世。虽然他没有多说，但我能听得出他们生活得很不好。在他母亲死后，他被送入福利院，我都不敢想象那孩子是怎么长大的，又经历了些什么。

"网上所有可以查到的关于他的讯息，无非是舞蹈，和雨乔结婚，还有一些不太好的传闻。那些，都让我心痛，我没有办法在他面前抬起头来，我也不敢对他讲我是他的父亲，因为我根本没有资格，从来没有尽到一分父亲的责任，甚至没照顾过他一天。"

"过去二十几年里，你都没想过要找他们母子吗？"蒙雨乔颤声问，眸中泛着水光。

"我有找过他们，背着曼仪偷偷寻找他们，想知道他们过得好不好，但是一直没有得到任何消息。

"所有可以提供的线索，都无法找到他们，他们就像从人海消失那样……我只知道慧平没有回家，和她的父母断绝了关系，他们都不认她，不准她回家，她走投无路之下带着雅文离开了她从小生长的城市……"

"你真是个差劲到极点的父亲！"蒙雨乔望着他，无法想象雅文母子怎样过活，在慕清远的描述里，一切都糟糕到极点。

她也为自己羞愧，和傅雅文结婚的这些日子，从没问过他小时候的事，只知道他是孤儿，父母双亡，却从来没有认真问过他是怎么长大的。

"够了！"云涛喝止的声音，令慕清远和蒙雨乔都震了一下。

云涛看着慕清远，神情里尽是痛色："你怎么可以这样？就这样抛下他们母子？即使知道了傅雅文是你的儿子，你还是这么自私地不告诉他真相？你昨天是求他救我吗？你又有什么面目求他做这样的事？！"

"云涛……"慕清远被儿子指责得羞愧难当，颤抖着声音说不出话来。

"不，我现在什么都不想听，你让我一个人静一静，一个人！"慕云涛激烈的情绪令他苍白的脸上生出不正常的红霞。

"云涛，你镇定一点，小心伤口裂开。"蒙雨乔急忙说。

"你们……都出去……"慕云涛不再看他们任何一个人,无力地躺了下去。

蒙雨乔和慕清远对看一眼,只能走出病房。

蒙雨乔去护士站请护士小姐进去看看云涛时,在转弯处看到了熟悉的身影。

雅文,她吃惊地看着他的背影。

看他抱着一束花,穿过走廊就不见了。

蒙雨乔急急地想追过去,但是并没有再看到那个身影。

她匆匆回到护士站问护士:"小姐,请问你一下刚才那位傅雅文先生,是要去哪间病房?"

她想雅文是不是要来看云涛,但是又为何过门不入,还有,他为什么捧着一束花?

蒙雨乔徘徊在十二楼的走廊上,却迟疑着自己要不要去敲那间病房的门。

傅雅文并不是来看云涛,而是来看另外一个人的。

颜茵,当蒙雨乔确定这个名字时,心口一揪,深深地吸了口气。

为什么,这两个人为什么还有牵扯呢?

这是令她心生厌恶的名字,她无法忘记他们之间为这个女人争吵,也无法忘记她因此失去了什么。

如果他们的宝宝还在的话,她和雅文,还会走到这一步吗?

蒙雨乔不知道,她轻轻捂住心口,只觉得里面很痛很痛。

她是不是做错了很多事,才会导致今天这样的结局?当她有这种想法的时候,心里那些不甘的刺,全都齐齐发作起来,就好像在嘲弄着她的愚昧。

蒙雨乔，你真是把自己的婚姻经营得糟透了，不是吗？

她盯着那间病房许久，藏身在暗处，看着傅雅文探完病离开。

蒙雨乔还是停在颜茵的病房外，想要去见她，又不确定要不要见这个女人。

当身边经过的护士再度以怪异的眼光看她时，蒙雨乔终于鼓足勇气，敲了门。

傅雅文已经离开很久，她确定他离开，才有勇气站在这里，和颜茵面对面。

里面传来一道女声："进来。"

蒙雨乔深吸一口气，走了进去。

这是第一次和颜茵面对面，门口和床的距离不是很远，但蒙雨乔的视线却不能把颜茵看得很清楚。

她发觉自己抬头的瞬间还是有些紧张和仓皇，就像一个不小心窃入别人密室的小孩。

床上的女人神情苍白，穿着一袭白色的长裙，并不是医院的病服，而是很舒适的棉布睡裙，就像在家里一样闲适自在。

她的长发微卷，披散下来，即使是病人，脸上也化着淡妆，十分考究又精致。

妆容无法遮去她脸上的皱纹与风霜，她看上去有些年纪了，让蒙雨乔想到自己的母亲，但是她又没有芸彬那样的犀利跟傲气，反而露着一种成熟优雅的韵味。

蒙雨乔看到插在旁边的花瓶，那里面的鲜花，是雅文送的吗？

那些清雅的白玫瑰，正散发着芬芳。

他送花给她？他还惦记着她？

这想法让雨乔心上生出一阵细细密密的疼。

颜茵坐起身，似乎认出了她，有些意外："你是……蒙小姐？"

蒙雨乔觉得自己不该像个不争气的逃兵，既然来了，就要站在她面前。而且，想起曾经那些令她崩溃的照片，她对颜茵又充满怒火。

破坏别人婚姻的女人！

她走了过去，神色里露出自我防卫的傲慢，用冷淡来掩饰自己的不安。

"是我，我是蒙雨乔。"她淡淡地开口。

她拉过一把椅子，坐到病床边，轻拢自己的披肩，让自己显得更优雅些。难道雅文喜欢的是这一款，成熟优雅？

她自己都没意识到与颜茵的较劲，她只想着，她比她年轻许多，比她漂亮许多，没理由会在气势上败给她。

"你是为了雅文来找我？"颜茵望着她，脸上带上一抹沉静的微笑。

蒙雨乔呼吸一窒，视线迎着她，坦白承认："是，他刚刚来探望你。"

她有点气恼自己怎么动气了，口气就像个逮着丈夫外遇的妒妇那样，一点都不优雅。

反而颜茵比她从容淡定太多，就像能知悉她此刻内心所有的想法那样望着她笑。

蒙雨乔有些厌恶她脸上的笑容，那是经历过波折沉淀的成熟女人的微笑，包含着了解世事的从容。

"你们不是离婚了吗？蒙小姐还这么在意雅文？"颜茵看着她说。

蒙雨乔气恼这个女人在自己面前更高一筹的姿态，她冷声说："我只是好奇，那个曾经包养过他的女人，到底是什么模样。"

在蒙雨乔被刺到的时候，她就会像只刺猬那样把刺都竖起来，尖锐刻薄，伤人伤己。

虽然很多时候她自己都没有意识到。她的话让颜茵微微皱了眉。

"你平常都这样说雅文吗？"

蒙雨乔一怔。

"用这样难堪的言辞与他讲话，说他被我包养？"

蒙雨乔呼吸一窒，无法答上来。

"你一点都不尊重你的丈夫。"颜茵直指她心有愧疚的地方。

"这是事实不是吗？"她咬着嘴唇，像是斗败的孩子那样不甘，又有些委屈。

颜茵摇摇头："真是千金小姐的性子。我的年纪，都可以做你母亲了吧，你愿不愿意，听我说些话呢？"

蒙雨乔怔怔地看她。

"看在我这个垂死的病人分儿上，听我说一说吧。"颜茵淡淡一笑。

蒙雨乔震然："你……"

"我活不了多久了。"颜茵轻轻一叹，面上却没什么悲伤的神色，仿佛在说着别人的事情。

"在我死前，雅文还能来探望我，真的让我很高兴。我要说的话也许你无法接受，不过，我，真的爱他。"颜茵望着雨乔，静静地说。

也不等蒙雨乔有什么回应，她像是说着自己心事那样继续说下去："女人心目中总有理想的男子，但是在你年轻的时候，不一定能邂逅你心中所想。有的人也许终其一生，都无法遇上自己心仪的男子。我遇到了雅文，很幸运，但不幸的是，在遇到他的时候，我已经四十多岁了，失去了追求他的权利。"

"我只能通过不怎么正当的方式得到他。"颜茵顿了下，淡淡一笑，坦白地望着雨乔，似乎没有一点为自己的言行而羞愧。

"你……"蒙雨乔的声音有些颤抖，她无法接受颜茵这样的感情，在她看来是畸形的，她也不能理解。

"没多少人能接受我的想法，我想连雅文也不能。"颜茵似乎了解地微微一笑，叹息说，"所以我一直想，他是有点恨我的，因为我利用了他，在他最脆弱无助的时候。"

"那时候他刚进入舞团，没有人脉，没有关系，个性也不是圆滑讨巧的那种。他身边唯一的亲人徐俊遥，那时候他一直叫他徐哥，把他当作自己的恩人，很依赖他。

"那一年徐俊遥得了绝症，病得很厉害，但是连医药费都付不出，只能奄奄一息地躺在家里等死，还要忍受病痛的折磨。"

"雅文到处凑钱借钱，打好几份工，想要让他住院。不过你也猜得到，他哪里去弄到那些钱，既没有担保人，亦没有可以归还的能力。"颜茵似乎想起了雅文那时的可怜，轻轻地叹。

蒙雨乔掐着自己的手心，什么都说不出，只能听她静静讲下去。

"我知道利用这种状况很卑鄙，但是我也明白，若不这么做，那么我永远也无法拥有他。"

蒙雨乔心口一窒，那种难受的感觉几乎将她湮灭。

"我告诉他我可以给他需要的钱，也可以给他提供机会，让他在江城生存下去，并且能在舞蹈上有所建树。只要他心甘情愿在我身边……"颜茵淡淡诉说着。

蒙雨乔却几乎想要上去甩她一巴掌，骂她卑鄙透顶。

颜茵仿佛知悉她的想法，迎着她的目光，微微一笑："我想他那时和你一样气愤，当即就甩门而去，不过一个星期后，他又来了。当他出现在我面前的时候，我知道，我终究能得到他了。"

"你没有得到他，你只是卑鄙地威胁他，那样算什么得到？"蒙雨乔口气激烈地反驳，恼怒地瞪着颜茵。

"随你怎么理解。"颜茵微微一笑，不与蒙雨乔争辩，她的声音朦胧又带点怀念，"你没有看到他那时的眼神，我……永远也忘不了……我想他挣扎了很久，最终还是不得不妥协。傅雅文，的确是重情义的人。徐俊遥被送进了医院，虽然最后还是没有治好，但死的时候并没有什么痛苦。"

"那以后，他的确信守承诺和我在一起，那段日子，是我这一生中最美好的时光。"颜茵苍白的神色里挂着淡淡的笑容，似在追忆。

"我带他去见古典舞界的名家大拿，认识这个圈子里的各类名人，他觉得是我给的机会。其实他太傻了，是他本身那么才华横溢，舞蹈上的天分惊人，才能让那些老师看上他。"

"很快他就得到领舞的位置。在这方面，他不仅有天分还那么刻苦，你见过他练舞的样子没？见过他那双满是伤痕的脚吗？我从未见过一个在他这个年龄那么能吃苦的年轻人。"颜茵的语气里带着赞赏，目光里也流露出爱慕。

蒙雨乔真的很想站起身离开，她无法忍受另一个女人，用这种语调来谈论雅文。而且她所描述的样子，她都没见过。只有她提到的那双脚，她印象深刻，想到是怎么来的，她心口重重一揪。

蒙雨乔忽然痛恨自己，她是多么傻多么愚蠢，才会从来没好好欣赏过雅文跳舞的样子。更没在他练舞的时候进过他的练功房，她唯一一次进他舞房，还是那样大闹一场。砸烂了油画，像个疯子那样伤害他。她倏然想到那时他握住尖利碎片的样子，她只感觉自己心脏抽搐，然后是无法抑制的酸涩与懊悔。

"我们在一起的两年后，某个晚上，他把一张支票放在我面前，那是他还给我的徐俊遥的医药费和这两年来我对他的关照。他说他不欠我了，要结束这种关系。"颜茵的语气里透着苦涩。

她苦笑着："我知道这一天总会到来，只是没想到他这么快就有能力归还我为他付出的那些。我知道自己留不住他，他和我在一起，从没有开心过。他晚上经常失眠，需要服药才能入眠……"

蒙雨乔无法忍受，她感受到自己的心痛，那疼痛令她鼻间发酸，她深深地吸气，想要忍住眼泪。

颜茵看了她一眼，淡淡一笑：

"这样你这位大小姐就受不了？像你这样的千金小姐，是无法和他安然生活的。你骄纵任性，又需要被人呵护，受不得一点委屈，你这样的女人，别提照顾他了，反而是要他时时来照管你。

"我也不明白，他喜欢上你哪点？像他这样渴望家庭温暖的男人，又怎么会娶你这样的女人做妻子？他该找个温柔和善的女人，可以包容他的过去，才会幸福。现在看来，果然没错啊……"

她语气虽平静，说出的话却句句犀利，蒙雨乔竟一句也不能反驳，只觉她的每句话，都戳刺在自己心上。

想到和雅文争吵时那些让人心碎的画面，她的眼眶滚烫，下意识背过脸，不想让颜茵看到自己的眼泪。

"他不仅结错了婚，还找了个最糟糕的女人做妻子。前不久轰动的新闻我都看了，还有这么精彩的故事？又是替身，又是怀念死去的未婚夫，蒙雨乔，你说他是有多爱你啊。"颜茵的语气忽然变得有些尖锐，目不转睛地盯着蒙雨乔。

她的这句话，让蒙雨乔整个人猛然一震。

雅文……爱她？

看到她眼中的犹豫与疑惑，颜茵更为傅雅文不值。

"你不会连傅雅文爱你这件事都不知道吧？如果他不爱你，他又怎会忍受成为别人的替身，跟你结婚？你实在太不了解他了。他可以毫不留恋地断绝和我的一切关系，甚至在我开口要在业界令他难堪、不好过的时候，他都没有退缩过。如果他不是爱你，他为什么要接受这份屈辱的婚姻？他尽可离你远远的！"

"雅文……"蒙雨乔茫然失声的仓皇里，只剩下浓浓的痛楚。

颜茵叹口气，看着在那边默然流泪的女人，低声道："你是爱他的，对不对？"

"我……"蒙雨乔无法说出。

"你不会真以为那个女舞蹈家怀孕的事情是他做的吧？"

"我……"

"你根本不了解他，也不信任他。"颜茵一针见血地说。

她定定地看着蒙雨乔，说：

"如果你还弄不明白自己的心，你就会失去他，你不可能永远都有机会去挽回自己的错误。"

蒙雨乔离开颜茵的病房很久了，将车停在路边。

夜幕已降临，她却不晓得自己要开到哪里。

从医院离开后，她就像幽魂一样飘荡了一整天。她脑海里充斥了太多东西，那些让她猝不及防的往事都像电影一样不断回放。

她想起自己结婚后，就从没有在意过雅文的事情，她只在意着自己的时尚杂志、自己那堆服装，忙着飞去这里飞去那里，各种秀场、时尚活动，每天都过得风风火火。

婚后第一年，雅文几乎推掉了所有工作待在家里。那时他对外宣传需要休整一下状态，休了长假。

明明前一年他才刚刚拿到银河舞蹈大赏的独舞金奖，那样炙手可热的时候，他却推开了一切工作，是想要好好经营他们的婚姻吗？

他们相处的时间却少之又少，因为她几乎有半年时间都待在了米兰，又一次次不打招呼地飞来飞去。

她从来没好好去了解过雅文这个人，他的过去、他的成长、他小时候的回忆，她什么都不知道。

她只把他当成一个可以让她怀念恋人的替代品。

蒙雨乔心上狠狠一抽，眼里蓄满了泪水。

雅文是那样一个安静的存在，只在她需要的时候，出现在她身边，让她拥抱，让她解闷。她还整天傻气地念叨着慕云涛，用慕云涛来刺激他、伤害他。

她气他在婚前对她隐瞒，气他和颜茵的事被媒体曝出来，令她颜面全失。她觉得自己受到了很大的侮辱和伤害，就选择狠狠地报复回去。

蒙雨乔想到自己的恶劣，捂着额头，几乎撞到车窗上。她忽然想起，在他们交往的最初，也曾有过许多甜蜜。那时她很快乐，也很少想到云涛，那么，她从那时候就没把他当作云涛吗？

蒙雨乔仿佛霍然开窍，又像被重重敲击，有什么在她脑海里倏然清明。

是啊，她是喜欢雅文的，和他交往的那些时光轻松而甜蜜，那时她的心可以呼吸，并没有因为过去伤痛，因为雅文让她忘却了那些伤痛。

为什么婚后全都变了样呢？

她无时无刻不说着刺人的话语，故意提起慕云涛的点点滴滴，想要气雅文，想要报复他那些令自己无法接受的过去。她快气疯，是的，她只是无法接受雅文和另一个女人有着那些过去。

"雨乔，要是早点认识你就好了。"茫然间，她好像听到雅文幽邃的声音在她耳边低诉。

蒙雨乔心脏一抽，蓦然想起方才在颜茵病房里，颜茵指着挂在墙上的一幅向日葵油画："你瞧，他喜欢陈嘉芬的作品，我买了这幅画，想要送给他，他都没有收。他为了你，连一丝一毫的关系都不想和我再有。"

蒙雨乔神色惨白，握紧方向盘倏然发动车子，快速地往慕乔山庄驶去。

如今的慕乔山庄静得像一座废弃的庄园。在和雅文离婚后，她也搬离了这里。现下月影照着那条漫长的车道，她驾车驶过层层叠叠的树隙倒影。

她打开门，跑上二楼匆匆去往雅文的舞房。

舞房的落地窗都紧紧关闭着，没有一丝微风透进来。

蒙雨乔急急打开灯，那面被她砸碎了一半的玻璃墙仍旧坏着，没有被修复的痕迹。

她心口痉挛了一下，观察四周，忽然发现堆放在角落里的几块木板。

蒙雨乔急急过去翻找，终于在最里面找到了那幅被她砸烂的油画。

画面上只剩下一小块完整的地方，她仔细辨认发觉那似乎是三个人影。

可能是一家三口？

蒙雨乔下意识地翻过画板，在草坪的地方发现了作家留下的标志：

《家》 陈嘉芬

雨乔心脏狠狠一扯，失力地跌坐下来，死死盯着那个"家"字，大颗大颗的泪珠滚落下来。

蒙雨乔，你犯了多可怕的错……你到底都做了些什么？

她捂住自己的面颊，任滚烫的泪水落下，抽动着双肩，伤心欲绝地哭泣起来。

第十九章
为他设计的舞衣

新春文艺联欢,江城歌舞团和霓裳舞团准备联手推出大型舞剧《朝辉》。

《朝辉》不仅集合了夏吟风和傅雅文这两位莲花赏大奖的获奖人,而且将被作为艺术节的开幕作品。

当然这其中也伴随了诸多抨击,有人认为傅雅文没有资格参与,但傅雅文方已否认丑闻,并表明了要追究继续造谣者的责任。因此抨击的声音也并没有站住脚。况且主舞是夏吟风,那些攻击傅雅文的声音便微弱下来。

两家舞团决定合作后,《朝辉》便成为开年最重要的项目。

造势的记者会,所有主创都会出席,傅雅文也很早就和谭亮来到后台做准备。

但他还未知晓的是,《朝辉》合作了知名服装品牌,将由他们来赞助设计所有的演出服,而这家公司,正是蒙雨乔的梦风品牌。

精致的舞衣被推进来时,大家都看花了眼。

工作人员分配着属于各位舞蹈家的舞衣,等下众人都要穿着舞衣上台。

夏吟风的助理拿来他的主舞服装。之前夏吟风已经看过设计图,知道大概的样式。

他的舞衣主打白色,熨烫着精致的绣边,下摆处的设计还有垂坠的流苏，会因他舞蹈的动作而呈现惊艳的效果。

但他在瞥见傅雅文的舞衣后，不由得怔了一下。那件衣服的剪裁十分别致，丝质垂坠，而胸口处独特的花纹十分古典，好像某种古老的纹样，但连在一起竟似一朵绽放的白玫瑰，淡雅飘逸的姿态，让人叫绝。

夏吟风心底立刻不满，直觉傅雅文的那件衣服会比他更出风头。

他对自己的助理小声耳语了几句。

夏吟风的助理就走过去，从工作人员手上取过舞衣，给夏吟风送过去。

"夏老师。"工作人员惴惴不安，舞衣都是按照尺寸量身定做的，夏吟风比雅文矮些，怎么忽然要拿走傅老师的舞衣呢？

"他这件比我的好看。你们工作失误吧，居然让伴舞的衣服比主舞的更抢眼？"夏吟风语气不善。

"傅老师。"工作人员看见走过来的傅雅文，一时间也不晓得该怎么办，回头慌张地看着他。夏老师一贯咄咄逼人强势的模样，他真的很为难，他只是个小小的后勤人员啊。

傅雅文很快明白是怎么回事，并没有生气："那就给夏老师，我穿别的就好。"

"是，谢谢你，傅老师。"工作人员赶忙递过被夏吟风抛弃的舞衣，有些感激地低声谢雅文。

但显然夏吟风还觉得不满意："你怎么把我的舞衣给他？先放在这里，我也要试一下，看到底哪件好看。"

工作人员面面相觑，那傅老师不是没有舞衣了吗？等下怎么登台？

傅雅文微微蹙眉，刚想要解围时，一道清丽的女声响起："那件舞衣不是你的！"

清清冷冷的声音，矛头直指夏吟风。

夏吟风怔了一下，回头对上一张美艳的脸孔，而他手上那件从傅雅文那里抢来的舞衣，已然被突然出现的女人夺了过去。

"你……"夏吟风觉得眼前的气质美女似曾相识，但一下又想不起来。

冷艳美女不屑的目光看着他，勾唇一笑："这件舞衣是我专门为傅老师设计的，除了他，没有人可以穿。"

她拿着舞衣转身向傅雅文走过去。

忽来的戏剧变故让后台的大家都有些傻眼，也有人看着夏吟风脸色青白的样子而暗自好笑。

老实说，夏吟风虽然风头正旺，但他傲慢自大的态度，待人处事都十分苛刻，这边的幕后人员没几个对他有好感。现在看他出丑，都暗自高兴。

"站住！我说是我的就是我的。你算什么，居然从我这里抢衣服，知不知道我是谁？"夏吟风面子挂不住了，冷着脸大喝。

美艳的女人闻言回头，满脸轻蔑："我是舞衣的设计师，梦风品牌的首席设计师蒙雨乔，我的衣服给谁穿，由我说了算。"

她虽笑着，神色却是清冷傲慢，那双讥讽的眼睛就那样盯着夏吟风。

夏吟风心中大震，这女人居然是蒙雨乔，蒙氏珠宝的千金，也是傅雅文的前妻？

他看看蒙雨乔又看看傅雅文，最后不发一言怒气冲冲地离开。

蒙雨乔走近傅雅文，双眸闪动，一言不发，将舞衣送到他面前。

"你又要做什么？"谭亮忍不住上前一步，口气不善。他看着蒙雨乔，搞不懂这个女人又要唱哪出戏。

这女人变脸的速度飞快，一会儿这样一会儿那样，谭亮都觉得自己跟不上。

蒙雨乔只看着傅雅文,红唇轻启:"梦风赞助了《朝辉》所有的演出服,这件是专门为你而做的。"

傅雅文不习惯她此刻温顺伏低的样子,这样的蒙雨乔他从未见过。但他没说什么,只是默默地接过舞衣。

蒙雨乔见他接过舞衣,显得很高兴,她美艳的脸庞勾出一抹明媚的笑:"那么,待会儿发布会见。"

说罢,她踩着高跟鞋,娉婷地离开。

"这女人……"谭亮心里嘀咕,不知道为什么,蒙雨乔这个样子让他心里犯怵。

《朝辉》的发布会进行得很顺利,舞蹈家们都穿着舞衣登场,显然是大大的吸睛之笔。

几乎有一半的问题落到舞衣的承制上,当得知是著名的梦风品牌独家免费赞助的,记者们又嗅到了八卦的味道。

然而主持人老到的引领,使得话题始终落在舞剧相关上。

这些独特的国风舞衣,实在让记者们大饱眼福,拍了许多照片。

发布会之后安排了不对外开放的酒会,酒会是舞剧的主要资方斐益集团承办,出席的都是江城文艺界的名流。

傅雅文找到清静的角落,想待一会儿蒙混过关,等到时间就可以回家。无奈谭亮招呼他过去,让他见一见几个老师。

被介绍认识的几个陌生人,除却几位剧场文化馆的总监,还有一位装扮精致的中年女子,据说正是斐益集团的主事人方女士。

谈些无关紧要的话题,渐渐地变成傅雅文和那位方女士单独在一起的场面。

傅雅文有些讶然地看着被徐总监拉走的谭亮，心里隐隐升起不怎么妥当的感觉。

方女士静静地打量傅雅文，那目光让傅雅文不舒服，他正想找个借口离开，就听那中年贵妇说："雅文，江城西郊的艺术中心明年就竣工了，你想在那里表演吗？我可以给你开幕舞剧首席的位置。"

这言语是有些唐突的，傅雅文看着她，在想着离开的说辞。

他的沉默在方女士眼里似乎成了默允，她笑了笑，又贴近几步，伸手竟在他胸膛上摸了一下。

"我听过你跟颜茵的事，她也算是我的老朋友，既然大家都相识，我是什么意思，你不会不明白吧？"

这绝对不是什么愉快的话题。

"方老师，我想你误会了。"傅雅文制止她，退后一步，看着眼前因为年纪已有些发福，却要把自己籍在纤瘦礼服里的中年妇人，眼神变冷。

"要这样欲擒故纵一下抬高身价吗？也好，我是直接的人，你说吧，什么条件？一个首席的位置还不够？你考虑一下自己现在的名声。"她轻蔑的神色里有些讥讽。

傅雅文抑制着自己的怒气，冷声说："我没有兴趣。"

他不准备再跟这女人废话，也觉得自己留在这个酒会糟透了，转身便走。

"傅雅文，别装了，也不看看你现在什么境况？拿过几个奖又怎么样，也不年轻了，再过几年，谁还会看你？"身后，方女士讥嗦道。

傅雅文面色苍白，还未回头反击，就听到身后一声惊呼，回头竟看到那方女士被不知道什么时候走过来的蒙雨乔招呼了一巴掌。

"你，你竟敢打我？"方女士像是遭受霹雳地瞪着蒙雨乔。

"我看你年纪也不小了，还这么不要脸，所以来教训你一下。侮辱别人的时候最好看看你自己有多丑陋。斐益集团有什么了不起，蒙氏珠宝买下你们这个房地产起家的奸商还是绰绰有余的。"蒙雨乔带着她大小姐的气势，那样高冷嫌恶地看着她，继而走到雅文身边挽起他的臂膀，也不管周围一众人对他们的注视，踩着高跟鞋，优雅地挽着雅文离开。

"谢谢你替我解围。"走到地下停车场，傅雅文抽回了让蒙雨乔挽着的胳膊。

蒙雨乔轻咬嘴唇，却不说话。

傅雅文猜不明她的心思，想她是厌恶这种事，毕竟又让她看到那些她觉得恶心的事，大概对他的嫌恶又深了几分。

手臂却被一股力道抓住，他疑惑地低头，发觉蒙雨乔紧紧拽着他的胳膊。

"你要去哪里？"她幽黑的眼眸紧紧盯着他。

傅雅文一怔："我要回家了。"

"我……有话要对你说。"蒙雨乔忽然之间嗫嚅起来，再无一点她往日的气势。

"如果你想骂我的话，我知道了。你要表示厌恶，我也明白，你无须多说了，这些话已经说过很多遍。"傅雅文怕她再说出什么让他伤心的话来，清冷的声音有几分压抑。

他不想再听到那些让人伤心的言语了，特别是在这样一个被人侮辱的晚上。

"雅文，不是这个！"蒙雨乔急匆匆地说，想他误解得多厉害，自己绝不是要责骂他。

为什么，他的脸上他的眼里都写着隐隐的痛苦和不安呢？他是怕自己说出残酷的话吗？蒙雨乔想起以往那些几乎条件反射的伤害言语，心头不禁苦涩难当。

"雅文，我要说的是……"蒙雨乔决定抛弃自己那点微不足道的自尊，把最真实的心意告诉雅文。

"雅文！"忽然出现的谭亮绝对是个不速之客，不仅打断了蒙雨乔的话，还一把将傅雅文拉了过去。

"对不起，对不起，我不知道那个徐总监居然做这种事。"谭亮满脸羞愧，是他拉着傅雅文到这个所谓的酒会上的。因为徐总监联系过他，要谈西郊艺术中心开幕表演的事，顺便让投资人见见傅雅文，却不料是这样龌龊的勾当。

"蒙小姐，你和雅文已经离婚了，没事的话不要再出现在他面前。你这样又会被记者写东写西，不是只有你在意面子，我们也会很麻烦……"谭亮看见蒙雨乔这个女人，心里就不爽。

"你……"谭亮的话让蒙雨乔为之一气。

"那么，再见了。"傅雅文看着雨乔，低沉地与她告别。

蒙雨乔想说的话一句都没有说出来，只能呆呆地看着他离开。

她脑海里忽然想起方才发布会上他穿着那件舞衣的样子。

那是她想着他制作出来的舞衣，她以前从未设计过这样的衣服，她也根本不缺宣传服装的机会，全是为了雅文，才提供免费的合作，只想要离他更近一点。

舞衣穿在他身上，比她能想象到的更耀眼。他如玉山巍峨，清冷的气质与那古典纹样的玫瑰如此相配，衬托出他独一无二的气质。在他身上，她终于体会到何谓梦中之人。

　　"蒙雨乔，她又来做什么？"谭亮开着车，想到蒙雨乔，心里还是有些疑惑，"难道是要你去看看慕云涛，那对父子托她传话？"

　　他实在受够了这些有钱人，就那么随心所欲地伤害别人的感情吗？

　　傅雅文静静的，没有回答，也不知在想什么。

　　谭亮在后视镜里看看雅文："雅文，你别做傻事，那对父子再对你有什么要求，你都别答应。"他出声提醒，怕雅文又心软做什么傻事。

　　"没有，她没有说他们的事。"傅雅文打开车窗，任夜风吹进来，心里被蒙雨乔搅乱的心绪，有些难以平复。

　　她方才，是要对他说什么呢？

　　车子停在傅雅文的公寓下面，傅雅文告别了谭亮，觉得疲惫，便想快点去睡一觉，什么都不用想。

　　他刚刚关了门脱去外套，便传来门铃的声音。

　　他很惊讶，因为知道他住在这里的人，寥寥无几。

　　然而，门外站着的是蒙雨乔。

　　傅雅文震了一下，握在门把上的手有片刻的迟疑，终于还是旋了下去，开了门面对蒙雨乔。

　　"你究竟想说什么？"他没有让蒙雨乔进来，而是站在门边，露着疲惫的神情，只希望弄清楚她想干什么。

　　他无法忍受这样时时见到她，那会让他好不容易抚平的心绪再度被扰乱。

　　"雅文。"蒙雨乔雾蒙蒙的眼，就那样望着他，眸里似有泪光闪动，那让雅文觉得窒息。

　　突然，蒙雨乔的双臂揽住他，娇软的身躯也紧紧地贴向他，呼吸间都能闻到她身上熟悉的香气。

傅雅文本能地想将她拉开,他身上全体大作的警铃都在告诉他要远离她,远离蒙雨乔。

"我爱你!"

在静默的空气里倏然响起的这句话,让两个人都震动了,深幽的眼眸彼此相对,雅文的眼神里是震惊,而雨乔的眼中已是泪光涟涟。

急促的呼吸像在消化这句太过惊人的话语。他觉得眩晕,是自我保护的防备机制发挥了作用。她的话并不让他感到开心,他的神情苍白,只是怔然盯着她。

"别拿我开玩笑,蒙雨乔,我玩不起,我们已经结束了。"

他的话让蒙雨乔心痛,就像一根尖细的针直刺心脏最深处,把她弄疼了。但她又无法责怪他分毫,说出这样的话,连她自己都觉得毫无信服力,别说是他,他为什么要相信这些话呢,在经历了那么多伤害之后。

"雅文,你听我说……"蒙雨乔急切地想要表达自己的真心,想要拥抱雅文,渴望用自己的行动去化解他的内心。

回应她的,只是他匆匆关上的大门声。"砰"的一声,就像合上彼此的心门,在她与他之间,筑起一道墙。

蒙雨乔拼命按着门铃,敲打着那扇门:"雅文,你听我说。雅文,你开门,再给我一次机会。我是认真的,雅文,我是认真……"她慌乱地重复着这些悲伤的话语。

雅文抵着门板坐下来,靠着那扇冷硬的门,可以听到她在外面的呼唤祈求,还有她捶在门上那一声又一声似乎撞击他心脏的声响。

撞在他心上,把那些腐烂了的伤口全都挖出来,再一次鲜血淋漓。

《朝辉》的公演在周六的江城歌剧院。

江城歌剧院是江城的地标性建筑，亦是一座摩登辉煌的现代舞台。

对于《朝辉》的首次公演，热络的场面可谓一票难求。此次公演云集了现今古典舞的青年才俊，之前唯美绚丽的宣传介绍片已让观众惊艳。

国内最大的舞蹈论坛国风大舞坛上，已就着宣传片大战了八百回合，颇有华山论剑之势。

——周六准备去看首演的朋友们举个手！

——能买到票的都是大神，开票的时候手指都快刷断了都没抢到！

——拼手速啊，兄弟，你家网不行。

——傅雅文对阵夏吟风，想想我就要死了！

——夏吟风忒能吹，他舞技不及傅雅文。

——呸，我夏大神艺术学院正统，怎么不及野鸡学校出来的傅雅文了？

——夏吟风粉丝能不能有点素质，一比舞技就扯学历，成天野鸡野鸡的，真讨厌！

——这是戳到软肋了呀，你们傅雅文就是名不正言不顺。

——照样是银河和莲花两座金奖，国风大奖，三座奖杯在手！夏吟风吹了半天也就一个莲花赏！

——傅粉这是气又顺过来了啊，还是小心你们家哥哥下次再爆什么丑闻，连舞都没得跳了！

——别造谣，律师声明都出来了。

——骗骗你们这些脑残粉而已，谁会承认啊，出了事都是否认，有可信度？你们哥哥从出道到现在都是这些乱七八糟的新闻，他要是没出轨会离婚？好脏啊。

——楼上人身攻击没意思了啊。大舞坛，说这些，搞得跟"粉圈"没差，管你是粉丝还是"水军"（这里指在网络中针对特定内容发布特定信息的、被雇佣的网络写手，下不赘注），能不能滚？

——讨论舞技，为什么还能扯到人品上？

——因为能力拼不过，只能不断攻击别人。

——我喜欢傅雅文，那个《盛唐之宴》真的惊到我了！我现场看的，话都说不出来，太飘逸了，是神仙！从此喜欢上古典舞！

——《盛唐之宴》的确厉害，那段独舞都被我看了无数遍了！

——夏吟风太中规中矩了，看他表演美则美矣，但总是激动不起来，有人懂我？

——懂，平淡如水。很奇怪的，明明他的姿态也很美，夸赞也那么多，但我看着就是这样嘛。

——原来有这种感觉的不止我一个！

——你们懂什么啊，舞者舞心灵！夏吟风没有那种灵气。

——傅雅文"水军"能不能滚啊，还要不要脸，每次都来灵气灵气，一个私生活放荡的"渣男"，心都不正还灵气！

——喔唷，又来了，说一点傅雅文好就是"水军"，那大舞坛至少有一半都是傅雅文的"水军"，他可忒有钱了。

——捂嘴有什么用，有眼睛的自然看得出来。

——《朝辉》夏吟风会不会还被吊打啊？有两人一起的场面没？

——哈哈哈哈哈哈，楼上你坏坏！

蒙雨乔穿着一袭湖蓝色的长裙，外披一件雪白狐裘大衣，从车上下来。她戴着墨镜，并不想引起太多注意。

今晚的江城歌剧院灯火辉煌，现场有许多媒体和社会名流。蒙雨乔从

VIP 通道顺利地进到剧院。

这还是她第一次到现场看雅文演出。她嫁了一个舞蹈家，可她竟一次都没看过他的表演，点点滴滴都像在证明她有多差劲。

蒙依瞳稍后在她身边落座，替自家姐姐应付外面的那些媒体。

这时灯光暗下来，蒙雨乔听到蒙依瞳低低的声音："快开始了。"

舞台的灯光美轮美奂，最先进的变幻技术让人称奇，难怪江城歌剧院享誉国内外。

"姐夫的舞衣全部是你亲自设计的？"蒙依瞳轻声问。

"嗯。"蒙雨乔点了下头。

"那主舞夏吟风的呢？"

"交给我手下的设计师了。"蒙雨乔不甚在意地说。她注视着舞台，只在等待那个人的出现。

蒙依瞳牵唇一笑，听出姐姐不耐烦的口气。

夏吟风出场，伴着乐声翩翩起舞。舞了一段后，他凌空跳跃的动作稳稳落地，忽然开口清朗吟道："春静晓风微，凌晨带酒归。远山笼宿雾，高树影朝辉。"

乐声随他吟诗而激烈起来，夏吟风身后一下出现十名男舞者，皆是清朗书生的打扮，群舞的震撼力显然比夏吟风一人独舞要强。

蒙依瞳发觉方才打了个哈欠的姐姐，这会儿似乎精神振作了些。

第一章节在高昂的群舞中收尾，舞台灯光渐变，就好像太阳落山后，一弯弦月缓缓升起，竹林树影，归于静谧。

一道修长的身影静静立于竹林下，蒙雨乔在看到那身影的瞬间，目光就凝住了。

伴随着鼓点起伏的韵律，他一勾脚一抬腿的动作都是如此轻盈曼妙，和谐得仿佛与音乐融为一体,毫不费劲的样子。

他的脚背勾出美好的弧度,踩点节奏一连好几个腾空旋转跳跃,最后稳稳地落于台上。

飘逸的舞衣在他身上如莲花旋开,风回绮袖,是一种无法描述的绚丽姿态,引得人移不开眼。

他的动作绝美,每一点微小的细节都灵巧动人,将这一舞的情绪传递给观众,参与他的情绪仿佛是在与他一起翩翩起舞。

纤细高挑的身影伴着曼妙的纱衣,回裾转袖间的绝美惊艳,带来美妙的遐想。独舞以一串高难度的跳跃飞旋结束,观众爆发出一阵如雷的掌声。

见他稳稳落地优雅地消失在舞台,蒙雨乔捂着心口的手才轻轻放下。方才他跳那么高,那一连串让人呼吸凝滞的动作,她都怕他会摔倒会受伤。

那些让其他观众流连忘返的迤逦画面,对蒙雨乔而言太过震撼,令她一时神思不定,不知为何眼中觉得烫热,竟有泪水滴落下来。

蒙雨乔,你真的太失败,说爱他,其实连他一点微末的事情都不了解,更不知道他在舞台上这样流光溢彩的一面,这样的你有什么资格说爱他呢?

她死死咬着唇,独自承受这份悔恨与心痛。

舞剧结束,全体谢幕的时候,蒙雨乔和蒙依瞳就悄悄离开了。

蒙依瞳惊讶于姐姐竟然不等傅雅文谢幕,她原本以为姐姐是有话要对傅雅文说的。

开着车,蒙依瞳时不时望一眼副驾驶座上的姐姐,可以看到她微红的眼眸。

"去酒吧?"蒙依瞳轻声问。

蒙雨乔随意地"嗯"了一声。

两个漂亮的女人坐在吧台,吸引了很多视线。蒙依瞳轻轻啜了一口马丁尼，出声道："我以为你会等姐夫，你是有话对他说才来的吧？"

"依瞳，这是我第一次看他演出。"蒙雨乔答非所问地说。

蒙依瞳怔了怔，蒙雨乔忽然转头看着她："我和他结婚两年了，居然一次都没有看过他跳舞。我很过分，是不是？"

蒙依瞳好似被触到了某道禁忌的开关，她盯着自己的姐姐："是，你很过分，拥有了那么好的人，却什么都不懂，只会伤害他。"

蒙雨乔盯着自己的妹妹："你爱他，我知道的。"

她清冷得听不出情绪的声音，让蒙依瞳心里有几分冒火，那份一直不甘的心意但又伴随着浓浓的负疚感涌上脑际。

"是，我是爱他！我比你更爱他！我比你更早认识他、爱上他。你带他回来介绍给爸妈的那天你知道我是什么感受吗？那种地狱一样的折磨真该让你也体会一下！"

"你恨我？"蒙雨乔问她。

"是恨过，要说嫉妒更合适，但全是徒劳，他眼里只有你。"蒙依瞳喝了口酒，"你还没喝酒，不要喝，等下你开车，不然我们要找代驾。"

听到妹妹这会儿还能冒出这样无关的一句话，蒙雨乔微哂一声。

"那天，你对他表白了？"

蒙依瞳的声音低下去："他拒绝我了。每一次都是拒绝我。你们离婚后，我借着广告的事又去找了他一回，得到的答案还是一样。"

她耸了耸肩，声音完全是一个失恋的女人才有的。她借着酒意瞪了蒙雨乔两眼："我真的不明白他为什么这么喜欢你，你有什么好，对他全无了解，说的每句话都是在讽刺他羞辱他，他居然还爱你。傅雅文什么都好，就是眼光不行！"她轻啜了一口酒。

蒙雨乔因她的话而神思微怔，蒙依瞳却将头凑到她面前，忽然说："但是，你怎么回事？你不爱慕云涛了？你为什么会爱上傅雅文？你不是喜欢慕云涛喜欢到要死吗，甚至找个替身来继续爱他……"

蒙雨乔见识到蒙依瞳酒后的威力了，她最后那句大喊大叫连酒保都回头看了她们一眼。

"你说得对，你不懂他为何会爱我，我也不明白我怎么会爱上他。爱情这东西，是真的很奇怪，不经意的，那个人就根深蒂固地扎在你心里，我想是这回事。"她认真地对蒙依瞳说。

蒙依瞳嗤笑："你现在是在对我炫耀你的爱情吗？想对我说情不知所起一往而深？蒙雨乔，你总是那么让人讨厌！"

公演结束后，傅雅文请了一段时间的假，打算进行一场没有目的地的旅行，最后还是回到了自己经常钓鱼的小镇。他买下这栋临着湖边的房子是在三年前，虽然不大，但景色宜人，十分平静。

小镇位于江城郊区，民风淳朴，生活节奏缓慢，不像城市里那般喧嚣，人和事，仿佛都有着自己的韵律。

穿着舒适的 T 恤，套件羽绒服，走在寒风里。傅雅文喜欢去镇中心老旧的菜市场，在那里买菜很有生活的味道。

傅雅文每天自己去选购食材，再回来做饭给自己吃，有时候做得很简单，有时候会一个人烹饪上一桌美食。

他偶尔会拍照片，也会拍拍湖外的美景。日出而作，日落而息，这大概是他这段时间以来他心情最轻松的时候。

身心里那些沉重的难以负荷的东西都慢慢地放下来，连心里破孔的地方，也似遗忘般，不再流血。

这几日，是下雨的天气。傅雅文习惯在下午的时候，泡一壶热茶，坐在屋里听着窗外的雨声，它们与湖水波浪的声音连在一起，催人入睡。

他时常会不知不觉地睡过去，或窝在躺椅里，盖着一条毛毯，暖暖融融地安享一下午；待黄昏将近，再将壁炉点燃，度过安静的夜晚。

翻看着自己收藏的电影影碟，那些喜爱的电影一看再看，还是充满余味。

傅雅文很喜欢一部叫《八公犬》的电影，故事里的那份情意或许比爱情都更为贵重。

他很羡慕八公和主人间那份不离不弃的情意，看到八公在主人死后，还每天都到车站接主人的时候，他就会无声地掉泪。

他只是觉得，在这个世上，有这样一份情意，是什么事情都难及的。

他没有父母，没有亲人，从小一个人孤苦地活在世上，最羡慕的便是这样的信赖。

黄昏的时候，他醒过来，发觉外面的雨还没有停。他燃起壁炉，听着火焰烧着木块噼啪作响，屋里静静的。

雅文思考着晚饭的菜单，门铃忽然响起。

他有些诧异，住在这里许久，还是第一次被人按门铃。

门外站着一个窈窕的身影，被雨淋湿了大半，在她身边摆着一只行李箱，她受了寒在雨里看起来摇摇欲坠。

"雅文……"蒙雨乔抬起被雨淋湿的面容，嘴唇似乎颤着，深幽的双眸如同夜雾里的宝石，亮着光芒。

傅雅文呆呆地看她，在她要跌倒时，伸手扶住她。

蒙雨乔冷得发颤，摇摇欲坠的身躯在落入他怀中时，才感到了安稳。他身上温暖的体温包覆她，让她鼻子酸酸的，十分想哭。

但是她状态真的很糟糕，她已经找了他好久好久。她眼前一黑，便晕倒在他怀里，什么都感觉不到了。

第二十章
女王的追爱

醒来的时候，闻到了粥的香气。

蒙雨乔顿时感到饥肠辘辘，也听到了自己肚子叫起来的声音。

"你醒了。"低沉磁性的声音在她耳边响起。

是熟悉的温柔的清冷——他的声音。

蒙雨乔睁开眼，才发觉自己躺在床上，傅雅文端着一个托盘走过来，随着他的走近，那食物的香气扑鼻而来。

一股柔和的力道把她扶起来。

蒙雨乔听到傅雅文说："你在发烧，先喝点粥，然后吃药。"

她怔怔看着傅雅文，只感觉眼眶灼热。

为什么，她那么坏，他还要对她那么温柔呢？

她的眼泪簌簌流下来，雅文呼吸微室，递给她纸巾，没有说什么。

蒙雨乔呼哧地擤鼻子擦眼泪，傅雅文见她的情绪似乎过去了，便拿起粥碗，轻轻吹了吹，试试温度，递给她："已经凉了一会儿，不烫，可以喝。"

蒙雨乔盯着他，他平静到有些木然的眼睛令她心口刺痛，连喉咙都似哽着什么，无法发声。

"没有力气吗？"傅雅文试了试她滚烫的额头，拿起粥碗，舀了一勺，送到她嘴边。

"雅文……"蒙雨乔再度哭了出来，倏然扑到他怀里，紧紧地抱住他。

她哭得乱七八糟，狼狈透了，好像从来没哭得这么厉害过，傅雅文看着她流泪，以往他舍不得她流泪，见不得她伤心，可如今心里空空荡荡，仿佛眼前的一切都很遥远。

遥远到令他分不清是否真实。

蒙雨乔模糊的视线望见傅雅文木然呆滞的脸，她觉得她快要死了，为什么她好害怕。他变了，他以前不是这样的，他以前绝不会有这样麻木空洞的表情。

为什么？蒙雨乔，都是因为你！你就是个杀人凶手，是你把他害成这样的！

她心里另一个声音尖锐而冷酷的控诉着，像魔鬼一样跳跃在她内心！

蒙雨乔心痛如死，她紧紧抱着傅雅文，仿佛只有这样抓着他，才不会失去他。

蒙雨乔都不记得自己是怎么哭累了喝粥吃药后昏睡过去的。

总之，她醒来的时候已经是第二天，烧退了，但她还是显出不舒服的样子，虚弱地躺在傅雅文床上。

她看到沙发上的被褥，知道昨天晚上他是睡在沙发上了。蒙雨乔咬住因发烧而干涩的唇，环视这间她并不陌生的屋子。

上一次来这里的时候还是那个浪漫的月夜，他们在月光下缠绵。

撕裂的现实就好像在扇着她耳光，现在，他连躺在她身边都不愿意了。

屋子安静得让蒙雨乔觉得有些死寂，这就是他在和不在的差别？

忽然，她听到门外传来的脚步声——他回来了！

蒙雨乔的心脏怦怦跳起来，却下意识地紧紧闭上眼，装睡。

她听着雅文进屋的声音，听见他洗手的声音，又听到他脱下外套换上居家服，然后走过来。

她屏住呼吸。

他温热的手掌探过她的额头，在试着她的体温。

蒙雨乔心如潮水，一下睁开眼，静静地看着他。

傅雅文见她醒过来，便问："要不要去医院？你看起来还是不舒服的样子。"

蒙雨乔心想我这是装出来的，才不要去医院。

她急忙摇头："我已经好多了，你不要担心，再休息两天就全好了。"

她怕他赶她走。

傅雅文见她有些虚弱，倒了一杯温水给她："明天还不舒服就一定要去医院。"

蒙雨乔乖乖地点头，瞥见傅雅文在看自己时，她又做出恹恹的神情，躺下来背对他，用被子将自己裹住，仿佛很怕冷。

傅雅文以为她又想睡了，正起身要去厨房，就听到她很小的声音："雅文，我想喝你煮的鱼汤。"

傅雅文怔了一下，回眸看向蒙雨乔，正对上她期待的眼，雾蒙蒙又有些晶亮的，那么乖顺的模样，就像一只等着胡萝卜的小兔子。

傅雅文在厨房里准备晚餐的时候，蒙雨乔赤着脚下床，蹑手蹑脚地走过去，想看在料理台前做饭的他。

砂锅里煲的鱼汤，香气四溢，已让她饥肠辘辘。

傅雅文听到一点声响，转头看她。

蒙雨乔像个做坏事被抓到的孩子，有些尴尬地解释："我肚子有些饿了……"

"你可以躺到沙发上去，盖条毯子，地上凉，别再着凉了。"

"喔。"她乖乖地点头，莫名松了口气，只要不是让她走，什么都好说。

蒙雨乔坐在沙发上看傅雅文修长挺拔的背影，真的很想很想过去抱住他。

但她怕起到反效果，或者被他推开，所以她只能强抑着心里那股深切的渴望，乖乖地坐着，裹在毛毯里痴痴看他。

想到自己从前对他做了那么多过分的事，又让她鼻子泛酸，眼眶有些热起来。

蒙雨乔，别哭，你要努力挽回他是不是？

她在心里鼓励自己，却不是那么有把握，担忧、害怕、痛苦的心情交替折磨着她。

蒙雨乔几乎一个人喝光了整锅鱼汤。浓稠滑嫩的汤汁，熬成牛奶一样的乳白色。她觉得汤喝下去，她的病全好了，想活蹦乱跳，但她又不敢显露出来。

"你一个人跑来找我？"傅雅文问她。

蒙雨乔急忙点点头，幽亮的明眸凝视他。

傅雅文移开视线："怎么知道我在这里？"

"我……跑了很多地方，谭亮不肯告诉我，只说你去旅行了。每次我刚到那个地方你就走了，后来我不断打电话骚扰谭亮……在他告诉我的时候，我自己也想到了这个地方，已经在路上……"蒙雨乔雾蒙蒙的眼睛盯着他。

"你还记得这里？"傅雅文似乎想到什么而出神。

"当然记得！"蒙雨乔柔情万千地看着他。她怎会忘记这里，在这里她和雅文共同度过了浪漫旖旎的夜晚……

回忆清晰地涌起，令她苍白的脸颊上生起一些红晕。

傅雅文望着她，可以感到自己心上那些破孔的伤疤正在细细密密地疼痛，都在告诉他不要再让自己陷入，因为他绝对承受不起再一次的伤害。

心口几乎痉挛的痛楚令他急促地收回视线。蒙雨乔捕捉到他神情里的仓皇与失意，心里也被满满的疼痛跟愧疚抓住，令她无法呼吸。

她忍不住去抓住他的手，贴在自己脸庞："雅文，我错了，再给我一次机会好不好？谭亮告诉我了，我们的事情是他告诉媒体的，不是你！但我要说的不是这个，我真的很后悔很痛苦，我做错了那么多事，我……"她越说声音越颤抖，无法抑制自己的感情，鼻尖发酸，眼泪都蓄在眼眶了。

"雨乔，我们不要再见面了。"他微沉的声音打断她的话，让她一颗心瞬间四分五裂。

仿佛最后的希冀都被撕碎。

"雅文，不可以再给我一次机会吗？"她哭泣的声音沙哑无助。

"我不想再试一次了。"

"雅文，我爱你！"蒙雨乔惊慌地抓住他的手臂，紧紧地拽着。

从未见过她这样惊慌失措的样子，但傅雅文轻轻拂开她的手："雨乔，我无法相信这句话了，或者说，这句话对我已经没什么意义。"

"雅文……"蒙雨乔一颗七零八落的心仿佛被重重一捅，眼泪流溢出来，再也抑制不住自己的哭声。

深夜，蒙雨乔绷紧着脸庞，双手紧握方向盘，几乎疯了一样驶回慕乔山庄。

她不能失去雅文！她一定要再做些什么！失去雅文她会死！她从来没这么清晰地领悟到这一点。

蒙家人在三天后找到失联的蒙雨乔时，都吓了一跳。那个蓬头垢面、神色憔悴、不修边幅的女人，居然是蒙雨乔？蒙家最注重外表的蒙雨乔，此刻她的衣衫上沾满了斑驳的颜料，脸上甚至也挂着可笑的油彩。

"蒙雨乔，你现在是要疯了是吧？当弃妇要疯了？"芸彬不可思议地看着这个她最在意的女儿，看女儿把自己搞成这副鬼样子，简直气到极点。

"我是要疯了，没有傅雅文我就要疯了！"蒙雨乔第一次丝毫没有讲究她以往的礼仪面子，在芸彬和一众人面前吼回去，状若疯妇。

得到的是芸彬的一巴掌。

"我这是做了什么孽啊，你是要气死我，我要疯了才对！云涛死的时候你都没这么疯，现在发什么疯，要离婚的不是你？"芸彬怒其不争，真的被蒙雨乔气到。

"我没想要离婚！"蒙雨乔疯妇一样凄厉地喊起来。

她吼出的这句话，让同来的蒙依瞳和慕云涛都震动了。

"我一开始就没想要离婚！是你一直在逼我！我脑子不清楚的时候你说雅文要谋害我只为我的财产，我记忆恢复了你又说慕云涛才是我的真爱，可以让事情回到正轨上！从头到尾都是你，不断地在逼迫我，破坏我和雅文的感情！往日里你挑拨了多少次？对雅文挑剔了多少次？"蒙雨乔像疯了一样失控地对母亲发泄。

"是你，都是你！是你一直以来看不起雅文，对他不好。爆出出轨新闻的时候我没有不相信雅文，我明明在犹豫，你成天在我耳边搬弄是非，好啊，我现在是疯了！"蒙雨乔疯疯癫癫地笑起来，仿佛要把自己心里的悔恨痛苦尽数发泄。

芸彬被她厉声的指控刺入心扉，双眼一翻整个人气晕了过去。

"妈！"

一阵手忙脚乱后，蒙依瞳和慕云涛把人扶进房里又找来医生，而蒙雨乔依旧把自己关在那间舞房里，继续她未完的大事！

慕乔山庄。

夕阳的余晖从半山腰折射下来，蒙依瞳在舞房找到蒙雨乔的时候，蒙雨乔正拿着画笔对窗外比画着什么。

在蒙依瞳看来，现在的雨乔真是像个疯子，不，"像"字也可以去掉了。

然而比起前阵子要死不活的蒙雨乔，她心里莫名地更喜欢这个热烈如泼妇般的蒙雨乔。

"你是真疯了？把妈气昏过去很厉害是不是？"蒙依瞳抱臂站在门边，冷声说。

蒙雨乔回头看了她一眼，仍紧紧地拽着画笔。

蒙依瞳这才看到舞房空荡荡的中央摆放着画架和画布，地上一堆的颜料工具，画布上是一幅快要完成的图画。

蒙依瞳有些惊讶地望到那画面，怔了怔："你这几天就一直在画这个？"

蒙雨乔抿了抿嘴，似自言自语："有什么不能画？他不是喜欢吗？那我也可以画给他，我弄坏了就画幅新的赔给他，我比那个陈嘉芬更知道他喜欢什么！"

她唠唠叨叨的，在旁人看来她或许是真的疯了，然而面对她的是依瞳，亦是最了解她的妹妹。

"所以你还打算去追姐夫？"她盯着蒙雨乔，微微一笑。

蒙雨乔瞪了妹妹一眼："没有错，是你的姐夫，你最好永远记住！要再让我知道你觊觎他，我一定不放过你。"

"啧，蒙雨乔，你以后是打算以这副泼妇的面貌活下去了？"蒙依瞳讥讽地笑起来。

"有什么不好？之前是我太傻了，还想要做个大家闺秀。"

"也对，你本来就是个蛮横的女强盗，从小时候起就是了。"蒙依瞳笑起来，"那你跟慕云涛讲清楚了没？他今天也跟过来了。"

蒙雨乔耸了下肩："在医院的时候我就和他讲清楚了。"

"是我误会了，我还以为他对你余情未了。"蒙依瞳有点惊讶。原来雨乔已经和慕云涛说清楚了？慕云涛前阵子为救雨乔受伤，后来又经历雅文输血的事情，蒙家这才知道原来两人竟是双胞胎。

"他怎么接受的？"蒙依瞳不太能想象慕云涛能平静接受雨乔已经移情别恋他弟弟这件事。

"我对他说，如果是我遭遇了事故断了腿我也不会骗我的爱人，让他以为我死了。因为他不懂，人死了才是一份爱情最大的绝望。"

蒙依瞳直觉雨乔这番话有几分深刻："所以他做错了对吗？"

"人的感情不可能一成不变，他以死作为终结。"

"没想到成真了。"蒙依瞳听懂雨乔的话，叹了一声，随即又看着雨乔，"那你怎么爱上姐夫的？一直以来你表现得都很像反面角色你知道吗？也不是不喜欢他，不喜欢他就不会那么在意，可你那么多难听的话你是怎么说出来的，你那么恨他？难怪人家说爱了才会恨。"

蒙依瞳有几分感慨。

"我是个变态，你才知道？"蒙雨乔亦不客气地承认。

"好吧，变态，一个口是心非的骗子而已。"蒙依瞳笑起来。

"滚出去！"蒙雨乔被说中心事，有点抓狂。

"我滚，我滚，可是你真的觉得你还能追回姐夫吗？我看你有点悬。"她啧啧叹着，"我听说颜茵过世了，她好像给姐夫留了遗产——在法国的房子，你最好快点，别去晚了姐夫人都走了。"

湖边的夜晚，在潮湿的雨后，空气都是湿漉漉的，水汽中带着植物泥土的清香。

参加完葬礼，沉重的心情才因这熟悉的环境得到片刻的休憩。

傅雅文松了松领带，按了密码锁打开家门，可他刚进屋，就察觉到屋里似乎还有人。

他刚想开灯，一个柔软的身影就扑过来，将他撞得跌坐在沙发上。

他闻到熟悉的幽香。

"雨乔？"他的声音带着询问。

蒙雨乔压着傅雅文，整个人都扑在他身上，像无尾熊一样抱住他。

"为什么还不换密码？还是我的生日？"她幽幽地问他。

傅雅文因她的话而身心战栗了一下。黑暗中对一切更加敏感，她柔软的身体伏在他身上，她的唇贴近他，顺着他的脸颊一点一点吻到他嘴唇。

傅雅文想要说话，被蒙雨乔发现意图，散发幽香的唇瓣干脆堵住他的嘴。

她啃咬着他，他想要从她的桎梏中抽身，但莫名下不去大力气推搡她，就和以前一样，一丁点都舍不得伤害到她。

变成任她为所欲为的状况。

雨乔拽着雅文的领带，把他扣在自己怀里索吻。她玫瑰般的红唇热烈奔放，是她抑制了许久的思念跟浓烈情感。

"你哪里都不许去！"雅文听到她像过去一样蛮横又凶巴巴的声音。

他苦笑了一下，不太了解她这没头没脑的一句话是什么意思。

她似乎又变回过去的雨乔了，果然前几天那个娇软弱势的雨乔稍纵即逝。

"你只能是我的！"

他的心，不受控制地怦跳了一下。

她从未对他说过这样的话。

"你……想说什么？"他沙哑的声音在黑暗中宛如呢喃。

蒙雨乔停止蹂躏他的嘴唇，明媚的眼盯着他幽深迷蒙的瞳眸："我爱你！不管你接不接受，相不相信，你的余生都只能跟我在一起！你想要的，我全部可以给你。你想要一家人漫步田园，那好，我不止要给你生一个孩子，田园里那三个点你不觉得太少了吗？我想要更多……"

她热烈又深情的话语，让傅雅文几乎屏息。

"你……"她看过那幅画了？她去过他的舞房？

"对不起，我像个疯子一样毁了那幅画。我以为是颜茵送你的，我是嫉妒，嫉妒得发狂，可偏偏要说出违心的话来伤害你。我看到那幅画了，知道你最想要的是什么。"她战栗呜咽的声音充满忏悔，战栗的嘴唇又情不自禁地吻上他。

这是一个如泣如诉又深邃缠绵的吻，雨乔几乎奉上自己全部的温柔，她从没这样温柔地吻过一个人。

她只希望雅文能懂她的心，能慢慢地信她一点也好。

"雨乔……"她听到男人喑哑地唤她。

意识到他又要起身，雨乔又有几分心慌地想要囚住他。

"你先让我起来。"她听到他微沉无奈却又温柔的声音。

不知为何，她就乖乖照做了。

傅雅文终于能从沙发上起身，他开了灯，蒙雨乔才发觉自己把他吻得乱七八糟，连他的白衬衫都沾满了她的唇印。

她有些面红耳赤的同时，又感到一股独占的喜悦。

雨乔想到自己的画，马上把雅文拉到放画的地方。

她展开画布有些笨拙地哑声说："这是我为你画的。"

他忧郁清冷的眸里迸发出一丝不敢置信又莫名的光亮，那光亮仿佛同时照亮了雨乔抑郁疯狂的内心，所有焦躁的情绪都平息下来，她只能痴痴地盯着他看。

而他的视线却紧紧落在画上。她画了慕乔山庄，但又不是他所熟悉的那个慕乔山庄，那样温暖美好的田园，有四个人影在上面，很容易看出是一对牵手的夫妇和一男一女两个可爱的娃娃。

"这是你想要的家是不是？"她娇媚的声音有几分战栗。

雅文看着雨乔，深邃的眼里似有雾气。这让雨乔的心脏被酸涩胀满，她牵起他的手，直视他的双眸。

"雅文，我爱你，我想要给你这样一个家。"她用最真诚的声音对他说。

"你能不能再给我一次机会？我保证，这一次我绝对不会再那样混账，把一切都搞糟，也绝不会再伤害你。如果我再做坏事，我就……"她想要发的恶毒誓言还未出口，就被他一根手指轻轻抵住了唇。

"为什么爱我？我以为你一直看不起我。"他哑声问。

"我……我不知道自己为什么总是口是心非。自从知道颜茵的事后，我就嫉妒得发狂，每次听到你那些流言，我也气得发狂，我想你是我的，只能是我的，我是唯一一个。"她像个做错事的孩子那样坦白心声。

"所以我口不择言，用最难听的话来刺伤你，而你还那么倔强，让我不能痛快地得逞，我就越发生气。我的个性很讨厌是不是？我就是个跋扈的疯子！"

"做小白兔还真不适合你。"她听到他低哑的笑声，他修长的手指轻轻揉着她嘴唇，"果然，我还是更喜欢你这个跋扈的样子。"

"雅文！"雨乔仿佛听到天籁的声音，又惊又喜地看着他，一下紧紧抱住了他。

夜深了，蒙雨乔仍旧没有睡意，她把头埋在雅文怀里，双手搂住他的腰。

"雨乔，你可以不用抱那么紧。"

"我不，我就要抱着你！"她小声抗议，依旧紧紧抱着他。耳边能听到从他温暖的胸膛传递来的心跳声，每一下都让她安心。

"雅文……"蒙雨乔忍不住出声轻轻地叫他。

"嗯。"带着鼻音的声音似有睡意，他的声音低沉悦耳，不知不觉就会酥了人骨头。

"没什么，你睡吧。"蒙雨乔像个孩子那样在他怀里牵起嘴角，心里这种失而复得的珍重感觉，她想她能记一辈子。

没再听到他的回应，雨乔想他睡着了，便轻轻抬起身子想看看他。

借着月光，可以隐约看见他的面容。

他的睡颜平静，长长的睫毛微微颤动，那双漂亮的凤眸闭着，使他看上去有些孩子气，但又帅得惊人，是那样惹人怜爱的一张俊脸。

雨乔心上柔软，被一股满溢的情感占据，忍不住伸出手，轻轻覆上他面颊，一点一点，描绘他的轮廓。

手指停在他柔软的嘴唇上，那透着坚毅的嘴角弧度，让她情不自禁俯身过去，将自己的嘴唇柔柔地印上。

只一个吻，都让她脸红心跳，像做了一件坏事那样，怕被发现。

她的手指流连在他脸上，在与他无比贴近的时刻，那双迷人的眼眸忽然睁开，幽深的眼瞳如一汪泉水，盈盈烁烁地看着她。

雨乔呼吸微窒，激烈的心跳和被抓到的羞意让她整张脸都发烫。

"我……"她声音急促，心跳声仿佛在耳边打鼓。

她轻轻咬唇，瞪大了眼睛，看着他。

她的手轻轻撩过他的碎发："今天你去参加了颜茵的葬礼？"

"嗯。"

"会很难过吗？"她哑声问。

"人的生命很脆弱。"他只轻轻应了一句。

蒙雨乔忽然想起颜茵曾对她讲的雅文的过去，他有个像亲人一样的恩人徐哥，也早早因病离世了。对雅文而言，他已经经历过很多次离别。

雨乔忽然紧紧拥住他，埋头到他怀里："我不会离开你的，我很健康，会长长久久地陪在你身边，我要和你一起老去，一起离开这个世界。"

"雨乔。"傅雅文因她的话而震动，深邃的眼眸注视她。

他感动到笨拙的样子，击中她心脏。

雨乔心中那些汹涌泛滥的感情再也抑制不住，她抬起头，深邃温柔的视线紧紧盯着这个男人，与他的额头贴在一起。

"我爱你，雅文，很爱很爱你，爱到我自己都不知道什么时候这么爱你了。"她知道自己的表白语无伦次，有些好笑，可就是想告诉他这句话，甚至想每天都对他这么说。

雅文深邃的眼眸，就像装着星星那样，一直凝视她，看得雨乔脸红心跳，但是又无法避开那双迷人眼睛的注视。

"你还不信我吗？"她柔唇微动，问出的声音有几分颤抖和沮丧，不是那么自信。但她不会放手，她会用一生的时间来慢慢向他证明这件事。

他贴近她，清冷撩人的气息让她意乱情迷，直到他柔软的嘴唇轻轻在她唇上一吻。

"雅文……"雨乔心脏狂跳，丽眸含泪，颤抖的声音有些哽咽。

"这是我的回答。我爱你，雨乔。"傅雅文看着她的眼睛，低沉魅惑的声音如同天籁回响在她耳边。

"雅文……"泪落下来，她捧住他的脸，狠狠地吻住他。

"只要你以后别再让我伤心……"他低沉的声音仿佛带着恳求，那样温柔地诉说着。

"我不会，再也不会……"雨乔泪水汹涌，完全控制不住自己。

傅雅文捧着她的脸，温柔地吻过她的眼睛，似要把她的泪水一点一滴地吻去。

雨乔紧紧拥住他，她想自己会用一生守护这个男人，每天都要对他说一句"我爱你"。她知道他永远都不会听厌，因为他更爱她。

– 正文完 –

番外一
风靡的珠宝广告和脚链

傅雅文与蒙雨乔复婚的消息，又在公众网络被轰轰烈烈地讨论了一阵子。不过两位当事人始终没有露面，除了复婚这个切实的消息由蒙雨乔个人在她的社交网络公开，媒体什么都没打探到。

同时，还有一则惊人的消息，就是洛芸怀孕堕胎的真相。

被揭露孩子父亲是某位刚回国的新锐黎姓舞蹈家，而不是当初网络疯传的傅雅文，于是又炸开了花。

媒体爆出洛芸和黎笙争吵的照片，还有两人浓情蜜意接吻搂抱的照片，更劲爆的是一则录音视频，洛芸的声音被清晰记录，她哭诉黎笙无情无义，说她不想打掉孩子。

这惊爆眼球的八卦让网友们咋舌，顿时网上最大的呼声竟不是骂黎笙"渣男"，而是大为傅雅文抱不平，为当初冤枉他而道歉。

一时间有无数自媒体为傅雅文写翻案小作文，连带着各种各样的道歉。

但傅雅文这边始终保持沉默，没有任何回应。

不过不久之后的一则大手笔的珠宝广告，令国风大舞坛的网民们又兴奋起来。

——你们看了吗？蒙氏珠宝最新的广告，将古典舞融入珠宝元素！简直惊炸眼球！

——我宣布，这是今年最好的广告！

——太惊奇了，15 秒和 30 秒两个版本都很好，网上还有完整版和幕后花絮，都可以拿去做开幕式表演了。

——楼上你别说，上个月艺术节开幕的古典舞表演，霓裳负责编舞的那支《醉太平》，还真没这个珠宝广告好呢。

——这是真的，跟蒙氏珠宝这支《千年浪漫》比起来，真的差远了。

——结尾有编舞名字，傅老师嘛，那是当然的！

——哈哈哈，夏吟风的又一次惨败。

——快别说了，之前在傅老师网上风评最糟糕的那阵子，夏吟风落井下石，在好几篇采访中那样贬低傅老师，我看得拳头都硬了。

……

——真金不怕火炼，最后还是靠实力说话。

——夏吟风：既生瑜何生亮。

——快算了吧，他算什么瑜啊。就因为年龄相仿，出道时间也差不多，媒体才硬把他们绑在一起说的，其实他的才华，根本不能做傅老师的对手。

——笑岔气了，楼上说得好贴切。

——唉，就好遗憾广告里那个主舞不是傅老师，这支舞如果是他自己跳的话肯定能更美妙。

——我光想象就已经喜欢得不得了，强烈要求江城歌舞团网站上放送傅老师版本！

——这不应该去求江城歌舞团，而是去蒙氏珠宝官网啊，或者去微博，蒙雨乔的那个《MSTYLE》杂志下面去留言。哼，让她看见。

——傅老师怎么连个网络账号都没有，好遗憾。

——楼上提议的姐妹，你说得对。

——怎么会有傅老师那么迷人的男人！那么有才华，舞蹈出神入化！

——我不想要珠宝，我只想拥有他！

——大舞坛的朋友们，别做梦了！

——结婚离婚又复婚！可恶，我嫉妒蒙雨乔。

——蒙雨乔很女王范啊，长得很美艳，走哪里气场都很强大，原来傅老师喜欢这一型啊。

——傅老师本人清冷优雅的，看起来跟蒙雨乔简直像两个世界的人，原来这就是所谓的不登对才更相配吗？

——啊啊啊啊啊啊啊，朋友们别说了，我嫉妒我羡慕！

伴随着这样的络绎不绝的议论，蒙氏情系今生系列的古典珠宝，也持续热卖。

不久后，在蒙雨乔主编的时尚杂志《MSTYLE》里，刊登了雨乔和雅文新拍的婚纱照，大家赞叹着他们是一对璧人。

婚纱用了雨乔自己的设计，使她绚丽如林间仙子。雨乔特意选择了裙摆很短的蓬蓬裙，参差不齐的蕾丝花边里露出修长漂亮的腿。细心的读者发现，在她的脚踝处系着一条十分夺目的脚链。

那脚链闪烁着淡雅的光泽，宝石纯净碧监，竟引来热烈的讨论。爱美的女士们也想买这款脚链，为它是什么品牌争论不休。

到最后，当事人在采访中透露了那条脚链的来处——

"那是我先生送给我的，没有什么品牌，却是这世上独一无二的。"

蒙雨乔粲然微笑，羡煞了一片看着直播的女生，也让男性观众们晕头转向。

番外二
居家的傅先生

男人站在尿布专柜的时候，引起了一阵小小的骚动。

高大挺拔，身姿曼妙，那是种很难形容的氛围。他光站着，就比常人好看上许多，形体间自然带着一股松弛和优美的魅力。

他穿着非常居家的普通服饰，淡蓝色的牛仔裤包裹着长腿，宽阔的肩膀、劲瘦的腰身，让人光对着他的背影就能有美好的遐想。

他推着购物车，车里已经装满了大大小小的居家用品。这种顾家男是很吸引人的，更遑论他长了一张俊美的脸，简直可以用"耀目"来形容了。

一位眼尖的售货小姐发觉，男人长得很像她在电视上看到的某位年轻舞蹈家。

"欸，你说，他是不是那个傅雅文啊？"

"傅雅文！"

真的，越看越像啊。

一年前傅雅文主舞的大型舞剧《日月倾城》出征海外，拿到了国外重磅的舞蹈大奖，为国争光。

之后他又进入了长久的休整期，似乎下定决心要把时间都花在家庭上。

前不久有消息爆出说他做了父亲。

售货小姐中有傅雅文的粉丝，眼睛都发着光："真的是他本人啊，来给女儿买尿布吗？"

傅雅文很仔细地比对着产品，他有点苦恼。之前用的那款品牌，女儿韵萱好像并不喜欢，湿屁屁的时候总是吵闹，搞得他半夜起来给她换尿布，总被她用小腿踢着抗议。

"是不晓得该选哪种吗？"售货小姐忍不住出声问他。近距离看到他清隽的脸庞，只架了一副黑框眼镜，完全素颜，温文又充满魅力，一颗痴迷心都快让她尖叫出来了。这是她的傅老师，在舞台上魅力无限的傅老师啊！

"请问哪种会比较透气，又比较干爽呢？"傅雅文举着两种婴儿尿布问。

售货小姐简直要被迷倒了，傅老师真的好帅啊，连迷惑的脸庞看起来都那么可爱迷人。

"啊，傅老师，这种比较透气，触感也较为舒适，但是干爽度就不如您右手边那款……如果您的宝宝容易红屁股的话，建议您选择这款啦……"

傅雅文点点头，微微一笑："我家宝宝是比较容易红屁股，尿湿了还总爱哭，给她用了爽身粉，但好像她也不是很喜欢。"傅雅文想着小家伙的反应。

"那这款绝对合适，它透气程度很好，采用最新的技术，而且触感极佳，不会让宝宝的小屁股感到负担，最上面的表层也有爽身粉的成分呢。"

"好的，我买这种，谢谢你。"傅雅文觉得售货小姐把他的疑难全解决了，他笑起来，很感激地看着她。

售货小姐觉得自己被那笑容秒杀了，脑海里一片空白，只呆愣地站在那里，有半分钟之久，直到傅雅文拿了尿布推车走远，她还傻愣愣地回不过神来。

"喂！"同事推着她僵直的身体。

"啊！我也想嫁那样的男人，他实在太帅了！"售货小姐捂着脸庞，终于忍不住尖叫起来。

傅雅文开车到家，把大包小包提进家门，蒙雨乔正抱着孩子在沙发上逗着，看到他回来，笑意盈盈。

"好啦，把宝宝交给你，我得去打扮打扮，等会儿回大宅，美美的我不能真的变成黄脸婆。"她打趣地说。

傅雅文温柔地看着她娇媚的脸庞，哪像她说的黄脸婆，事实上他每天都觉得她越来越漂亮。可能是生了宝宝的缘故，现在的她，在美丽中又平添了一份母性的温柔，时常叫他愣愣地被她吸引，移不开眼。

雅文和雨乔第一个孩子傅韵萱诞生满一百天，外公蒙广生一定要办个百日宴庆祝一下。

雅文从妻子手上接过小宝宝，虽然他抱得很熟练，但总会显示出小心翼翼的笨拙来，而这份笨拙却让雨乔爱到心里，太喜欢他这个可爱的样子了。

半小时后，雨乔从楼上下来，雅文抬起头的时候有些失了神。

他的妻子穿着一袭淡粉色的裙装，柔软飘逸的质地，淡淡的妆容配合着她的着装，令她看起来就像从林中走出的仙子般清新美丽。

雨乔笑盈盈地望着他，因他的视线而感到甜蜜，在他面前转个圈，问他："好看吗？"

雅文点点头，温柔的眼还是没有移开。

雨乔凑过来抱着丈夫、女儿逐一亲吻了一下，从他手中接过孩子："好啦，你也去换衣服吧，等会儿就出门了。"

雅文微微一笑，揉了揉妻子披散下来的乌亮长发。

雨乔不禁又在他唇上偷亲了一下，笑呵呵地看着他："今天爸和云涛都会过来，飞机是早上九点到，据说云涛还会带着未来的大嫂一起过来呢！"

雅文点点头，表示很开心。

一年前，他和慕清远因为雨乔的悉心开解和安排，已关系缓和，渐渐变成一对正常的父子。而云涛这个大哥，在雅文和雨乔重新在一起的时候，给予了他们最真诚的祝福。

蒙家大宅热闹非凡，等他们到来的时候，更是把这气氛掀到高潮。

蒙广生十分喜欢这个小孙女。小女孩可能继承了父母的美貌基因，皮肤白皙如雪，嘴唇红红，有些肥嘟嘟的样子，脸颊上两抹红晕，就像个小苹果一样让人想啃上一口。

这会儿她正躺在摇篮里，跷着小手小脚，把手指含在嘴里吸吮着呢，还时不时会流点口水出来，让大人替她擦拭。

而且小宝宝一点都不怕生，任谁抱了都"呵呵"地笑，实在是讨人喜欢。

芸彬看女儿笨拙地抱着孩子，忍不住接过手来，轻哼一声："你这丫头，抱个小孩还没你老公会抱，你这样卡着她会不舒服的。"她晃着小宝宝，低头去逗。

雨乔因母亲的话而不好意思地笑，戳戳孩子的小脸："她才没这么挑剔呢，我看她舒服得很，不然笑那么高兴做什么。是不是啊，萱萱……"她温柔地看着宝宝。

男人们聚在一起，也非常热闹，慕清远拉着儿子的手就不想放。

看着雅文现在这样，他很欣慰，这孩子终于可以拥有温暖的家庭。虽然他很想补偿他，但是他觉得无论自己给予雅文什么，都不能弥补这孩子这些年的苦难。

他还肯原谅自己，让慕清远感激得无法再说什么，只觉这一生够了，即便现在就离开人世，他也不会有什么遗憾，唯一愧对的就是那早已离世的女子——雅文和云涛的生母傅慧平。

满室喜悦盈盈的气氛里，依瞳也带了自己的男友过来参加这家庭聚会。

在男友为她去取香槟的空当，她走到雅文身边，把送给宝宝的礼物交给雅文。

"姐夫，这是我这个小姨为宝宝准备的百日礼物。"

雅文怔了下，笑容温暖："依瞳，不必这么破费的。"

"姐夫，我今天……带了男朋友过来。"依瞳看着他说。

雅文轻轻应了声，柔和地望着她。

依瞳笑了笑，打起精神："我想让你帮我看看呢，觉得他怎么样，我相信姐夫的眼光！"

雅文微微一笑，按了下她的肩膀："你自己觉得好就好，不过我可以和他聊聊，再告诉你我的想法。"

他像个大哥哥那样温暖地看着依瞳。

依瞳点点头，笑着的眼睛里有点晶莹，也许，她也能收获自己的幸福。

晚上，蒙家大宅的花园里放起了烟花，孩子们笑着叫着，瑾然和佳雯仰着头为那些美丽的烟火而兴奋。

宝宝被蒙广生抱在怀里，亦是对她不懂的东西喜滋滋，虽然不晓得是什么，但是笑得很开心。

雨乔走到雅文身边，雅文将她拥入怀中。雨乔靠着他，轻轻道："下午的时候我看见依瞳和你说话了，你们说了什么？"

"她问我对她的男朋友的意见。"雅文转头看她,深黑的眼眸凝视着雨乔。

"如果她不是我的妹妹,我一定会对她不客气。我无法忍受别的女人对你有那样的想法。"雨乔轻哼了一声。

雅文吻了吻她的额头,淡淡一笑:"别瞎想,早就没事了。依瞳的男友人不错,希望她能找到自己的幸福。"

雨乔禁不住揽住雅文的腰,抬头看他:"雅文,我一直想问,你到底喜欢我什么?论性格,我可能还没依瞳善解人意,而且又总是做很过分的事情。"

雅文笑起来,深邃的眼炯炯望着她:"对自己这么没信心吗?"

"有时候想起从前,我就会很讨厌跋扈得像个疯子的自己。"

雅文温暖的手掌捧住她的脸,手指轻轻摩挲上那双明亮的眼睛:"我第一次见你的时候,这双美丽的眼睛对着我流泪,那时候我也不明白自己的心情,只是产生了那种不想让这双眼睛再流一点眼泪的心意……"

"雅文……"雨乔心头震颤,看着他,原来他那么早……

"所以,你问我为什么喜欢你,我也说不上来。你脾气坏,个性倔强,有时候傲慢得让人牙痒痒的,但你可爱的时候更多,如果你心存爱意,就会有让人甘愿为你融化的魅力……"雅文轻叹着,温柔的眼睛里透着浓浓情意。

雨乔埋在他胸前,紧紧地搂住他,眼睛微湿:"傻瓜,原来你对我是一见钟情。一直以来,你都把我看得太好了……"

"可能吧,这是蒙雨乔对我的吸引力,我无法抗拒。"雅文微微一笑,低沉的话语令雨乔刻骨铭心。

她仰起头,踮起脚吻住他。

他的嘴唇柔软醉人,让她心神激荡又沉溺其中。她知道,这个男人,是她想要守护一辈子的。

番外三
宝贝母亲二三事

三岁的傅斯然因为长得太过可爱，总让人忍不住想捏他肉嘟嘟的脸颊。这会儿他正摇摇晃晃地搬着一个大木盆，很显然这木盆的重量超过他的能力范围，让他嘟着嘴搬了半天最后自己跌进了木盆里。

"呜哇，姐姐！"傅斯然小朋友有一个绝招，就是眼泪汪汪地看着他想求助的人。

傅韵萱已经六岁，比别的同龄小女孩更高一些，可能因为随了父亲的缘故，体态纤长优美。

傅韵萱一张美丽的小脸蛋上神色清冷，瞪一眼自己的弟弟："傅斯然，你是个男孩子，不要动不动就哭。"

她小手一摆，显得很嫌弃。

"呜呜，你又欺负我。"傅斯然抽泣了一下，大大的眼睛里泪痕未干，粉嘟嘟的，让人想咬上一口。

又在扮可爱了，傅韵萱不屑："妈妈不在，你告不了状。"她有几分幸灾乐祸。

"那……那我告诉爸爸去！"傅斯然握紧小拳头。

"爸爸最疼我，才不会骂我，而且他最近腿痛，你还烦他？妈妈出差前可是交代了我们要乖乖的。"

傅斯然完全没辙了，用水汪汪的大眼睛委屈巴巴地瞅着傅韵萱。

"你走开，我来搬啦。"傅韵萱瞅一眼没用的弟弟，"你去把顾医生叔叔准备的药包拿来。"

"喔。"傅斯然吸了一下鼻子，乖乖地回答。

傅雅文进屋的时候，就看到两个宝贝准备的惊喜。

木盆里备了热水，还散逸着草药的气味。

"爸爸，快把脚伸进来！"傅韵萱扑进他怀里，牵住他的手就要他坐到木盆那边。

傅斯然同样摇摇摆摆地往他怀里钻。

傅雅文熟稔地将他抱起来，又听到儿子奶声奶气的声音："爸爸，快泡泡，脚脚就不痛痛了。"

听着两个宝贝童稚的言语，傅雅文心中微烫，抱着他们亲了亲。

"热水是何奶奶准备的，她说我们不能自己弄，危险。"傅韵萱补充说。

傅雅文见两个宝贝争着要给他脱袜子，便柔声说："爸爸自己来就好。"

他的腿最近旧伤发作，所以有些不适，但要把满是疤痕的脚露在孩子面前，他还是担心会吓到他们。

可小矮子傅斯然已经把他的一只袜子给扯了下来。

深色结痂的脚趾露在外面，傅雅文下意识去看孩子们的脸。

"爸爸，快伸进来！"傅韵萱的脸上没有丝毫变化，既没有害怕也没有排斥。女孩子通常都讨厌丑陋的事物，以他对女儿的了解，她对丑的容忍度更是不高，毕竟有雨乔那样的妈妈成天熏染。

傅雅文稍稍松了口气，将双脚都伸进木桶里，他下意识地蜷起脚趾，并不想让孩子们看得太清楚。

"爸爸，这里很痛吗？"谁料小小的傅斯然用手指轻轻点了下他大脚趾上一道较深的疤认真地问。

"还好，已经不痛了。"雅文抱起小宝贝，不想让儿子面对那些斑驳丑陋的疤痕。

"傅斯然你怎么问题那么多。妈妈不是跟我们说过，爸爸的脚受过很多伤，都是他努力跳舞留下的，受伤当然痛了。"傅韵萱的话让雅文讶然。

"萱萱，你是说妈妈对你们说过？"

傅韵萱靠到他怀里："是呀，有次你睡着了，我看到爸爸的脚，吓了一跳，妈妈就跟我们解释了，说这是爸爸努力养家留下的勋章，都是为了萱萱和斯然。"

小女孩眨巴的大眼睛，带着心疼的表情看着爸爸。

宝贝的话让傅雅文的内心被包裹了一股热意，他拥住自己的两个小天使，前半生的坎坷仿佛都被填满治愈。

蒙雨乔受够了这次出差谈合作的这位罗总。怎么会有自我感觉这么好的人？难道是她的结婚戒指戴得还不明显？

夜间，雨乔在酒店的房间和雅文视频通话，这是她每天都要做的事。不能陪在老公身边已经让她恼死了，视频通话是必不可少的。

背景里能听到孩子们笑闹的声音，她丈夫修长的身影时而晃在镜头外，温柔地招呼宝贝们过来："萱萱，斯然，来跟妈妈说晚安。"

于是蒙雨乔就看到她的宝贝儿子又在吃手手，对着镜头奶声奶气地说："妈咪，晚安。"嗷呜，实在太可爱了，好想亲亲他。

她的宝贝公主韵萱则一如往常的酷，像个冷清小公主："晚安，我要睡了。"她穿着雨乔给她设计的粉色睡衣，优雅得就像个小淑女。

雨乔在心头感慨，这孩子性子随了她，太有主见了，长大后大概更不得了。

不过她都不烦恼，她只要有雅文就好，只要雅文在她身边，她就觉得再大的事都不是事。

"雅文，我看不到你了。"雨乔对着屏幕小声抗议。

"傅斯然，过来，不要做电灯泡。"听到她说话的女儿，用清脆的声音在怼她，蒙雨乔忽然很想揪这丫头的辫子。

屏幕倏然旋转，雅文俊逸的脸庞一下清晰地呈现在她面前。

咚！雨乔的小心脏猛然一跳。

都老夫老妻了，还这么有杀伤力。

"这两个小家伙今晚又要跟你睡了？"雨乔翘唇问他。

"嗯，给他们讲故事就睡了。"

"爸爸快来，我还要听《小天鹅》的故事。"傅斯然童稚的声音传来。

"再过两天我就回来了。"雨乔好舍不得，她真想抛下一切回到他身边。

"好，你别担心，家里一切都好。"他低沉温柔的声音带着她最喜欢的那种清冷撩人的味道，听得雨乔又心猿意马，心跳怦然。

"雅文，我爱你。"她对着屏幕柔声说。

"嗯，晚安，雨乔。"他温润的声音低低回应。

"说爱我嘛。"她不满足。

"孩子在。"他轻轻一笑，"你回来了说给你听。"

雨乔意犹未尽地挂断电话。

第二天当那位罗总再一次在她面前献殷勤的时候，雨乔终于忍不住说："罗总，你对我有好感，想要追求我？"

"没错。"

"你应该听说我结婚了。"雨乔对他晃了晃戴婚戒的无名指。

"结婚也可能是错误的选择，可以再选一次。我听说蒙总监是低嫁，那是我们遇见得晚了。"罗总自以为潇洒地挑眉一笑。

这张脸在雨乔眼里，满脸写着快来看我很帅的油腻，令她作呕。

"我老公身高一米八五，是舞蹈家，身材修长凹凸有致有肌肉，我对男人的身材要求特别高，而你……"她看了看这位罗总的身材，"太差了，不是我的菜。"

"你……"罗总显然没想到她会这样说，也没遭受过如此直白的嫌弃和打击。

"我喜欢抱我老公，每晚都要抱着他才能入睡。"雨乔盈盈一笑，"我现在觉得，和你谈这桩生意，简直是在浪费我的人生。所以这次合作终止，我不想再在这里浪费时间了。"

说完她站起身，踩着高跟鞋转身离开。

那位自视甚高一向优雅持重的罗总，此时气急败坏在她身后大喊："蒙雨乔，几个亿的生意你不要了？你这不知好歹的女人，你以为我给你几分颜色你就敢这么对我？你等着，我会让你在时尚界无法立足！"

雨乔头冷蔑地一笑，甚至还背着身对他大摇大摆地挥了挥手。

罗总几乎气绝。

蒙雨乔飞回江城已是午后，司机一路载着她驶回慕乔山庄。

对了，现在不该叫慕乔山庄。慕乔山庄的名字已在几年前改成了馨园。

雨乔回到馨园，发现丈夫和孩子并不在屋里，继而被何姨告知他们在池塘边钓鱼。

雨乔换了身衣服，戴上草帽跑去馨园后面那一方挺大的池塘。

果然就看到三把椅子摆在那里。

韵萱拿着她的小钓竿垂钓的样子已经很像模像样，而斯然的椅子上空空如也，小宝贝早就窝进雅文怀里呼呼大睡了。

雅文挺拔的背影即使坐着都这么赏心悦目。

雨乔无法抑制自己心底的思念和浓情蜜意，飞奔到他身边一下就拥住了他，一个结结实实的拥抱。

傅韵萱又很想遮眼睛，不能看啊不能看，她肉麻的老妈又开始了。

雨乔的柔唇亲吻了雅文一下，想要更深一步时，雅文示意她怀里的小宝贝，蒙雨乔再一次意兴阑珊地没能得逞。

雅文瞧她嘟起的红唇，便轻轻牵住她的手温柔地攥在手心。

蒙雨乔在傅斯然那把空椅上坐下来。

风吹起来，雨乔用手压住自己大大的帽子，却发现雅文比她更快地覆手在她脑袋上保护她的帽子。这个男人，总是比她对她自己更上心。

雨乔又满腔柔情蜜意了，她斜过身子偎进雅文怀里，也不管会不会挤到她的小宝贝，哼，没有人可以跟她抢雅文。

远远地，一家四口的身影，宛如一幅油画，那是比雨乔为雅文所画的名为家的油画更美的画面。

后记

　　这本书实现了海汐的梦想——虐男主角，痛快地虐男主角。但是我对虐"渣男"没兴趣，有时候寻找虐男主角的书，多半是虐了女主角然后女主角再反虐"渣男"，这种并不是我喜欢的虐男故事。对于"渣男"被虐这件事，我无动于衷，也不会有半分心疼。

　　我喜欢虐好男主角，深情温柔的男主角，叙述那种特别虐心的故事，虐的时候一边跟着心疼，一边又暗爽。

　　以前都没什么机会写，你们知道的，市场偏爱霸道型的男主角，会嫌被虐的男主角不够强势，所以这本书能过稿我太开心了，谢谢编辑和出版公司。

　　真的好喜欢温柔又善解人意的男主角傅雅文，然后这样的男主角被虐，就会很心疼，自己的小心脏都会酸涩得像被揪住的那种感觉。他很坎坷，也很悲苦，写的时候也是既酸爽又快乐。

　　这个故事原本起名叫"女王的白玫瑰"，蒙雨乔就有点那样的味道，略微霸道、傲娇、任性、不讲理，而雅文就是能让她心里安定的白玫瑰，她的养分。后来又想了个名字叫"傅太太的二次初恋"，这个名字很可爱有没有？对雨乔来说，失忆后就是她第二次初恋，再一次爱上雅文。当然，最后还是用了"偏执替身"这个名字，它或许更适合。

从我刚刚懂一点爱情故事的时候，我就喜欢那种互补型的爱情。就是两个人反差越大，可能越适配，能互相补足。

性格喜好方面巨大的反差会成为彼此之间更大的吸引力（但三观还是要一致，哈哈）。

雅文和雨乔就是这样的恋人，两个人的个性差别是极大的。雅文是一个安静隐忍的美男子，而雨乔则热烈得像一团火焰，是一个外放张扬的女孩。

但越是这样的他们，越能彼此吸引。

其实我一直觉得，雨乔对慕云涛的初恋，只是懵懂的情窦初开，或许连爱情都算不上，并不是真正意义上让她刻骨铭心的爱情，总之不是我认可的那种爱情。因为雨乔和云涛在一起时没有别的情感经历，所以不知道自己需要的感情到底是怎样的。

慕云涛用假死骗她，开启了雨乔的新人生。

所以她会爱上雅文，在我这里是理所当然的。其实当她邂逅雅文，她才真正遇见了她的爱情。激烈，快乐，悲伤，缠绵，撞击，总之是适配她的惊涛骇浪的爱情。

雨乔这个人，和慕云涛在一起的话，也只能相敬如宾吧，但是雅文是让她有征服欲有激情的恋人。就像一本书，她都看不懂，但她迫切地想要读到结局，雅文对她而言，就像这种不能抗拒的吸引力。

所以你要问我，雨乔怎么爱上雅文的、为什么爱雅文，其实没什么原因能解释的。雅文对她而言，就是契合她的养分、她的另一半，对她有致命的诱惑，她没有抵抗力。

这是我给雨乔和雅文爱情的定义，也许有些朋友不认同，没关系，大家按自己所想就好。

小说对我而言，是用来圆梦的不真实的存在。每当在现实里受创或者失望时，我总会躲进小说里找安慰。小说的世界可以是完美的，可以是恒久不变的，在这里能有牢固的专一，能有一份深情不渝，这大概也是我喜欢写小说的原因。

总有些憧憬会在小说里实现，让人还愿意去相信什么。

其实这个故事最初构思是在十年前了，那么久的时间，真的好奇妙又过得好快。十年过去，我的想法和喜好还是没有变，并且终于能过稿把这个故事变成实体书呈现给大家，所以这本书对我有着特殊的意义。这种欢喜，可能比之前任何一本书都更深吧。

后记有点唠叨，不知不觉说了好多。

新的一年马上要到了，祝大家新的一年事事顺意，平安喜乐。

爱你们的海汐